hanser**blau**

Kim Ho-yeon

Frau Yeoms kleiner Laden der großen Hoffnungen

Roman

hanserblau

Die koreanische Originalausgabe erschien 2021 unter dem Titel
불편한 편의점 bei Namu Bench in Goyang-si, Gyeonggi-do, Korea.
Published in Germany in arrangement with Namu Bench through
KL Management in association with Patricia Seibel.

This book is published with the support of the
Literature Translation Institute of Korea (LTI Korea).

4. Auflage 2024

ISBN 978-3-446-28000-7
© Kim Ho-yeon 2021
Alle Rechte der deutschen Ausgabe
© 2024 hanserblau
in der Carl Hanser Verlag GmbH & Co. KG, München
Aus dem Koreanischen übersetzt von: Jan Henrik Dirks
Umschlag: FAVORITBUERO, München
Motiv: © Banzisu
Foto des Autors: © Kim Ju-Mi
Satz im Verlag
Druck und Bindung: Friedrich Pustet, Regensburg
Printed in Germany

MIX
Papier | Fördert
gute Waldnutzung
FSC® C014889

Inhalt

Lunchbox de luxe   7
Ein Horrorkunde par excellence   59
Wozu Samgak-gimbap gut ist   99
Zwei zum Preis von einem   130
Kein einladender Laden   158
Vier Dosen für zehntausend Won   194
Abgelaufen, aber noch gut   228
Always   266

Lunchbox de luxe

Als Frau Yeom Yeong-suk bemerkte, dass sich der Beutel mit ihrem Portemonnaie nicht mehr in ihrer Tasche befand, fuhr der Zug gerade an Pyeongtaek vorbei. Das Problem war, dass ihr beim besten Willen nicht einfallen wollte, wo sie den Beutel verloren haben könnte. Fast noch beunruhigender als der Verlust schien ihr in diesem Augenblick jedoch ihr nachlassendes Gedächtnis. Ihr brach der Schweiß aus. Fieberhaft versuchte sie sich zu erinnern, wo überall sie zuletzt gewesen war.

Bis zu dem Zeitpunkt, als sie am Seouler Hauptbahnhof das Ticket für den KTX-Schnellzug gelöst hatte, hatte sie den Beutel zweifellos noch bei sich gehabt. Denn sie hatte ja die darin befindliche Bankkarte herausgeholt, um das Ticket zu bezahlen. Danach hatte sie im Wartesaal gegessen, das Programm eines 24-Stunden-Nachrichtensenders gesehen und etwa dreißig Minuten auf den Zug gewartet. Im Zug war sie, die Tasche auf dem Schoß, eine Weile eingenickt, aber als sie aufwachte, war alles unverändert. Und als sie schließlich vorhin die Tasche geöffnet hatte, um das Handy herauszunehmen, hatte sie einen gewaltigen Schreck bekommen, weil der Beutel nicht mehr da war. Darin befanden sich ihre wichtigsten Sachen: Portemonnaie, Banksparbuch, Notizheft. Ihr wurde schwarz vor Augen.

In einer Geschwindigkeit, die sich mit der ihres Zuges messen konnte, brachte sie nun notgedrungen ihr Gehirn auf Hochtouren, drückte die Rückwärts-Taste ihres Gedächtnisses, ließ die Landschaft, die dort draußen vor dem Fenster vorbeirauschte, rückwärtslaufen und spulte ihre Erinnerungen zurück, mit schlotternden Beinen und leise vor sich hinmurmelnd. Ihr Sitznachbar, ein Mann mittleren Alters, quittierte ihr Verhalten mit demonstrativem Hüsteln.

Was sie aber aus ihrer Versunkenheit riss, war nicht dieses Hüsteln, sondern die Melodie ihres Handys, die aus ihrer Tasche hevordrang und den Eingang eines Anrufes verkündete. Ein Lied von ABBA, an dessen Titel sie sich jedoch gerade nicht erinnern konnte. *Chiquitita* oder *Dancing Queen*. Meine arme Jun-hui, deine Oma wird langsam dement ...

Erst nachdem sie das Handy mit zitternder Hand aus der Tasche befördert hatte, fiel ihr der Titel wieder ein. *Thank You for the Music.* Auf dem Display leuchtete eine unbekannte Nummer mit Seouler Vorwahl auf. Sie atmete einmal tief durch, bevor sie den Anruf annahm.

»Ja, hallo?«

Keine Antwort. Der Lärm, der vom anderen Ende der Leitung zu ihr herüberdrang, ließ jedoch vermuten, dass sich der Anrufer irgendwo in der Stadt befinden musste.

»Wer spricht da bitte?«

»Ist da ... Yeom ... Yeonsuk?«

Die Stimme klang so rau und undeutlich, dass man sie kaum für eine menschliche Stimme hätten halten wollen. Eher für die eines Bären, der nach tiefem Winterschlaf seine Höhle verlässt und das erste Mal seit Langem wieder den Mund öffnet.

»Ja, das bin ich. Ähm, wieso?«

»Das ... Portemonnaie ...«
»Ja, haben Sie es gefunden? Wo sind Sie denn?«
»In ... Seoul.«
»Wo in Seoul? Vielleicht am Hauptbahnhof?«
»Ja. Am Seouler ... Hauptbahnhof.«

Sie senkte das Handy, gönnte sich einen Seufzer der Erleichterung und räusperte sich.

»Vielen Dank, dass Sie das Portemonnaie gefunden und sich bei mir gemeldet haben. Könnten Sie es vielleicht noch ein wenig aufbewahren oder irgendwo abgeben? Ich bin gerade im Zug unterwegs. Ich steige an der nächsten Station aus und fahre dann gleich zurück. Sobald ich da bin, bekommen Sie Ihren Finderlohn.«

»Ich bin ... einfach hier. Ich kann ja nirgends hin ...«

»So? Ähm, verstehe. Wo am Hauptbahnhof sollen wir uns treffen?«

»Wo es ... zum Airport ... zum Airportexpress geht. Am GS-Shop.«

»Vielen Dank. Ich mache mich sofort auf den Weg.«

»Keine ... Eile ...«

»Ja, gut. Vielen Dank.«

Als sie das Gespräch beendet hatte, befiel sie ein etwas mulmiges Gefühl. Das an Tierlaute erinnernde, inartikulierte Gestammel am anderen Ende der Leitung hatte keinen Zweifel daran gelassen, dass es sich um einen Obdachlosen handeln musste. »Ich kann ja nirgends hin«, hatte er gesagt, und nach der Nummer zu urteilen, hatte er offenbar von einer öffentlichen Telefonzelle aus angerufen, weil er kein Handy besaß. Frau Yeom wurde nervös. Zwar hatte er ihr versprochen, das Portemonnaie zurückzugeben, aber sie konnte schließlich nicht wissen, ob er das an weitere Forderungen knüpfen würde. Andererseits hatte er sie ja immerhin angerufen und seinen guten Willen bekundet und insofern nicht den Eindruck gemacht, ihr weitere Scherereien bereiten zu wollen. Die 40 000 Won Bargeld, die sich im Portemonnaie befanden, sollten als Finderlohn genügen. Durch die Lautsprecher wurde der nächste Halt des Zuges angekündigt. Cheonan. Frau Yeom ließ das Handy zurück in ihre Tasche gleiten und erhob sich von ihrem Sitz.

Auf ihrem Rückweg zum Hauptbahnhof fuhr der Zug gerade an Suwon vorbei, als ihr Handy erneut klingelte. Sie wiederholte für sich den Text von *Thank You for the Music* – Demenzvorbeugung – und sah auf das Display. Dieselbe Nummer wie vorhin. Frau Yeom unterdrückte ihre Nervosität und nahm den Anruf an.

»Ähm ... Ich noch mal«, drang ihr die vernuschelte Stimme des Mannes entgegen.

Frau Yeom erhob die Stimme, als hätte sie es mit einem säumigen Schüler zu tun:

»Ja, bitte?«

»Ich ... ähm ... Entschuldigen Sie bitte vielmals, es ist nur, ich habe Hunger und ...«

»Und was?«

»Eine Lunchbox ... aus dem Laden ... Ginge das vielleicht?«

Frau Yeom war sogleich sanftmütiger gestimmt. Die Worte »Entschuldigen Sie bitte vielmals« und »Lunchbox« hatten ihre Wirkung nicht verfehlt.

»Aber ja doch. Kaufen Sie sich eine Lunchbox. Und wenn Sie Durst haben, auch noch ein Getränk dazu.«

»Danke ... schön.«

Kaum hatte sie aufgelegt, kam auch schon die SMS mit der Bankkartenabrechnung. Innerhalb so kurzer Zeit, dass nahelag, dass er bei seinem Anruf schon an der Ladentheke gestanden haben musste. Wer einen solchen Hunger hatte, konnte in der Tat niemand anders sein als ein Herr des Hauptbahnhofs, ein Freund der Stadttauben, ein Mensch ohne Obdach. Wie die Rechnung bei genauerer Betrachtung erkennen ließ, handelte es sich um »Park-Chanho's Too-much-GS-Lunchbox mit allerlei Beilagen« für 4900 Won. Auf ein Getränk hatte er verzichtet. Offenbar ein anständiger Kerl. Nachdem sie zunächst überlegt hatte, ob sie ihn sicherheitshalber nicht vielleicht besser in Begleitung treffen solle, gab sie ihre Bedenken nun auf und entschied sich dafür, ihn allein aufzusuchen. Mit ihren siebzig Jahren fürchtete sie sich zwar davor, dement zu werden, auf ihre würdevolle Erscheinung aber konnte sie sich verlassen. Bis zu ihrer Pensionierung aus dem Lehrdienst hatte sie nicht ein einziges Mal gekuscht, sondern war all ihren Schülern immer souverän entgegengetreten.

Am Hauptbahnhof angekommen, fand sie gleich die Rolltreppe, die zum Airport-Express führte. Wenn man die Rolltreppe hinunterfuhr, befand sich gleich gegenüber auf der rechten Seite der rund um die Uhr geöffnete GS25, und direkt davor hockte der Mann, das Gesicht über seine Lunchbox gesenkt. Je näher sie ihm kam, desto heftiger fühlte sie wieder die Nervosität in sich aufsteigen. Da saß er, langes Haar, verfilzt wie ein Wischmopp, in einer dünnen Sportjacke und einer schmuddeligen

Stoffhose, von der sich nicht mehr sagen ließ, ob sie ursprünglich beige oder braun gewesen war, und beförderte mithilfe seiner Esstäbchen zielstrebig ein kleines Wiener Würstchen aus der Lunchbox in seinen Mund. Also wirklich ein Obdachloser. Frau Yeom nahm ihren Mut zusammen und trat auf ihn zu.

In diesem Augenblick geschah es. Drei fremde Männer kamen auf den Mann mit der Lunchbox zugestürmt. Frau Yeom blieb erschrocken stehen. Die drei Männer, zweifellos ebenfalls Obdachlose, umringten den Lunchbox-Esser wie ein Rudel Hyänen, drückten ihn mit aller Kraft zu Boden und versuchten, ihm etwas von seiner Habe zu entreißen. Frau Yeom blickte sich um und trat unschlüssig von einem Fuß auf den anderen, aber die vorbeieilenden Passanten warfen allenfalls flüchtige Seitenblicke auf den, wie sie wohl meinten, alltäglichen Zank der Straßenpenner.

Der Mann hatte seine Lunchbox sinken lassen und saß nun vollkommen zusammengekauert da, um sich vor den Angreifern abzuschirmen. Doch diese gingen jetzt dazu über, ihn zu würgen und ihm die Arme hochzureißen, und schafften es schließlich, ihm wegzunehmen, was er bis eben so sorgsam behütet hatte. Frau Yeom, die das Geschehen mit wachsender Unruhe verfolgt hatte, erkannte nun, was es war. Ein rosafarbener Beutel. Ihr Portemonnaiebeutel.

Die drei Angreifer traten noch einmal auf den Lunchbox-Mann ein, um sich dann aus dem Staub zu machen. Frau Yeom zitterte am ganzen Körper. Vollkommen hilflos ließ sie sich zu Boden sinken. Da sprang der Mann plötzlich auf, setzte zum Gegenangriff an und warf sich mit voller Wucht und furchterregendem Gebrüll auf denjenigen, der den Beutel in der Hand hielt, packte ihn bei den Beinen und brachte ihn zu Fall. Zwar gelang es ihm, seinem am Boden liegenden Kontrahenten den Beutel abzuringen, doch da wurde er sofort von den anderen beiden in die Mangel genommen. Jetzt kam Leben in Frau Yeom. Mit feurigen Augen sprang sie auf, stürzte auf die Männer zu und schrie, dass ihr die Halsadern hervortraten:

»Ihr Schufte! Das gehört mir!«

Als sie die kreischende Frau auf sich zustürmen sahen, hielten die Männer inne. Frau Yeom hob ihre Handtasche und schlug damit dem Kerl, der ganz vorne stand, mit voller Wucht auf den Kopf. Er schrie auf vor Schmerz. Die anderen wichen einen Schritt zurück.

»Diebe! Die haben mir das Portemonnaie gestohlen! Verfluchte Kerle!«

Durch Frau Yeoms hartnäckiges Geschrei aufmerksam geworden, begannen die Leute stehen zu bleiben, und die Kerle machten sich, einer nach dem anderen, aus dem Staub. Nur der Mann mit der Lunchbox blieb zusammengekauert sitzen, den Beutel eng an seine Brust gedrückt. Sie ging auf ihn zu.

»Ist alles in Ordnung?«

Der Mann hob den Kopf und blickte Frau Yeom an. Mit seinen geschwollenen Augen, seiner blut- und rotzverschmierten Nase und seinem struppigen, den Mund überwuchernden Bart sah er aus wie ein Höhlenmensch, der verletzt von der Jagd heimgekehrt war. So als begriffe er erst jetzt, dass die Angreifer verschwunden waren, richtete er sich langsam auf. Frau Yeom holte ein Taschentuch heraus und kniete sich vor dem Mann hin.

Da schlug ihr sein stinkender Atem entgegen. Sie hielt die Luft an und reichte ihm das Taschentuch. Er schüttelte den Kopf und rieb sich mit dem Ärmel seiner Jacke über die Nase. Am Ende würde noch ihr Portmonnaiebeutel mit Rotz und Blut beschmutzt werden ... Als Frau Yeom sich bei diesem Gedanken ertappte, ärgerte sie sich über sich selbst.

»Ist wirklich alles in Ordnung?«

Der Mann nickte und sah sie an. Als sie seinen aufmerksamen Blick wahrnahm, fragte sie sich, ob sie einen Fehler gemacht hatte. Sie wollte schnell von hier weg. Nur musste sie noch ihren Beutel wiederbekommen.

»Vielen Dank, dass Sie auf mein Portemonnaie aufgepasst haben.«

Der Mann nahm den Beutel, den er unter den linken Arm geklemmt hatte, in die rechte Hand und reichte ihn ihr. Doch gerade als sie danach greifen wollte, zog er die Hand zurück. Er musterte ihr erstauntes Gesicht und öffnete den Beutel.

»Was soll das?«

»Gehört der Beutel ... wirklich Ihnen?«

»Natürlich. Ich bin doch extra gekommen, weil er mir gehört. Sie haben doch vorhin mit mir telefoniert.«

Sein grundloses Misstrauen verärgerte sie. Wortlos durchsuchte er den Beutel, fand das Portemonnaie, holte den Personalausweis daraus hervor und betrachtete ihn.

»Ihre ... Personalausweisnummer.«

»Na, hören Sie, glauben Sie, ich lüge Sie an?«

»Ich muss doch ... sichergehen. Ich trage doch Verantwortung dafür ... dass ich das Portemonnaie ... dem Besitzer zurückgebe.«

»Auf dem Ausweis ist doch ein Foto. Da sehen Sie doch, dass ich es bin.«

Der Mann blinzelte mit seinem geschwollenen Auge und ließ seinen Blick zwischen dem Foto und Frau Yeom hin- und herwandern.

»Das Foto ... ist anders.«

Das war doch absurd. Frau Yeom schnalzte ratlos mit der Zunge, versuchte aber die Fassung zu bewahren.

»Das ist alt. Das Foto«, fügte der Mann hinzu. Trotzdem hätte er doch einwandfrei ihr Gesicht auf dem Bild erkennen müssen, vielleicht war er einfach nicht gesund und hatte Probleme mit den Augen. Oder aber sie war wirklich so sehr gealtert, dass sie nicht mehr wiederzuerkennen war ...

»Die Ausweisnummer ... bitte.«

Puh ... Nach einem kurzen Seufzer ließ sich Frau Yeom dazu herab, die Zahlenfolge aufzusagen.

»Fünf-zwei-null-sieben-zwei-fünf-...«

»Stimmt. Man muss schließlich ... sichergehen. Nicht wahr?«

Mit nach Zustimmung suchendem Blick schob er den Ausweis zurück ins Portemonnaie, steckte dieses wieder in den Beutel und reichte ihn ihr. Sie hatte ihren Beutel zurück. Mit dem Gefühl, sich eine Menge Scherereien erspart zu haben, spürte sie ihm gegenüber nun eine Welle der Dankbarkeit. Denn dass er bereit gewesen war, auf ihren Beutel aufzupassen und dafür sogar Prügel vonseiten der anderen Obdachlosen einzustecken, und dass er so gewissenhaft überprüft hatte, ob es sich bei ihr auch wirklich um die rechtmäßige Besitzerin handelte, zeugte von außergewöhnlichem Verantwortungsbewusstsein.

Mit leichtem Ächzen stand er auf. Auch Frau Yeom erhob sich und zog eilig die vier 10 000-Won Scheine aus ihrem Portemonnaie.

»Bitte schön.«

Der Mann sah auf das Geld. Sie spürte, dass er zögerte.

»Nehmen Sie es.«

Anstatt nach dem Geld zu greifen, steckte er die Hand in seine Jacke und beförderte eine zerknautschte Rolle Klopapier ans Tageslicht, mit der er sich die noch immer blutende Nase abwischte. Dann drehte er sich um und ging. Frau Yeom, das zurückgewiesene Geld noch in der Hand, stand hilflos da und blickte ihm eine Weile nach. Vor dem 24-Stunden-Shop, wo er kurz zuvor gehockt hatte, um sein Lunchpaket zu verzehren, blieb er stehen und bückte sich. Sie folgte ihm.

Er betrachtete die ausgekippte Lunchbox, murmelte etwas vor sich hin und seufzte. Frau Yeom, die ihn eine Weile von hinten beobachtet hatte, beugte sich vor und klopfte ihm auf den Rücken. Er drehte sich um und blickte in das Gesicht einer Lehrerin, die bereit war, einen niedergeschlagenen Schüler zu trösten.

»Mein Herr, seien Sie so gut, und kommen Sie mal kurz mit mir mit.«

Als sie am Westausgang des Bahnhofs ankamen, blieb er stehen und zögerte. Wie ein pflanzenfressendes Tier, dass sich weigert, den Schoß der Natur zu verlassen und in einen auf dem Asphalt stehenden Lastwagen zu steigen. Mit drängender Geste brachte Frau Yeom ihn schließlich dazu, das Bahnhofsgebäude zu verlassen, und nun liefen sie die Straße entlang, die in Richtung des Viertels Garwol-dong führte. Sie trippelte voran, und er folgte ihr in wenigen Schritten Abstand. So ließen sie Garwol-dong hinter sich und erreichten das Viertel Cheongpa-dong. Die zu Boden gefallenen Früchte der spätherbstlichen Ginkgobäume am Straßenrand verströmten einen ähnlich unappetitlichen Geruch wie der Obdachlose. Frau Yeom überlegte, was sie dazu gebracht hatte, ihn mitzunehmen.

Sie wollte sich diesem Mann gegenüber, auch wenn er ihren Finderlohn abgelehnt hatte, irgendwie erkenntlich zeigen. Dafür, dass er ihren Portemonnaiebeutel so eisern verteidigt hatte, und dafür, dass er sich so anständig verhalten hatte, obwohl man dies von einem Penner wie ihm nicht unbedingt hatte erwarten können. Diese Haltung war ihr während all der Jahre im Schuldienst und im Umgang mit den Schülern in Fleisch und Blut übergegangen. Vor allem war sie ihr ganzes Leben überzeugte Christin gewesen und wollte die Güte des Obdachlosen, der sich als barmherziger Samariter erwiesen hatte, nun in gleicher Weise erwidern.

Sie waren etwa eine Viertelstunde lang gegangen, als am Ende einer dunklen Gasse eine große Kirche in Sicht kam. Sie befanden sich in der Nähe der Sookmyung-Frauenuniversität. Kichernde Studentinnen in Jeans und Jacke gingen an ihnen vorbei, und vor einem Imbiss, der durch eine Fernsehsendung berühmt geworden war, standen die Leute Schlange. Frau Yeom drehte sich um und sah, wie der Mann sich fasziniert in der Umgebung umblickte. Leute wichen ihnen aus. Sie fragte sich nicht ohne Sorge, was die Leute wohl dachten, wenn sie sie so zusammen sahen. Denn hier, in Cheongpa-dong, war sie selbst zu Hause. Und hier lag auch ihr Geschäft.

Den Mann im Schlepptau, ging sie weiter in Richtung der Sookmyung-Frauenuniversität, an zwei Seitengassen vorbei, bis zu einer kleinen Weggabelung. Ihr 24-Stunden-Laden lag genau an der Ecke der beiden hier zusammenlaufenden Straßen. Sie öffnete die Ladentür und bedeutete ihm einzutreten. Er zögerte einen Moment lang, doch dann folgte er ihrer Aufforderung.

»Herein! Oh, da sind Sie ja.«

Si-hyeon, die Ladenaushilfe, ließ das Handy sinken und begrüßte Frau Yeom mit einem Lächeln. Diese erwiderte das Lächeln, bemerkte aber sogleich die Irritation, die sich nun in Si-hyeons Gesicht ausbreitete.

»Keine Sorge, das ist ein Gast.«

Bei dem Wort »Gast« verzog sich Si-hyeons Miene noch mehr. Bis das Mädchen erwachsen werden würde, würde es wohl noch eine ganze Weile dauern, dachte Frau Yeom, ergriff den Arm des Mannes und zog ihn zu der Auslage mit den Lunchboxen. Ob er gleich verstanden hatte oder sich nichts weiter dachte – diesmal folgte er ihr sofort, ohne ein Wort zu sagen.

»Suchen Sie sich einfach was aus. Was Sie gerne essen.«

Der Mann sah sie fragend an.

»Der Laden gehört mir, also tun Sie sich keinen Zwang an.«

»Also … hm … wie?«

Nachdem er sich eben noch so die Lippen geleckt hatte, stand er nun mit offenem Mund ratlos da.

»Was ist? Gibt es nichts, das Sie gerne essen würden?«

»Hier … gibt es keine … Park Chanho-Lunchbox …«

»Das hier ist kein GS-Shop. Die Park Chanho-Lunchbox gibt es nur im GS-Shop. Aber auch hier gibt es viele leckere Sachen. Schauen Sie mal, was wir so haben und suchen Sie sich was aus.«

»Park Chanho … Die Lunchbox von dem … ist wirklich gut …«

Frau Yeom war leicht irritiert darüber, dass er ihr andauernd mit der Lunchbox des Konkurrenzunternehmens in den Ohren lag. Dann griff sie ins Regal und holte die größte Lunchbox heraus, die ihr eigener Laden zu bieten hatte.

»Probieren Sie mal das hier. Lunchbox de luxe. Die ist wirklich gut und hat richtig viele Beilagen.«

Er nahm die Lunchbox entgegen und zählte sorgfältig die Anzahl der verschiedenen Beilagen. Zwölf. Ein Festmahl für einen Straßenpenner, dachte sich Frau Yeom, während sie beobachtete, wie er akribisch seine Lunchbox studierte. Schließlich hatte er seine Begutachtung abgeschlossen, hob den Kopf und bedankte sich mit einer Verbeugung. Dann ging er nach draußen und setzte sich, als hätte er den Platz für sich reservieren lassen, an den Tisch vor dem Laden.

Der grüne Plastiktisch wurde nun zu seinem Esstisch. Ganz behutsam, als öffnete er ein Schatzkästchen, hob er den Deckel der Lunchbox, brach vorsichtig die beiden Holzstäbchen auseinander und nahm dann einen Löffel Reis. Frau Yeom beobachtete aufmerksam jede seiner Bewegungen. Dann drehte sie sich um, griff nach einer Packung Doenjang-Suppe im Plastikbecher und stellte sie auf den Tresen. Si-hyeon, die sofort begriff, scannte den Barcode ein, und Frau Yeom goss heißes Wasser in den Becher, nahm Stäbchen und Löffel und ging nach draußen.

»Hier, probieren Sie mal. Damit es schmeckt, gehört doch noch eine Suppe dazu.«

Er schaute zwischen dem Becher, den sie auf den Tisch gestellt hatte, und ihrem Gesicht hin und her. Dann nahm er den Becher mit der Suppe und trank daraus, ohne einen Löffel zur Hand zu nehmen. Nachdem er den Becher – als könnte das kochend heiße Wasser seiner Kehle nichts anhaben – zur Hälfte ausgeschlürft hatte, nickte er ein paarmal und griff dann wieder zu den Essstäbchen.

Frau Yeom ging zurück in den Laden und kam mit einem mit Wasser gefüllten Pappbecher wieder heraus, den sie vor ihm auf den Tisch stellte. Dann nahm sie ihm gegenüber am Tisch Platz und sah zu, wie er seine Lunchbox verzehrte. Er sah aus wie ein hungriger, gerade aus dem Winterschlaf erwachter Bär, der sich über ein Honigfass hermachte oder sich für den bevorstehenden Winterschlaf Fettvorräte anfraß. Als Straßenpenner war es für ihn sicher nicht leicht, am Tag drei Mahlzeiten zu sich zu nehmen, wieso sah er dann trotzdem so wohlgenährt aus? Vielleicht aus demselben Grund, der dazu führte, dass der Anteil übergewichtiger Menschen in der Unterschicht besonders hoch war. Oder weil er sein Essen immer so schnell in sich hineinschlang.

»Essen Sie langsam. Es nimmt Ihnen niemand weg.«

Den Mund von der Soße des gebratenen Kimchis verschmiert, sah er sie an. Nun nicht mehr mit vorsichtig wachsamem, sondern mit einem artig folgsamen Blick.

»Schmeckt ... gut ...«

Dann sah er auf den Deckel der Lunchbox, der neben ihm auf dem Tisch lag, und fügte hinzu: »Wirklich ... de luxe.«

Er neigte den Kopf zum Dank und wandte sich dann wieder der Doenjang-Suppe zu. Offenbar kam er langsam zu sich, seine Bewegungen wurden sicherer, sein gröbster Hunger schien gestillt zu sein. Sie betrachtete, wie er die restlichen Eomuk-Fischmehlkuchen mit den Stäbchen aus der Schale nahm, und spürte ein eigenartiges Gefühl der Zufriedenheit. Denn die Beharrlichkeit, mit der er sich diesen letzten, noch übrigen Eomuk-Stückchen widmete, strahlte Würde aus.

»Kommen Sie in Zukunft hierher, wenn Sie Hunger haben. Hier können Sie immer eine Lunchbox bekommen.«

Er ließ die Stäbchen sinken und sah sie mit großen Augen an.

»Ich sag den Aushilfen Bescheid, Sie müssen nichts bezahlen.«

»Sie meinen ... Sie meinen die weggeworfenen Lunchboxen?«

»Nein, die neuen. Warum sollten Sie weggeworfene Sachen essen?«

»Die Aushilfen ... essen die weggeworfenen Lunchboxen. Die sind ... für mich ... echt in Ordnung ...«

»In unserem Laden lasse ich niemanden weggeworfene Sachen essen. Die Aushilfen nicht und Sie auch nicht. Essen Sie was Vernünftiges. Ich bestehe darauf.«

Einen Moment sah er etwas verwirrt aus, dann verneigte er sich erneut zum Zeichen des Dankes und machte sich wieder an den Eomuk-Resten zu schaffen. Erst da reichte sie ihm das mitgebrachte Besteck. Unschlüssig nahm er es entgegen. Doch dann begann er, wie jemand, dessen Körper sich zum ersten Mal nach langer Zeit wieder daran erinnert, dass er früher einmal Fahrradfahren gelernt hat, die restlichen Stücke des Fischkuchens mit der Gabel zusammenzukratzen. Und ließ sie sich schmecken.

Als er die Plastikbox vollständig und sauber geleert hatte, hob er den Kopf und sah Frau Yeom an.

»Das hat … gut geschmeckt. Danke.«

»Ich danke Ihnen, dass sie auf meinen Beutel aufgepasst haben.«

»Den haben eigentlich … die beiden Kerle geklaut.«

»Die beiden Kerle?«

»Ja … Da bin ich wütend geworden und hab es ihnen … weggenommen. Wo das Portemonnaie drin war.«

»Heißt das, die Kerle haben mir mein Portemonnaie gestohlen und Sie haben es ihnen weggenommen? Um es mir zurückzugeben?«

Er nickte und trank einen Schluck von dem Wasser, das sie ihm in den Pappbecher gegossen hatte.

»Gegen zwei … komme ich an. Aber bei dreien … wird es schwierig … Die nehme ich mir später einzeln vor.«

Die Erinnerung an das, was am Bahnhof passiert war, schien ihn wütend zu machen. Grimmig bleckte er die Zähne. Der Anblick des roten Chilipulvers zwischen seinen gelben Zähnen löste bei Frau Yeom zwar ein leichtes Stirnrunzeln aus, aber dass er nun so mit seiner Körperkraft prahlte, hatte etwas Ermutigendes und Befreiendes.

Er trank das Wasser aus und blickte sich um.

»Wo … sind wir hier eigentlich?«

»Hier? In Cheongpa-dong. Auf dem blauen Hügel.«

»Auf dem blauen Hügel … Wie schön …«

Inmitten des dichten Bartwuchses hoben sich seine Mundwinkel zu einem Lächeln. Dann nahm er den

Lunchbox- und den Suppenbehälter, stand auf und warf den Abfall mit großer Selbstverständlichkeit in den Eimer für den Recycling-Müll. Als er zurückkam, holte er erneut die unansehnliche Rolle Klopapier aus der Jackentasche und wischte sich damit den Mund ab. Nach einer 90-Grad-Verbeugung zum Abschied wandte er sich schließlich zum Gehen.

Sie sah ihm noch eine Weile nach, sah, wie er in Richtung Hauptbahnhof ging, als machte er sich gerade auf den allmorgendlichen Weg zur Arbeit. Dann ging sie zurück in den Laden. Sofort kam Si-hyeon voller Neugier herbeigeeilt und begann, sie auszufragen. Frau Yeom erzählte, was passiert war, begann damit, wie sie im Zug den Verlust ihres Beutels bemerkt hatte. Si-hyeon hörte zu und nahm immer wieder mit teils verwunderten, teils erschrockenen Ausrufen Anteil.

»Ein interessanter Mensch. Man würde wirklich nicht denken, dass er ein Straßenpenner ist«, meinte Frau Yeom.

»Also, ich finde, er ist ein ganz gewöhnlicher Straßenpenner. Sehen Sie lieber noch einmal nach, ob Ihr Portemonnaie noch da ist.«

Frau Yeom öffnete ihren Beutel und sah nach. Es war alles noch da. Na siehst du, schien ihr Blick zu sagen, als sie ihrer Aushilfe zulächelte. Dann zog sie plötzlich ihren Personalausweis aus dem Portemonnaie und zeigte ihn Si-hyeon.

»Sehe ich anders aus?«

»Sie sehen genauso aus wie auf dem Foto. Bis auf die grauen Haare sehen Sie noch genauso jung aus wie auf dem Bild.«

Frau Yeom betrachtete nun selbst ganz genau das Foto

auf ihrem Personalausweis. Es bestand kein Zweifel, sie hatte sich inzwischen wirklich ziemlich verändert.

»So traurig das ist, er hat recht.«

»Was?«

»Da ist wirklich was dran … Si-hyeon, du bist sehr rücksichtsvoll.«

Frau Yeom wies Si-hyeon an, dem stämmigen Obdachlosen in Zukunft immer seine Lunchbox zu geben, wenn er im Laden erschien, und auch alle anderen Mitarbeiter darüber in Kenntnis zu setzen. Si-hyeon wirkte wenig begeistert, machte sich dann aber doch daran, die Anweisung der Chefin in den Mitarbeiter-Gruppenchat zu tippen. Frau Yeom sah sich mit zufriedener Miene im Laden um. Plötzlich erstarrte sie. Sie konnte sich beim besten Willen nicht mehr an die Kunden erinnern, die in den Laden gekommen waren, während der Straßenpenner mit seiner Lunchbox beschäftigt gewesen war. Vielleicht wurde sie wirklich schon dement. Sie spürte einen bitteren Geschmack im Mund. Nun, auf jeden Fall war ihr Gutes widerfahren, und sie hatte Gutes getan. Und damit allein, so beschloss sie es zu sehen, war der Tag doch eigentlich nicht schlecht gelaufen.

»Aber wollten Sie denn nicht nach Busan?«

»Du meine Güte, das habe ich ja ganz vergessen …«

Der Tag war noch nicht vorbei. Sie musste unbedingt bis spätestens heute Abend in Busan sein. Sie musste zur Beerdigung ihrer Cousine und wollte bei dieser Gelegenheit noch ein paar Tage in Busan verbringen.

Sie verstaute den Portmonnaiebeutel sicher in ihrer Tasche und machte sich wieder auf den Weg in Richtung Hauptbahnhof.

Nach einer knappen Woche war Frau Yeom zurück in Seoul und ging zu ihrem Laden, um nach dem Rechten zu sehen. Si-hyeon, die gerade an der Kasse zu tun hatte, wo ein Pärchen seine Getränke bezahlte, nickte ihr zur Begrüßung zu. Gleich nachdem das Pärchen gegangen war, verließ Si-hyeon ihren Platz an der Kasse und ging zu Frau Yeom hinüber, tauschte mit ihr ein paar höfliche Worte – ob alles in Ordnung sei, ob es in der Zwischenzeit keine Probleme gegeben habe –, um dann zur Sache zu kommen:

»Frau Yeom, der Mann von neulich, der ist *jeden* Tag hier aufgetaucht, ohne Ausnahme.«

»Wen meinst du denn? Ach so, der Obdachlose?«

»Ja, jeden Tag, immer wenn ich Dienst hatte, ist der gekommen, um sein Lunchpaket zu essen.«

»Und wenn die anderen Dienst hatten, dann nicht?«

»Nein, immer nur wenn ich da war.«

»Vielleicht mag der dich?«

Si-hyeon quittierte den boshaften kleinen Scherz mit gerümpfter Nase und verdrehten Augen. Frau Yeom meinte lachend, das sei doch nur Spaß gewesen, und machte sich nichts weiter aus Si-hyeons Genörgel.

»Hm, aber wissen Sie, wenn ich jetzt darüber nachdenke ... Dass der immer in meiner Schicht hierhergekommen ist, das war immer pünktlich um acht Uhr abends, wenn die abgelaufenen Sachen entsorgt werden.«

»Was? Ich hab dir doch gesagt, du sollst ihm frische Ware geben.«

»Das habe ich ihm ja auch gesagt. Aber er hat eisern darauf bestanden, nur von den abgelaufenen Lunchboxen zu essen.«

»Dabei habe ich ihm doch extra erklärt, dass er die neuen Sachen bekommt. Ich muss mein Versprechen halten!«

»Das ist gar nicht einfach, Frau Yeom. Der steht vor der Kasse und brummelt stur vor sich hin. Und dann dieser Gestank. Das riecht echt, als hätte irgendwer hier im Laden sein Häufchen hinterlassen. Manche Kunden sind sogar gleich wieder gegangen, als die den hier stehen gesehen haben. Was soll ich denn da machen? Wenn das irgendwie schnell geregelt werden soll, bleibt mir doch gar nichts anderes übrig, als es so zu machen, wie er will, und ihn dann wieder gehen zu lassen. Und lüften muss ich hinterher auch noch jedes Mal.«

»Puh ... Verstehe.«

»Also, ich habe irgendwie das Gefühl, das ist abgesprochen. Immer genau dann, wenn die alten Lebensmittel entsorgt werden, taucht der jedes Mal wie aus dem Nichts hier auf.«

»Der hat seine Prinzipien, so viel steht fest.«

»Gestern ist er mal ein klein wenig später gekommen, da hab ich schon befürchtet, dass er vielleicht krank ist.«

Si-hyeon fuhr sich mit der Zunge über die Lippen und bemühte sich, möglichst besorgt zu wirken. Frau Yeom rang sich ein Lächeln ab. Das Mädchen, groß gewachsen, gertenschlank und von sanftem Gemüt, erinnerte sie immer ein wenig an eine röhrenförmige Tubeman-Puppe, die als Werbefigur vor Geschäften steht, im Wind hin und her schwankt und mit den Armen schlackert.

»Si-hyeon, du bist einfach zu liebenswürdig für diese Welt ...«

»Sie waren es doch, die auf die liebenswürdige Idee gekommen ist, dem Obdachlosen jeden Tag eine Lunchbox zu spendieren. Wenn der jetzt auch noch seine Kollegen hier anschleppt, was machen wir denn dann?«, gab Si-hyeon zurück. So eine Tubeman-Puppe ist biegsam, aber unbeugsam …

»So einer ist er nicht.«

»Ah ja? Woher wissen Sie das denn so genau?«

»Ich habe einen Blick für so was. Deswegen habe ich ja auch dich hier eingestellt, nicht wahr?«

»Sie sind wirklich unschlagbar.«

Frau Yeom hatte stets Freude an den neckischen Rangeleien mit Si-hyeon. So hätte sie sich ihre älteste Tochter gewünscht. Sie wünschte ihr von Herzen, dass sie die Beamtenprüfung bestand und dann weiterziehen könnte, wurde aber gleichzeitig auch schon wehmütig bei dem Gedanken daran, dass Si-hyeon dann nicht mehr hier im Laden arbeiten würde.

Die Türglocke bimmelte. Si-hyeon begrüßte den eintretenden Kunden und nahm sogleich ihren Platz hinter der Kasse ein. Frau Yeom sah sich im Laden um und warf einen Blick auf die übrig gebliebenen Lunchboxen. Sie nahm sich vor, einmal hierherzukommen, wenn die abgelaufenen Lebensmittel entsorgt wurden. Um den Obdachlosen nach seinem Namen zu fragen.

An diesem Abend war sie nach Hause gekommen und vor dem Fernseher eingeschlafen. Geweckt wurde sie durch das Telefon. Sie sah auf das Display. Es war ihr Sohn. Und es war kurz nach Mitternacht. Beides stieß ihr sauer auf. Als sie den Anruf annahm, klang ihr vom anderen Ende der Leitung eine unzweifelhaft alkoholisierte

Stimme entgegen. Ihr Sohn wusste nicht, dass sie in Busan gewesen war, und hatte auch vergessen, dass sie morgen Geburtstag hatte. Trotzdem beteuerte er, dass er sie liebe und dass es ihm leidtue, sich seiner Mutter gegenüber so ungebührlich zu verhalten. Den Abschluss seines üblichen Repertoires bildete stets, und so auch heute, die existenzielle Frage danach, wie es »um den Laden denn so stehe«. Woraufhin sie erwiderte, das brauche ihn nicht zu kümmern. Und wie immer antwortete er darauf mit dem Hinweis, dass sie doch viel mehr Freiraum und ein deutlich behaglicheres Leben hätte, wenn sie den unrentablen Laden endlich dichtmachen und ihm das für sein eigenes Geschäft benötigte Geld zur Verfügung stellen würde. Da konnte sie sich nicht länger zurückhalten:

»Min-sik, diese Betrügereien der eigenen Familie gegenüber lässt du bleiben, klar?«

»Ach, Mama. Wieso vertraust du mir denn nicht? Glaubst du wirklich, dein eigener Sohn würde dich über den Tisch ziehen?«

»Ob Menschen oder Staaten, sie alle werden danach beurteilt, welche Vergangenheit sie in sich tragen, lass dir das von einer pensionierten Geschichtslehrerin sagen. Erinnere dich daran, was du dir in der Vergangenheit alles geleistet hast. Würdest du dir da selber vertrauen?«

»Uff ... Mama, ich bin so einsam. Warum macht ihr mich noch einsamer, meine Schwester und du? Familie? Was soll das denn heißen?«

»Ich lege jetzt auf. Ich höre mir dein betrunkenes Gefasel nicht länger an.«

»Mama ...«

Sie legte auf und ging in die Küche. Sie hatte Schmerzen in der Herzgegend. Ihr Herz brannte, als würde es in der Pfanne fritiert. Brutzelnd breiteten sich die Schmerzen in ihr aus und drückten auf die gesamte Brust. Sie öffnete den Kühlschrank, nahm eine Dose Bier heraus und trank in großen Schlucken, um das Feuer in ihrer Brust, die Schmerzen in ihrem Herzen, zu löschen, trank, bis sie sich verschluckte und husten musste. Dass sie sich nun betrank, um das Geschwafel ihres betrunkenen Sohnes zu vergessen, fand sie selbst erbärmlich.

Sie war ratlos. Was sollte sie tun?

Mit klarem Urteilsvermögen und Entschlusskraft hatte sie ihr Leben bis jetzt ohne große Schwierigkeiten bewältigt. Das Problem mit ihrem Sohn war, dass er ihr Leben aus dem Gleichgewicht brachte. Angenommen, sie würde ihren Laden wirklich aufgeben, um ihrem missratenen Sohn bei seinem Geschäft, seinen Machenschaften oder wobei auch immer zu helfen, und ihr Geld würde dabei draufgehen. Was käme als Nächstes? Wahrscheinlich ihre letzte noch verbliebene Rücklage, die kleine Zweizimmerwohnung im dritten Stock eines unmodernen, sonnenverblichenen Hauses, das seit zwanzig Jahren auf dem Hügel von Cheongpa-dong stand. Vielleicht würde sie ihm auch ihr letztes Refugium noch abtreten müssen, um sein völliges Scheitern zu verhindern.

So schwer es ihr fiel, sich das einzugestehen, ihr Sohn war nicht nur missraten, sondern ein lupenreiner Betrüger. Auch ihrer Schwiegertochter musste irgendwann ein Licht aufgegangen sein, denn sie hatte nach rund zwei Jahren Hals über Kopf die Scheidung eingereicht. Damals hatte Frau Yeom sich noch über die vermeintliche Kaltherzigkeit ihrer Schwiegertochter aufgeregt, aber schließlich hatte sie einsehen müssen, dass es wohl ihr Sohn gewesen war, der die Hauptschuld am Scheitern der Ehe trug. Drei Jahre später hatte ihr Sohn auch das restliche Vermögen vollständig verjubelt. Sie, seine Mutter, war nun die Einzige, die ihm noch helfen konnte Was aber tat sie? Sie sorgte sich um die Mahlzeiten eines Straßenpenners am Hauptbahnhof. Warum aber konnte sie nicht für ihren eigenen Sohn sorgen, der, seit er nicht mehr bei ihr wohnte, ständig betrunken war und auf keinen grünen Zweig mehr kam?

Nachdem sie das Bier ausgetrunken hatte, blieb sie am Küchentisch sitzen und begann zu beten. Inniges Beten, flehentliches Bitten, das war alles, was sie tun konnte.

Ihren Geburtstag verbrachte Frau Yeom gemeinsam mit ihrer Tochter, ihrem Schwiegersohn und ihrer Enkelin Junhee, dem kleinen Sonnenschein. Diesmal war ihre Familie nicht zu ihr nach Cheongpa-dong gekommen, sondern hatte sie in ein Grillrestaurant eingeladen, das sich in einem Mehrzweckgebäude in ihrem eigenen Wohnviertel befand. Das High-Eco-Village im Ostteil von Ichon-dong, wo ihre Tochter wohnte, und das Haus in Cheongpa-dong, wo Frau Yeom wohnte, lagen zwar beide im Bezirk Yongsan-gu, ansonsten aber in jeder Hinsicht himmelweit voneinander entfernt. Yongsan-gu war nach den drei Gangnam-Bezirken derjenige Stadtteil mit den höchsten Immobilienpreisen, wobei aber Cheongpa-dong mit seinen dicht an dicht liegenden Häuschen und Studentenunterkünften nach wie vor ein Viertel der Unterschicht war. Ihre Tochter und ihr Schwiegersohn sagten zwar immer wieder, ihre Wohnung gehöre eigentlich der Bank, aber sie hatten es sich zum Ziel gesetzt, reichlich Geld anzusparen, um dann, wenn Junhee in die Mittelstufe käme, nach Gangnam, ins gelobte Land, zu ziehen. Zwar fragte sich Frau Yeom bisweilen, ob die aggressiven, ambitionierten Methoden der Geldanlage und Haushaltsführung, die ihren eigenen konservativen wirtschaftlichen Vorstellungen zuwiderliefen, eher den Fähigkeiten ihrer Tochter oder aber dem Geschick ihres Schwiegersohnes geschuldet waren, doch irgendwann begriff sie, dass es sich bei alldem um ein synergetisches Zusammenspiel der beiden handelte. Nach deren Hochzeit schien ihre Tochter ihr immer weniger wie eine Tochter und ihr Schwiegersohn umso mehr wie jemand aus einem angeheirateten Haushalt. Zum Glück bereitete ihr die Familie ihrer Tochter, die harmonisch und gedeihlich zusammenlebte, weniger Sorgen als die Ehe ihres Sohnes, die in Streit und Scheidung geendet hatte. Aber sie spürte doch, dass die Verbindung zu ihrer Tochter, in der sich die Ausrichtung und die Art der Gespräche und so vieles andere geändert hatte, zusammen mit der physischen Distanz, sollten sie von Yongsan nach Gangnam umziehen, weiter auseinanderbrechen würde.

Was bedeutete es da schon, dass man sich zum Geburtstag der Mutter und Schwiegermutter in diesem für seine hohen Preise bekannten Restaurant versammelt hatte, um delikates koreanisches Rindfleisch zu essen? Im Grunde schien ihr dieser Umstand weniger rührend als vielmehr belastend. Bis dahin hatte die Familie ihren Geburtstag immer in einem Schweinerippchen-Restaurant vor der Sookmyung-Universität gefeiert. So saß sie nun in unbehaglicher Stimmung da und betrachtete ihre

Enkelin Junhee mit einem stillen Lächeln. Zwar war Junhee mit den YouTube-Videos auf ihrem Smartphone beschäftigt und beachtete ihre Oma nicht weiter, aber es war trotzdem ein schönes Gefühl. Tochter und Schwiegersohn sprachen gerade über irgendwelche Finanzleistungen, einmalig oder gestaffelt, mit oder ohne Garantie, Dinge, von denen sie nicht das Mindeste verstand, sodass sie nur hoffte, dass das Fleisch nicht mehr lange auf sich warten lassen werde, damit sie sich dem Essen widmen könne. Es war doch ihr Geburtstag. Da sollte es ihr vergönnt sein, ein wenig Spaß zu haben.

Das Essen kam. Sie konzentrierte sich ganz darauf, das von ihrem Schwiegersohn gegrillte Fleisch in ihren Mund zu befördern, ihre Tochter kümmerte sich um Junhee, und ihr Schwiegersohn grillte fleißig weiter. Nachdem das Bier eingeschenkt und angestoßen worden war, wandte ihre Tochter, als hätte sie ein Signal abgewartet, sich schließlich an sie.

»Mama, wir haben beschlossen, dass Junhee von nun an zur Taekwondo-Schule geht.«

»Was schickt ihr denn ein Mädchen zum Taekwondo …«

»Na hör mal, und ich dachte, du hättest studiert. Ob Junge oder Mädchen, Taekwondo können doch alle lernen. Junhee wurde vor Kurzem von einem Jungen geschlagen. Da hat sie von sich aus gesagt, dass sie gerne Taekwondo lernen will, damit sie sich in Zukunft gegen so unverschämte Kerle wehren kann.«

Ihre Tochter hatte recht. Frau Yeoms Gesicht erstarrte. Sie schämte sich für ihre altmodische Sichtweise. Während ihr Schwiegersohn versuchte, ihre Gedanken zu lesen, leerte ihre Tochter das Bierglas. Frau Yeom blickte schnell zu Junhee hinüber. Ihre Gesichtszüge entspannten sich.

»Junhee, willst du Taekwondo lernen?«, fragte sie.

»Ja«, antwortete das Mädchen, ohne die Augen von dem YouTube-Video abzuwenden.

»Es gibt nämlich in deinem Viertel eine gute Taekwondo-Schule, Mama. Der Hagwon-Leiter dort soll ganz hervorragend sein. Der war in der Nationalen Taekwondo-Bereitschaftstruppe, ist jung, hat eine gute Einstellung … Im Dongchon-Mums' Café soll der einen sehr guten Ruf haben.«

»Dongchon-Mums' Café?«

»Das ist der Verein der Mütter in Dongbu-Ichon. Im Internet.«

»Da muss der Leiter aber ziemlich dumm sein. Was macht er denn dann in irgendeiner engen Gasse in Cheongpa-dong? Da sollte er seinen Hagwon doch lieber nach Dongbu-Ichon verlegen, wo er Geld verdienen kann.«

»Das würde er ja auch gerne. Aber hier ist es halt ein bisschen zu teuer. Wir können nicht warten, bis er hier in diese Gegend kommt. Deshalb müssen wir Junhee dorthin schicken, und dafür brauchen wir, glaube ich, ein bisschen deine Hilfe, Mama.«

Das gute koreanische Rindfleisch, so unglaublich zart es auch war, blieb ihr mit einem Mal zwischen den Zähnen hängen und ließ sich nicht mehr gut kauen. Natürlich machte es Frau Yeom nichts aus, Zeit mit Junhee zu verbringen. Aber dass sie diese Zeit nicht frei wählen konnte, gefiel ihr nicht.

Ihre Tochter bat sie darum, sich in den zwei Stunden zwischen Geigen- und Taekwondo-Unterricht um Junhee zu kümmern. Noch dazu sollte sie, weil der Hagwon-Shuttlebus zeitlich ungünstig fuhr, Junhee im öffentlichen Linienbus begleiten. Als Rentnerin ohne Termine wäre es im Grunde nicht schwer gewesen, sich zwei Stunden lang um die eigene Enkeltochter zu kümmern. Aber Frau Yeom hatte durchaus Termine. Sie musste oft in ihrem Laden vorbeischauen, sie leistete ehrenamtliche Arbeit in der Kirche, und außerdem schrieb sie täglich Englischvokabeln, um geistig fit zu bleiben. Wenn diese Termine denen ihrer Tochter oder ihrer Enkeltochter in die Quere kamen, würde sie sie ganz gewiss hintanstellen müssen.

Ihr blieb nichts anderes übrig, als dem Wunsch der Tochter nachzukommen. Von einer Entschädigung war zwar keine Rede, aber in dem Glauben, dass ihre Tochter und ihr Schwiegersohn sich bestimmt von sich aus darum kümmern würden, willigte sie ein.

Als sie alleine mit dem Bus nach Hause fuhr, fielen ihr die Angestellten in ihrem Laden ein. Die Leute, die dort mit ihr zusammenarbeiteten, waren ihr sympathischer und für sie eher so etwas wie eine Familie als ihr renitenter Sohn und ihre neunmalkluge Tochter. Ihre Tochter würde wohl kritisieren, dass es nicht in Ordnung sei, seine Angestellten wie eine Familie zu behandeln, und wenn schon. Das hieß ja nicht, dass sie von ihren Angestellten verlangte, sie als Familie zu betrachten, oder dass sie ihnen »ganz familiär« unangemessene Arbeit aufhalsen würde. Frau Yeom war sich bewusst, dass sie ihren Mitarbeitern gefühlsmäßig deshalb so nahestand, weil sie von niemand anderem so abhängig war.

Frau Oh, die vormittags die Verantwortung für den Laden übernahm, war seit zwanzig Jahren eine gute Freundin von Frau Yeom und besuchte auch dieselbe Kirche. Sie war wie eine kleine Schwester für sie und hatte in der Vergangenheit manch Freud und Leid mit ihr geteilt. Und Si-hyeon, die am Nachmittag kam, war wie eine Tochter oder Nichte, einfach dadurch, dass sie so war, wie sie war. Sie arbeitete nun beinahe ein Jahr lang hier im Laden, und abgesehen davon, dass ihr manchmal ein Fehler bei der Rechnung unterlaufen war, hatte sie sich nie etwas zuschulden kommen lassen. Allein die Tatsache, dass sie es ein Jahr lang in einem 24-Stunden-Laden ausgehalten hatte, wo dauernd Kunden bedient werden mussten, war schon eine enorme Unterstützung gewesen. In dieser Hinsicht war auch Seong-pil, der seit einiger Zeit die Nachtschicht übernommen hatte, ihr ein treuer Gefährte. Der Mitte-fünfzig-Jährige war ein echter Glücksfall gewesen. Vor zwei Jahren hatte er ihrem Kopfzerbrechen darüber, dass die Aushilfen für die Nachtschicht so häufig wechselten, ein Ende bereitet. Er lebte als Familienvater zweier Kinder in einer Souterrainwohnung nicht weit vom Laden entfernt und war manchmal dort vorbeigekommen, um Zigaretten zu kaufen. Gleich als er erfahren hatte, dass ein Ladenmitarbeiter gesucht werde, hatte er angefragt, ob er hier arbeiten könne. Mit Nachdruck hatte er erklärt, dass er seinen Job verloren habe und es schwer sei, eine neue Anstellung zu finden, und dass er deshalb bereit sei, als nächtliche Aushilfe im Laden seinen Lebensunterhalt zu verdienen. Ihr war bewusst, wie händeringend er als Familienvater Arbeit suchte, und nachdem sie ihn eingestellt hatte, erhöhte sie den üblichen Stundenlohn noch um fünfhundert Won. Als die neue Regierung den stündlichen Mindestlohn noch einmal ein gutes Stück erhöhte, konnte er schließlich ein Monatsgehalt von mehr als zwei Millionen Won nach Hause bringen. Seitdem waren anderthalb Jahre vergangen, in denen er die Nachtschichten übernommen hatte, der härteste Job, den der Laden zu bieten hatte.

Das war es, was die familiäre Atmosphäre ausmachte. Aus Sicht der Chefin wäre es wünschenswert gewesen, sie alle weiterhin hier arbeiten zu lassen. Aber sie hatte beschlossen, Si-hyeon, die feste Arbeit suchte, und Seong-pil, der sich vorgenommen hatte, eine neue Anstellung zu finden, frohen Herzens gehen zu lassen, wenn sich ihnen die Gelegenheit böte, ihren Wunsch zu verwirklichen. Si-hyeon hatte sie sogar schon einmal eine passable Arbeitsstelle empfohlen. Aber zum Glück war Si-hyeon nach nur einem Tag wieder zurückgekommen. Frau Yeom erinnerte sich noch genau daran, wie Si-hyeon sie mit der Begründung, sie sei »noch nicht bereit fürs echte Berufsleben«, darum gebeten hatte, weiter im Laden arbeiten zu dürfen.

Die Arbeit am Wochenende übernahmen Studentinnen der Sookmyung-Universität, und wenn unter der Woche mal jemand gebraucht wurde, sprangen Schüler aus der kirchlichen Jugendgruppe ein. Dieses Arsenal an Aushilfen, denen es zusagte, sich ein oder zwei Tage lang ein Taschengeld zu verdienen, sorgte dafür, dass sich Frau Yeom nicht ständig von Neuem darum kümmern musste, Ausfälle zu ersetzen, und sich das Problem, Mitarbeiter einzustellen, das wohl jedem Unternehmer das größte

Kopfzerbrechen bereitet, erheblich verringerte. Frau Yeom war stets erstaunt, dass die studentischen Aushilfskräfte, die nicht so eng in den familiären Kreis der ständigen Mitarbeiter eingebunden waren, sie stets mit »Sajangnim«, »Frau Geschäftsführerin« ansprachen, und dankbar, dass sie bereit waren, auf den Laden aufzupassen.

Ein Problem aber gab es. Die Umsätze.

Mit ihrer Lehrerpension konnte Frau Yeom für sich alleine gut sorgen. Dass sie nach langem Grübeln darüber, was sie mit dem Nachlass ihres Mannes anfangen solle, schließlich den Laden eröffnet hatte, war den Ratschlägen ihres jüngeren Bruders zu verdanken gewesen, der selbst drei Läden besaß. Ihr Bruder hatte betont, dass man mindestens drei Filialen führen müsse, wenn man mit einem 24-Stunden-Laden Geld verdienen wolle, und sie gedrängt, das Geschäft zu erweitern, aber ihr genügte dieser eine Laden. Wenn sie von ihrer eigenen Rente leben konnte und sich mit dem Laden für den Lebensunterhalt der »Mitarbeiterfamilie« sorgen ließ, dann war das genug. Zwar war ihr das nicht von Anfang an bewusst gewesen, aber ohne den Laden hätten Frau Oh und Seong-pil Schwierigkeiten gehabt, über die Runden zu kommen, und auch Si-hyeon verdiente sich das Geld, das sie für die Vorbereitung auf die Beamtenprüfung aufbringen musste, hier im Laden. Frau Yeom hatte nie die Absicht gehabt, sich selbstständig zu machen und bis an ihr Lebensende als Geschäftsführerin zu arbeiten. Dass sie nun dennoch dazu gekommen war, sich um das Management des Ladens zu kümmern, hatte seinen Anfang genommen, als ihr aufgegangen war, dass dieses Geschäft nicht nur in ihrem eigenen Interesse lag, sondern dass das Leben ihrer Mitarbeiter davon abhing.

Am Anfang lief das Geschäft ganz gut, aber nach sechs Monaten öffneten keine hundert Meter entfernt zwei Filialen anderer 24-Stunden-Shops, die eine harte Konkurrenz darstellten. Beide gingen immer wieder mit besonderen Verkaufsaktionen in die Offensive, wohingegen Frau Yeoms vergleichsweise ruhiger Laden rasch ins Hintertreffen geriet, was den Absatz einbrechen ließ, bis heute.

Frau Yeom hatte kein Interesse daran, mit ihrem Laden ein Vermögen zu machen. Sie sorgte sich nur darum, was aus ihren Angestellten würde, wenn der Verkauf immer weiter schrumpfte und der Laden pleiteging. Dass der Konkurrenzkampf so hart sein würde, hatte sie nicht erwartet, und es war ungewiss, wie lange sie noch durchhalten könnte.

Am nächsten Tag kam Frau Yeom zur Zeit der Lebensmittelentsorgung in den Laden und entdeckte, wie der Obdachlose vor dem Geschäft an den Plastiktischen sauber machte. In der Kälte des Herbstabends bückte er sich dort und sammelte schwerfällig Zigarrettenkippen, Pappbecher und Bierdosen auf. Die Art, wie er den Abfall zu den Mülleimern brachte, ihn dann nach sorgfältiger Betrachtung trennte und ihn schließlich in die jeweils dafür vorgesehenen Behälter entsorgte, hatte etwas beinahe Anmutiges. In diesem Moment kam Si-hyeon mit der Lunchbox aus dem Laden, stellte sie auf dem Tisch ab und gab ihm ein Zeichen. Er nickte geistesabwesend, und auch Si-hyeon nickte ihm zu. Als sie sich umdrehte, stieß sie mit Frau Yeom zusammen, die das Ganze beobachtet hatte.

»Hoppla, Sie sind hier?«

»Du bringst ihm gerade die Lunchbox, oder?«

»Ja. Wo er sich schon die Mühe macht und hier aufräumt … Ist ja nett von ihm.«

Si-hyeon lächelte und ging wieder in den Laden, während der Obdachlose erneut Frau Yeoms Aufmerksamkeit auf sich zog. Auch er hatte sie nun bemerkt und verbeugte sich. Dann öffnete er den Deckel seiner Lunchbox. Ohne etwas zu sagen, setzte sie sich ihm gegenüber. Aus der Lunchbox stieg Dampf auf, offenbar war sie in der Mikrowelle des Ladens aufgewärmt worden. Augenscheinlich ein wenig irritiert durch Frau Yeoms Anwesenheit, hielt er einen Moment inne und riss dann, nachdem Frau Yeom ihm bedeutet hatte, er solle in Ruhe essen, die Packung mit den Essstäbchen auf. Anschließend holte er aus seiner Jackentasche eine grüne Flasche hervor.

Er öffnete den Deckel der etwa zur Hälfte mit Soju gefüllten Flasche und goss sich davon in einen noch nicht weggeräumten Pappbecher ein. Frau Yeom sah weiter zu, wie er sich zusammen mit dem Branntwein den Inhalt seiner Lunchbox einverleibte. Es dauerte nicht lang, und er störte sich nicht mehr an ihrer Anwesenheit, sondern widmete sich ganz seiner Mahlzeit.

Als er dabei war, sein Mahl zu beenden, ging Frau Yeom in den Laden und kam gleich darauf mit zwei Dosen Kaffee wieder heraus. Als sie erneut ihm gegenüber Platz genommen hatte und ihm eine der Dosen reichte, freute er sich. Er verneigte sich, öffnete die Dose und trank genüsslich seinen Kaffee. Auch Frau Yeom trank

Kaffee. So vertrieb der warme Dosenkaffee die unangenehme Frische des Spätherbstabends. Wenn sich im Sommer Bier trinkende Kunden lautstark unterhielten oder Zigarrettenqualm verbreiteten, gab es manchmal Beschwerden, und es war mühsam, den achtlos weggeworfenen Abfall zu beseitigen, aber die Plastiktische vor dem Laden waren doch fraglos ein Ruhepol des Viertels und ein kleiner Ort der Entspannung. Das war der Grund, weshalb Frau Yeom die Tische trotz zahlreicher Beschwerden von Anwohnern und trotz dem Gejammere ihrer Angestellten dort hatte stehen lassen.

»Ganz schön … kalt heute, was?«, kam plötzlich wie ein geisterhafter Pfiff eine Stimme zu ihr herübergeweht, und sie erschrak. Der Obdachlose sah sie an. Weil er während seiner Mahlzeit die ganze Zeit still geblieben war, war sie davon ausgegangen, dass er sich nicht gerne unterhalte, und hatte deshalb ihr ursprüngliches Vorhaben, ihn nach seinem Namen zu fragen, schon begraben. Doch nun, wo er als Erster zu reden begonnen hatte, war ihr Interesse wieder erwacht.

»Ja, das stimmt. Und es soll noch kälter werden … Bleiben Sie die ganze Zeit über im Hauptbahnhof?«

»Muss ich ja. Wenn es noch kälter wird.«

Nanu? Im Vergleich zu vergangener Woche schien er nun um einiges sicherer zu sprechen. Vielleicht hatten die regelmäßigen Lunchbox-Mahlzeiten im 24-Stunden-Laden ihn in gewisser Weise resozialisiert. Am Morgen hatte Frau Yeom sich vorgenommen, ihn möglichst viel von dem zu fragen, was sie interessierte.

»Ist diese Mahlzeit das Einzige, das Sie am Tag zu sich nehmen?«

»Ich gehe immer zu einer Veranstaltung von der Kirche … Da esse ich zu Mittag … Aber … ich mag nicht, dass ich da immer Kirchenlieder mitsingen soll.«

»Das ist ja wirklich nicht so schön. Aber wo ist denn Ihr Zuhause? Haben Sie nie daran gedacht, dorthin zurückzugehen?«

»Weiß ich nicht …«

»Darf ich Sie vielleicht nach Ihrem Namen fragen?«

»Weiß ich nicht.«

»Was? Sie wissen ihren Namen nicht? Wie alt sind Sie denn? Was haben Sie vorher gemacht?«

»W-Weiß ich nicht.«

»Oje …«

Da hatte sie nun schon mal angefangen, mit ihm zu reden, und dann kam nichts. Machte er von seinem Schweigerecht Gebrauch? Selbst Frau Yeom, normalerweise von rascher Auffassungsgabe, war sich nicht sicher, ob er all diese Dinge wirklich nicht wusste, oder ob er sich dumm stellte. Aber aufgeben wollte sie nicht. Wenn man miteinander kommunizieren wollte, musste irgendwie geklärt werden, wie man einander anreden sollte.

»Wie soll ich Sie denn nennen?«

Er gab keine Antwort, sondern wandte nur seinen Blick in Richtung Hauptbahnhof. Wollte er dorthin zurück? In den einzigen Raum, den er kannte? Da drehte er sich wieder zu ihr und sah Frau Yeom geradewegs mit festem Blick an.

»Dok-go.«

»Dok-go?«

»Dok-go … Alle … nennen mich so.«

»Ist das Ihr Nachname oder Ihr Vorname?«

»Einfach … Dok-go.«

Frau Yeom seufzte. Dann nickte sie.

»Ist gut. Dok-go. Nicht vergessen, kommen Sie jeden Tag hierher. Ich habe gehört, vor ein paar Tagen sind Sie später gekommen, da hat man sich schon Sorgen gemacht.«

»Nicht … Nicht doch. Kümmern Sie sich nicht darum.«

»Wenn jemand immer pünktlich kommt und sich dann einmal verspätet, dann beschäftigt das einen doch. Kommen Sie also jeden Tag pünktlich. Kommen Sie her, essen Sie Ihre Lunchbox, und verschaffen Sie sich, wenn Sie mögen, ruhig etwas Bewegung, indem Sie hier beim Aufräumen helfen. Das wäre doch nicht schlecht.«

»Und … wenn Sie … wenn Sie Ihr Portemonnaie verlieren … sagen Sie Bescheid.«

»Was?«

»Dann suche ich das wieder. Ich kann Sie ja sonst nicht … entschädigen.«

»Ich weiß doch, dass Sie ein anständiger Mensch sind. Soll ich mein Portemonnaie etwa absichtlich verlieren, um Ihre Hilfe zu brauchen?«

»Nein … Sie sollen das nicht verlieren. Ich meine nur … Falls ich irgendetwas helfen kann … meine ich.«

Frau Yeom fand das einerseits lobenswert, war andererseits aber auch etwas ratlos. Es war im Augenblick nicht so, dass sie dringend nach Hilfe gesucht hätte. Hatte er vielleicht auch den Eindruck, dass der Laden irgendwie nicht richtig lief? Sie sah ihm geradewegs in die Augen und beschloss, das Gespräch zu einem Abschluss zu führen.

»Dok-go, helfen Sie sich zuerst einmal selbst.«

Beschämt senkte er den Kopf. Dabei war das doch nichts, dessen man sich hätte schämen müssen.

»Und dass ich Sie die Lunchbox essen lasse, das tue ich, weil ich Ihnen zumindest ein wenig helfen will. Aber Alkohol wird hier nicht getrunken.«

Er gab keine Antwort.

»Die Lunchbox ist keine Beilage zum Trinken, sondern eine Mahlzeit. Wenn Sie sich betrinken, kann ich Ihnen auch nicht helfen.«

»Eine Flasche … Das … merkt die Leber doch gar nicht …«

»Wie auch immer. Ich bin ein Mensch mit Prinzipien. Diese Tische hier gehören mir, und wenn ich sage, hier wird nicht getrunken, dann wird hier nicht getrunken. Merken Sie sich das.«

Dok-go schluckte stumm seinen Speichel hinunter. Dann richtete er seinen Blick auf die Soju-Flasche und griff danach. Einen kurzen Moment lang fragte sich Frau Yeom, ob er sie vielleicht damit angreifen würde. Aber er stellte die Flasche auf die leere Lunchboxverpackung, stand auf und schlenderte hinüber zu den Behältern für die Mülltrennung. Frau Yeom atmete im Stillen auf. Dok-go kam zurück, kramte das undefinierbare Klopapierbündel aus seiner Jackentasche, wischte damit den Tisch ab und verbeugte sich zum Abschied.

Frau Yeom blickte dem Mann, der sich Dok-go nannte und sich nun allmählich entfernte, noch eine Weile nach. Dok-go. Was mochte dieser Name bedeuten? »Dok« mit der Bedeutung »alleine«, und »go« im Sinne von »einsam«? Einsam und allein? Wie er sich dort entfernte, sah genauso traurig aus, wie dieser Name klang. Sie beschloss, sich erst einmal nicht weiter um ihn zu kümmern.

»Frau Yeom, bitte entschuldigen Sie, aber ich glaube, ich muss meine Arbeit hier kündigen.«

Frau Yeom, die am Abend in den Laden gekommen war, um nach dem Rechten zu sehen, plauderte gerade mit Si-hyeon, als Seong-pil, dessen Schicht nun begann, mit diesen Worten hereinplatzte. Frau Yeom war verwirrt. Er fuhr sich mit der Hand durch sein spärliches Haar und erklärte, über einen Bekannten habe er eine Anstellung als Chauffeur für den Chef eines mittelgroßen Unternehmens bekommen und solle die Stelle innerhalb von drei Tagen antreten. Dies sei der Grund, weshalb er hier so plötzlich aufhören müsse, sagte er und beteuerte, wie leid es ihm tue.

Jemanden für die Nachtschicht, die anstrengendste Schicht, zu finden, würde nicht leicht werden. Anderthalb Jahre lang hatte Frau Yeom sich in der Nacht nicht sonderlich Sorgen machen müssen, weil Seong-pil still und zuverlässig auf den Laden aufgepasst hatte … Und nun war diese Stelle wieder offen. Selbst wenn sie irgendwann jemanden fände, würden bis dahin immer wieder Aushilfen einspringen müssen, weil die Kündigung so plötzlich erfolgt war. Bei dem Gedanken, dass sie die nächste Zeit erst einmal auf diese Weise würde überstehen müssen, bis irgendwann ein fester Mitarbeiter für die Nachtschicht gefunden wäre, brummte ihr schon jetzt der Schädel.

Aber sie erinnerte sich an ihren Vorsatz, Seong-pil frohen Herzens gehen zu lassen, wenn er eine neue Anstellung gefunden hatte. Sie bedankte sich bei ihm dafür, dass er ihr durch seinen zuverlässigen Nachtdienst viele Sorgen erspart hatte, und gab ihm zum Abschied noch einen Bonus. Seong-pil zeigte sich gerührt und versprach sogleich, auch an den letzten drei Tagen wie gewohnt sein Bestes zu geben.

»Frau Yeom, Sie sind wirklich großartig«, erklärte Si-hyeon mit hochgerecktem Daumen, nachdem Seong-pil seine Jacke genommen und sich ins Lager begeben hatte.

»Dir wünsche ich viel Erfolg bei deiner Prüfung, Si-hyeon. Wenn du bestehst, kaufe ich dir was zum Anziehen für deine neue Arbeit.«

»Echt? Darf ich mir dann auch was ganz Teures aussuchen?«

»Wenn du als Neuling in der Firma in teuren Klamotten zur Arbeit kommst, bist du sofort unten durch. Ich kauf dir was Unproblematisches. Also lern schön fleißig, klar?«

»Ja.«

»Ach so, und irgendwie muss ich ja nun wen für die Nachtschicht finden. Frag mal bei deinen Freunden nach, ob es da einen gibt, der Zeit hat. Ich erkundige mich bei den Jugendlichen in der Kirchengemeinde.«

»Soll das ein Auftrag sein?«

»Ja. Wenn du keinen findest, machst du die Nachtschicht.«

»Kommt nicht infrage.«

»Wenn wir in drei Tagen nicht jemanden haben, muss es eine von uns beiden machen, du oder ich. Frau Oh kommt wegen ihres Sohns nicht infrage, da bleiben ja nur wir beide, oder? Und jetzt überleg mal: Soll Oma hier mitten in der Nacht ganz alleine Waren ins Regal stellen und den Laden hüten?«

Nach diesem Vortrag rollte Si-hyeon mit den Augen und setzte eine unschlüssige Miene auf.

»Okay, ich frag mal nach. Gibt ja viele, die nichts zu tun haben.«

»Sag ihnen, die Chefin hier ist erste Sahne.«

»Schon klar.«

Als Frau Yeom die schier überquellenden Kisten mit den angelieferten Waren sah, entfuhr ihr ein Seufzer. Das Geschäft lief miserabel, was hatte sie da wieder so viel bestellt … Während sie so mit sich ins Gericht ging, begann sie, die Kisten, die vor dem Laden aufgetürmt wurden, eine nach der anderen ins Lager zu tragen. Der Zusteller lieferte nur bis vor die Ladentür, die Kisten ins Lager bringen mussten die Ladenmitarbeiter selbst. Nachdem sie ein paarmal hin- und hergelaufen war, zitterten ihr die Beine. Der Anlieferer lud die letzte Kiste vom Wagen und fuhr wieder ab. Sie blickte ihm nach. Noch einmal seufzte sie.

Seit Seong-pils Kündigung war eine Woche vergangen, und noch immer hatte sie niemanden gefunden, der die Nachtschicht dauerhaft übernehmen wollte. Drei Tage lang war ein Junge aus der Kirche, der in ein paar Monaten zum Wehrdienst gehen würde, bereit gewesen, die Arbeit zu machen, aber dann hatte er sich mit der lahmen Ausrede, seine Eltern seien dagegen, wieder verkrümelt. Frau Yeom machte sich ernste Sorgen darüber, wie dieses Bürschchen bloß den Wehrdienst überstehen wollte, allerdings war diese Sorge nicht ganz so groß wie die um das Problem mit der Nachtschicht.

Die dritte Nacht verbrachte nun notgedrungen sie selbst im Laden. Si-hyeon hatte »zu guter Letzt« einen für sie geeigneten Intensivkurs gefunden, weshalb sie – es tue ihr »unendlich leid« – immer schon in den frühen Morgenstunden nach Noryangjin aufbrechen müsse. So eine Frechheit! Sie hätte Si-hyeon gern ein paar Prüfungsaufgaben gestellt, um festzustellen, ob sie wirklich so fleißig lernte. Als ehemalige Geschichtslehrerin konnte sie die historischen Kenntnisse, die in der Beamtenprüfung abgefragt wurden, natürlich im Schlaf hersagen und hätte Si-hyeon auf diesem Gebiet bestimmt weiterhelfen können. Aber die wollte sie weiterhin als Chefin und nicht als Lehrerin betrachten und lehnte entschieden ab. Vielleicht ging es Si-hyeon ja auch gar nicht so sehr ums Lernen, sondern eher darum, sich mit ihrer Arbeit hier im Laden ein wenig Taschengeld zu verdienen und irgendwie die Zeit totzuschlagen.

Wieder ertappte Frau Yeom sich dabei, dass sie sich Sorgen um andere machte. Dabei musste sie sich nun schleunigst um jemanden für die Nachtschicht kümmern. Tagsüber hatte sie bei ihrem Sohn angerufen, war dabei aber nur wieder in Rage geraten. Kein Funken Hilfsbereitschaft von seiner Seite, stattdessen weitere Unverschämtheiten gegenüber der ohnehin schon elenden, armen Mutter. Erstens, ob sie denke, er sei arbeitslos; zweitens, ob sie – falls er das wirklich wäre – ernsthaft glaube, sie könne eine erstklassige Arbeitskraft wie ihn einfach so als nächtliche Aushilfe für ihren Laden anheuern; drittens, weshalb sie die ganze Plackerei überhaupt auf sich nehme und den Laden nicht stattdessen einfach verkaufe, und viertens, dass sie bei der Gelegenheit das Geld doch einfach in sein eigenes Geschäft investieren und ihren Ruhestand genießen könne. Nachdem Frau Yeom ihm unmissverständlich klargemacht hatte, dass er in ihrem Laden nicht damit rechnen dürfe, auch nur ein Kaugummi spendiert zu bekommen, hatte sie aufgelegt, eine Dose Bier getrunken und sich aufs Bett fallen lassen. Als der Wecker klingelte, war sie schließlich aufgestanden und losgegangen, um Si-hyeon abzulösen. Ihr feiner Herr Sohn trieb sie immer mehr in den Alkohol … Das war eigentlich nichts, was sie sich als strenggläubige Christin hätte erlauben dürfen. Warum bloß hatte Gott einerseits dafür gesorgt, dass sie sich über ihren Sohn so den Kopf zerbrechen musste, und andererseits dafür, dass Alkohol vorhanden war? Darauf hatte sie keine Antwort.

Als sie alle Waren im Lager verstaut und die eingegangene Lieferung überprüft hatte, war es schon nach Mitternacht. Jetzt mussten die Waren in die Regale geräumt werden. Und so wuselte sie nun geschlagene drei Stunden wie ein fleißiges Eichhörnchen zwischen Lagerraum und Auslageregalen hin und her. Als sie damit fertig war, war es vier Uhr morgens. Den Oberkörper auf den Ladentresen gestützt, versuchte sie gähnend, die Augen offen zu halten. Immerhin gab es um diese Zeit keine Kundschaft. Das hätte auch wirklich noch gefehlt. Allerdings schien ihr die Erleichterung über ausbleibende Kundschaft auch nicht unbedingt wie ein glückliches Omen …

In diesem Moment bimmelte die Ladenglocke, und mit einem Schwall von Flüchen und Kraftausdrücken kam eine Gruppe junger Leute hereingepoltert. Zwei junge Frauen und zwei junge Männer, alle Anfang zwanzig und alle offenbar erheblich alkoholisiert. Die beiden Frauen, eine mit blondiertem, die andere mit lila gefärbtem Haar, plapperten unverblümt miteinander, während die beiden Männer mit einer Mischung aus Durchtriebenheit und Angeberei um sie herumscharwenzelten. Ganz offenbar handelte es sich bei ihnen nicht um Studenten der nahe gelegenen Sookmyung-Universität, sondern um nächtliche Kneipengänger, die vom Bahnhof Namyeong gekommen waren.

»So eine Scheiße, *Bungeo Ssamanko*-Eis haben die hier nicht!«

»Bist du blind? Haben die wohl! Hier. *Bungeo Ssamanko* mit Reiskuchenstücken.«

»Mit Reiskuchenstückchen? Alter, voll eklig.«

»Na, dann such mal schön weiter nach *Bungeo Ssamanko* ohne Reiskuchenstückchen, du Snob! Ich nehm ein *Bibibik*.«

»Wisst ihr überhaupt, was *Ssamanko* bedeutet? *Ssa* heißt nämlich ›billig‹, und *manko* heißt ›viel‹. ›Viel für wenig Geld‹!«

»Dein Ernst, Mann? Suchst du immer noch nach deinem blöden *Ssamanko*? Ey, wart mal, wieso haben die hier denn kein *Bibibik*? Verfluchter Dreckladen, ich will Bohneneis!«

Angesichts dieser hemmungslosen Unflätigkeiten legte sich Frau Yeoms Stirn in Falten. Ruhig bleiben. Diesen betrunkenen Jugendlichen irgendwelche Manieren beibringen zu wollen, wäre sicher keine gute Idee.

»Hier, die haben *Babamba*. Nimmst du halt das!«

»Hör mal, du Pisser. *Babamba* ist Kastaniengeschmack. Ich will Bohneneis, kapiert?«

»Wenn du Bohnengeschmack willst, nimm doch *Patbingsu*. Hier!«

»Bei der Scheißkälte draußen? *Patbingsu*, ey? Hast du sie noch alle, du Spacko?!«

»Ey, was redest du für Scheiße, Alter. Fick doch deine …«

»Aufhören!«, fuhr Frau Yeom dazwischen. Sie hatte es nicht mehr ausgehalten. »Benehmt euch!«

In ihrem Laden verbitte sie sich dieses Vokabular, fuhr sie streng fort, man werde jetzt gefälligst bezahlen und dann nach Hause gehen. Nun hatte sie schließlich doch die Nerven verloren. Aber diese Flut von Obszönitäten war für sie, die gegen Schimpfworte aus dem Mund junger Leute seit jeher allergisch war, einfach nicht mehr zu ertragen gewesen. Allerdings handelte es sich bei den Leuten, die sie nun vor sich hatte, nicht um ihre Schüler und auch nicht um Jugendliche, die wussten, was sich gehört. Sondern um einen Haufen zwielichtiger Rowdys, um vier übel gesinnte Individuen, die sich ihr nun mit bedrohlicher Miene näherten. Frau Yeom stand da und schluckte.

Das Mädchen mit den blond gefärbten Haaren, das ganz vorne stand, spuckte einmal aus.

»What the fuck! Ey, du alte Schachtel. Noch' n paar Leben in der Hinterhand, oder was?«

»Ihr habt hier mit dem Lärm angefangen. Die Überwachungskamera kann das beweisen.«

Frau Yeom versuchte, ihr Gleichgewicht wiederzufinden und verlieh ihrer Stimme einen warnenden Ton. Da trat das Mädchen mit den lila Haaren vor, knallte ihr *Bungeo Ssamanko* auf den Kassentisch und verkündete:

»Okay, zahlen. Bevor du gleich selber ein Icepack für deine geschwollenen Augen brauchst, klar?«

Die beiden Mädchen kicherten und holten mit der Faust aus, als wollten sie ihre Drohung auf der Stelle in die Tat umsetzen, während die beiden jungen Männer feixend im Hintergrund standen und zusahen. Frau Yeom spürte, wie es in ihr brodelte. Sie war nicht gewillt, hier den Kürzeren zu ziehen.

»Euch verkauf ich nichts. Raus! Ich ruf jetzt ohnehin die Polizei.«

Da nahm die Blonde eine der Eispackungen und schlug Frau Yeom damit auf den Kopf. Die war so perplex, dass sie nur große Augen machte.

»So, du alte Ziege, was war das vorhin? ›Benehmt euch‹? Sind wir hier in der Schule, oder was? Ich geh auf keine Schule, ey, dass das klar ist. Ich bin rausgeflogen, weil ich der Lehrerin, die genau so eine ätzende Hackfresse war wie du, eins aufs Maul gegeben hab.«

Die mit den gelben Haaren holte erneut mit ihrem Eis aus, diesmal wollte sie ihr mitten ins Gesicht schlagen. Da schnappte Frau Yeom nach dem Handgelenk des Mädchens und hielt es fest.

»Du willst wohl richtig Ärger bekommen, was?«

Sie hielt das Handgelenk mit aller Kraft umschlossen. Das Mädchen kreischte auf und wehrte sich, konnte sich aber nicht aus dem Griff befreien. Als Frau Yeom plötzlich lockerließ, ging das Mädchen, das sich mit voller Kraft dagegengestemmt und nicht mit dieser Finte gerechnet hatte, zu Boden. Nun packte die andere, die mit den lila Haaren, Frau Yeom bei der Schulter, woraufhin die alte Dame ihr reflexartig ins Haar griff und ihr Gesicht auf den Kassentresen drückte, auf dem das *Bungeo Ssamanko* noch lag.

»Ich soll eine Eispackung benötigen? Redet man in diesem Ton mit Erwachsenen?«

Und so sehr die Lilahaarige auch wütetete, Frau Yeom schüttelte ihren Kopf eine Weile hin und her, bis sie ihrem Ärger hinreichend Luft gemacht hatte. Wie von Sinnen schnappte das Mädchen nach Luft und begann zu husten. Da erst traten mit finsteren Mienen die beiden jungen Männer näher. Frau Yeom ließ den Hörer des Festnetztelefons, den sie schon in der Hand hielt, wieder sinken. Innerhalb weniger Augenblicke würde sie, wenn sie das Telefon einfach weiter so hielt, automatisch mit der nächsten Polizeiwache verbunden werden.

»Ey, du willst wohl, dass wir dich komplett auseinandernehmen, was, Alte?«

Einer der Kerle kam herbeigestürzt, als wollte er das Kartenterminal zertrümmern. Frau Yeom zog sich weiter hinter den Ladentresen zurück. Der Kerl grinste, griff nach dem Telefonhörer und legte auf.

»Glaubst wohl, von uns hat noch nie wer als Ladenaushilfe gejobbt? Warum hast du denn die ganze Zeit den Hörer in der Hand, hä? Um die Polizei zu rufen? Und dann?«

Das war ein Fehler gewesen. Anstatt den Telefonhörer in der Hand zu halten, hätte sie lieber die Notruftaste des Kartenterminals drücken sollen. Der Bursche grinste erneut und rief dann den anderen zu:

»Na los, alles mitnehmen! Die Überwachungskamera! Das Geld auch!«

Ihr lief es kalt den Rücken hinunter. Während die Kerle herumzugrölen begannen, nahmen die Mädchen das Kassenterminal in Angriff. Frau Yeom stand wie angewurzelt mit zitternden Händen daneben.

Da öffnete sich mit dem üblichen Gebimmel der Glocke die Ladentür.

»He! Ihr Dreckskerle!«, donnerte eine Stimme.

Alle sahen schlagartig in Richtung Tür. Frau Yeom hob vorsichtig den Kopf. Es war – Dok-go! Kein Zweifel, er war es.

»Wie könnt ihr es … wagen …? Was fällt euch ein?«, brüllte Dok-go.

Keine Spur mehr von dem vor sich hin brummelnden Straßenpenner, nichts von dem hilflos herumtapsenden Bären. Für Frau Yeom war Dok-gos unerwartetes Auftauchen kein geringerer Segen als der Einmarsch der Heilsarmee. Sie war voller Bewunderung. Die Hooliganbande schien das allerdings anders zu sehen.

»Hä? Was'n das für'n Clown? Alter, wie der stinkt!«

»Kennst du den Penner? Boah, ist der versifft … Verdammte Scheiße, der hat uns noch gefehlt!«

Die beiden jungen Männer stürzten sich auf Dok-go. Doch der hielt dagegen. Er wehrte den Angriff mit dem ganzen Körper ab und versperrte ihnen den Ausgang, woraufhin die beiden nur um so wilder mit Fäusten auf ihn einschlugen. Dok-go seinerseits duckte sich und hockte nun reglos zusammengekrümmt vor der Tür.

Inmitten all dieser Handgreiflichkeiten heulte plötzlich eine Sirene auf. Die Gören begriffen zuerst, was los war, und auch den Kerlen stand nun die Panik ins Gesicht geschrieben. Mit aller Kraft versuchten sie, Dok-go beiseitezustoßen, um nach draußen zu entkommen, doch der kauerte weiter vor der Tür wie ein großer, unbeweglicher Klotz.

»Verdammt nochmal, verpiss dich endlich, du Arsch! Du erbärmliches Stück Scheiße!«

Schließlich tauchten zwei uniformierte Männer auf, die dem Tumult ein Ende bereiteten. Erst da ließ Frau Yeoms rasendes Herzklopfen ein wenig nach, und sie begann sich zu beruhigen. Von hinten sah sie Dok-go, seinen breiten, verlässlichen Rücken, sah, wie er sich langsam erhob und den beiden Polizeibeamten die Tür aufhielt. Nun drehte er sich zu ihr um und verzog sein Gesicht zu einem Lächeln. Es war das erste Mal, das sie ihn lächeln sah, aber sein Gesicht war voller Blut, das ihm von den Schläfen rann. Und dennoch stand er da und zeigte, als wäre nichts geschehen, sein blutverschmiertes Lächeln.

Auf der Polizeiwache erschien der Vater von einem der Rüpel, ein Mann in mittlerem Alter. Er besah sich Dok-gos geschwollenes, zerschundenes Gesicht und schlug eine außergerichtliche Abfindung vor. Zum allgemeinen Erstaunen jedoch verlangte Dok-go etwas anderes. Er ging zu den vier jungen Leuten, die noch immer nicht wieder nüchtern waren, und forderte sie auf, die Arme zu heben. Die vier zögerten, aber als der Vater sie anherrschte, gefälligst Folge zu leisten, hoben sie schließlich alle brav die Arme wie eine Gruppe bußfertiger Grundschüler.

Es war die Polizeiwache am Namdaemun-Markt, und nachdem Frau Yeom mit Dok-go das Gebäude verlassen hatte, gingen sie gemeinsam im Morgengrauen über das Marktgelände, wo schon einige Händler dabei waren, ihr Geschäft vorzubereiten. Sie gingen an ihnen vorbei und bogen in eine Gasse ein, in der sich ein Lokal für Haejangguk-Knochenbrühe befand. Dok-go, das Gesicht mit Heftpflastern übersät, löffelte eifrig die Suppe, während Frau Yeom mit schlechtem Gewissen und bedrücktem Gesichtsausdruck dasaß und nur halbherzig mit dem Besteck herumklapperte.

»Mit den Jugendlichen heutzutage ist wirklich nicht zu spaßen. Was soll man bei einem solchen Überfall bloß machen?«

»Mit zweien … kann ich es aufnehmen. Hab ich doch gesagt.«

Stolz betastete er seine Pflaster, als handelte es sich um eine Sammlung von Verdienstorden. Sie wollte noch etwas sagen, als ihr plötzlich aufging, dass ja sie selbst es gewesen war, die von den Randalierern überfallen worden war. Sie lächelte bitter und sah Dok-go ins Gesicht.

»Ich bin Ihnen wirklich dankbar.«

»Die Suppe … bezahlen Sie das?«

»Natürlich. Aber sagen Sie, wie kam es denn, dass Sie plötzlich im Laden aufgetaucht sind?«

»Ich hab gehört, … dass Sie in der Nacht im Laden arbeiten. Ich konnte sowieso nicht schlafen. Und ich habe mir ein bisschen … Sorgen gemacht. Deshalb.«

»Tja … Also, ehrlich gesagt, mache ich mir im Augenblick eher Sorgen um Sie …«

Dok-go kratzte sich etwas verlegen am Kopf und nahm dann wieder den Löffel in die Hand.

»Als Sie so selbstbewusst auf die Kerle zugegangen

sind, hab ich gedacht, dass Sie in jüngeren Jahren vielleicht gewisse Kampferfahrungen gesammelt haben. Ich hätte aber nicht gedacht, dass Sie bereit sind, die ganze Zeit nur Prügel einzustecken. Da hätten Sie wirklich schlimm verletzt werden können, ein Glück, dass schließlich die Polizei gekommen ist.

»Die Polizei … hab ich gerufen.«

»Sie?«

»Da … in der Nähe … Da gibt es eine Telefonzelle. Ich hab gesehen, dass die Kerle … Ärger machen. Da hab ich die Polizei gerufen und bin gekommen … Wenn die mich ein bisschen verhauen … ist das nicht so schlimm. Weil … dann kann die Polizei mich ja … retten.«

Frau Yeom saß mit offenem Mund da. Dok-go war nicht nur hochanständig, er war auch gescheit. Er hatte für sie die Polizei gerufen und den Schutzschild gespielt. Sie spürte Rührung und Bewunderung in sich aufsteigen. Wieder sah sie ihn an, sah, wie er sich am Kopf kratzte und seine Suppe löffelte, und mit welcher Selbstverständlichkeit er dies alles tat.

»Sollen wir vielleicht eine Flasche Soju bestellen?«

Dok-gos kleine Knopfaugen weiteten sich.

»Im … Ernst?«

»Aber: Das ist die letzte Flasche. Danach hören Sie auf zu trinken und kommen zu mir in den Laden, um zu arbeiten.«

Dok-go legte seinen großen Kopf ein wenig schief.

»Was denn … Ich?«

»Sie können das. Bald wird das Wetter kalt. Da ist es doch besser, Sie befinden sich im warmen Laden und verdienen Geld.«

Sie sah ihm direkt in die Augen und wartete auf seine Antwort. Dok-go sah unsicher zur Seite und verzog verlegen das Gesicht. Dann sah er sie mit seinen kleinen Augen an.

»Warum … sind Sie so gut zu mir?«

»Nicht mehr als Sie zu mir. Im Übrigen ist es für mich zu unsicher und zu anstrengend, nachts im Laden zu arbeiten. Da müssen Sie das machen.«

»Sie wissen doch gar nichts … über mich.«

»Wieso? Sie sind jemand, der mir sehr geholfen hat.«

»Ich weiß ja selbst nichts … über mich. Wie können Sie mir da vertrauen?«

»Ich hatte während meiner Zeit als Lehrerin in der Oberstufe mit Zehntausenden Schülern zu tun. Ich kenne mich mit Menschen aus. Wenn Sie nur aufhören zu trinken, schaffen Sie das.«

Sie sah, wie er sich durch den Bart fuhr und an seiner Lippe herumknetete. Natürlich kam ihr Vorschlag für ihn etwas plötzlich, aber wenn er ablehnen würde, wäre ihr nicht wohl. Sie spürte in sich das Verlangen, ihm zu sagen, er solle jetzt aufhören, an seinem Bart herumzufummeln, und ihr gefälligst endlich antworten.

Da sah er sie an. Es schien, als hätte er einen Entschluss gefasst.

»Also … noch eine Flasche. Noch eine Flasche trinken und dann Schluss machen, das ist … ganz schön hart.«

»So machen wir das. Wir essen hier auf, dann gehen Sie in die Sauna – ich bezahle vorher –, nehmen eine Dusche und waschen sich die Haare, und dann kaufen Sie sich was zum Anziehen, okay? Und heute Abend kommen Sie zum Laden.«

Er blieb einen Moment stumm. Da sagte er:
»Danke.«

Frau Yeom bestellte zwei Flaschen Soju. Eine davon öffnete sie sogleich und füllte sein Glas, bevor sie sich selbst einschenkte.

Dann stießen Sie an und besiegelten ihren Vertrag.

*Ein Horrorkunde
par excellence*

Dass Si-hyeons lange Laufbahn als Aushilfe in diversen Betrieben nun hier im 24-Stunden-Laden ihr Ende gefunden hatte, war vielleicht nur folgerichtig. Weil sie selbst gern im 24-Stunden-Laden einkaufen ging und die vielfältigen Erfahrungen, die sie in ihren anderen Teilzeitjobs hatte sammeln können, hier in gewisser Weise zusammenflossen, war es ihr nicht schwergefallen, sich an die Arbeit im Laden zu gewöhnen. Das Know-how im Umgang mit den Kunden und bei der Bedienung der Kasse, das sie im Beauty Store erworben hatte, unterschied sich im Grunde nicht von dem, was hier im 24-Stunden-Laden verlangt wurde. Und Pakete zu sortieren, was sie bei ihrer Arbeit im Zustelldienst getan hatte, war vergleichbar damit, die Auslage im Ladenregal unterzubringen. Bei ihrer Arbeit für eine Kaffeehauskette hatte sie ein Handbuch für den Umgang mit sogenannten »Horrorkunden«, kurz »HK«, studieren müssen, und im Grillrestaurant eine mentale Schulung durch den praktischen Umgang mit »HKs« erhalten, die aus eigener Unachtsamkeit ihr Fleisch auf dem Tischgrill anbrennen ließen und dann die Bedienung dafür verantwortlich machten.

Ein 24-Stunden-Laden ist ein Ort, wo lästige Aufgaben, unbequeme Situationen und die Herausforderung

»HK« organisch ineinandergreifen. Und seitdem Si-hyeon vor einem Jahr in diesen Laden gekommen und innerhalb eines halben Tages eingeschult worden war, hatte sie Tag für Tag von 14 bis 22 Uhr acht Stunden lang ihren Dienst getan und sich nebenbei auf die Beamtenprüfung vorbereitet. Der Grund dafür, dass sie diese Arbeit ein Jahr lang ohne große Probleme hatte leisten können, war einfach, dass ihre Chefin – die für alle Ladenmitarbeiter wichtigste Person – in Ordnung war. Die Chefin, die bis zu ihrer Pensionierung als Geschichtslehrerin an einer Oberschule gearbeitet hatte, entsprach ziemlich genau Si-hyeons Vorstellung eines erwachsenen Menschen. Heutzutage stellte kein 24-Stunden-Laden mehr jemanden für fünf Tage in der Woche ein, weil dann auch bezahlter Urlaub fällig wurde. Die Leute wurden immer nur für zwei, drei Tage in der Woche beschäftigt, sodass sie sich in der Konsequenz nicht mit voller Kraft auf diese eine Arbeit konzentrieren konnten. Hier in Frau Yeoms Laden aber arbeiteten alle Teilzeitkräfte fünf Tage die Woche. Und die Chefin unterschied sauber zwischen jenen Aufgaben, die Si-hyeon zu übernehmen hatte, und solchen, für die sie selbst zuständig war, ging so mit gutem Beispiel voran und behandelte ihre Mitarbeiter vor allem mit Respekt.

»Wenn ein Chef seine Mitarbeiter nicht mit Respekt behandelt, behandeln die Mitarbeiter auch die Kunden nicht mit Respekt.«

Diesen Satz hatte Si-hyeon von ihren Eltern, die einen Restaurantbetrieb führten, zur Genüge gehört. Auch im 24-Stunden-Laden kam es letztlich darauf an, wie man mit den Menschen umging. Ob nun die Ladenbelegschaft dem Kunden nicht respektvoll begegnete oder die Chefin die Angestellten nicht respektvoll behandelte, am Ende lief es auf dasselbe hinaus: Der Laden konnte irgendwann dichtmachen. Das also würde dem Laden hier in Cheongpa-dong nicht passieren. Großen Gewinn würde er allerdings auch nicht abwerfen. Mittlerweile hatten in der Nähe zwei weitere 24-Stunden-Läden aufgemacht, und die vielen älteren Leute im Viertel gingen, wenn sie etwas brauchten, lieber in den kleinen Supermarkt als in den 24-Stunden-Laden. Wenigstens gab es die Studentinnen von der Sookmyung-Frauenuniversität. Wobei die allerdings eine so gewaltige Unterstützung auch nicht darstellten, weil der Laden ein wenig abseits der Hauptstraße lag, die zur Uni führte. Nur die Studentinnen, die hier in der Gegend ihr Zimmer hatten, kamen ab und zu vorbei.

Dass hier im Laden nicht viel los war, bedeutete für Si-hyeon, dass die Arbeit sich für sie angenehmer gestaltete. Ein Laden, der auch ihr als Teilzeitkraft Bequemlichkeit bot – wieso sollte sie aufhören, hier zu arbeiten? Allerdings tat ihr die Chefin auch irgendwie leid, und so hätte sich Si-hyeon den Kunden gegenüber gern noch etwas mehr ins Zeug gelegt. Denn nur bei ausreichender Stammkundschaft würde sich der Laden langfristig halten können.

Nun hatte Si-hyeon zwar schon einiges an Erfahrung sammeln können, aber da gab es doch einen HK, der offenbar von irgendwoher zugezogen war, den Laden nun regelmäßig aufsuchte und in ihr eine Abneigung sondergleichen auslöste. Mitte vierzig, hager, mit stechend hervortretenden Augen, auf den ersten Blick hässlich anzusehen war er. Schon als er das erste Mal im Laden auftauchte, hatte er sie schockiert, indem er ihr das Geld entgegengeschleudert und sie einfach geduzt hatte, als handelte es sich bei ihr um einen Automaten, in den man eine Anweisung eintippte und erwartete, dass im nächsten Augenblick ein Ergebnis ausgespuckt wurde. Was sie um so wütender machte, war die Tatsache, dass sie jedes Mal ziemlich dumm dastand, weil er sie stets auf kleine Fehler hinwies, die ihr seiner Meinung nach unterlaufen waren, und sie nicht in der Position war, zu kontern. So war er einmal, als die Eventwoche gerade einen Tag zurücklag, mit drei Schachteln Keksen, die ehemals ein Zwei-plus-eins-Angebot gewesen waren, zur Kasse gekommen und hatte, nachdem er dort von ihr über das Ende der Rabattaktion informiert worden war, angefangen, sie in Kamikaze-Manier mit Fragen zu bombardieren.

»Wieso geht das nicht?«

»Es tut mir leid, aber die Rabattaktion lief nur bis gestern. Heute gilt wieder der Normalpreis.«

»Und warum ist dann das Schild noch da? Ich hab die Kekse ja extra deswegen genommen. Was jetzt? Ach, komm schon, einmal noch Sonderpreis, okay?«

»Das geht leider nicht. Auf dem Schild stehen auch die genauen Daten der Rabattaktion. Das hätten Sie bei etwas genauerem Hinsehen …«

»Ich seh nicht mehr so gut, verstanden? Wie soll ich denn diese Fitzelschrift entziffern können? Hör mal, mit über vierzig hat man nicht mehr so gute Augen, da muss doch klar und deutlich in großen Buchstaben geschrieben stehen, wie lange die Aktion läuft! Also, wenn du mich fragst: eindeutiger Fall von Altersdiskriminierung. So, und jetzt mach mir den Sonderpreis, und ich seh noch mal drüberweg.«

»Es tut mir wirklich sehr leid, ich … Das ist leider nicht möglich.«

»Okay, ich pfeif auf die Kekse. Zigaretten.«

»Welche Sorte darf ich Ihnen …?«

»Die gleichen wie immer. Ich komme jeden Tag hierher, um Zigaretten zu kaufen, da wirst du doch inzwischen wissen, welche Marke. Wenn man mit der Stammkundschaft schon so umgeht … Saftladen.«

Dass sie das Schild der abgelaufenen Rabattaktion nicht rechtzeitig entfernt hatte, war der erste Fauxpas gewesen, dass sie nach all dem Gemotze aus Versehen nach der Zigarrettenmarke gefragt hatte, obwohl sie eigentlich wusste, welche es war, der zweite. Wobei Ersterer ganz leicht hätte vermieden werden können, wenn der HK, einfach die Frist für die Rabattaktion gelesen und die Kekse im Regal gelassen hätte, schlcchte Augen hin oder her. Und Letzterer war im Grunde gar kein wirklicher Fauxpas. Aber er nahm eben jede ansatzweise uneindeutige Situation zum Anlass, Si-hyeon mit endlosem Genörgel zu nerven, um seinem Ärger Luft zu verschaffen.

Nachdem er seine Zigaretten entgegengenommen, das Geld auf den Tresen geschleudert und das Wechselgeld eingesteckt hatte, ging er nach draußen, setzte sich an den grünen Plastiktisch und begann zu rauchen. Das unübersehbare Schild »Rauchverbot« geflissentlich ignorierend, warf er seine Kippe achtlos irgendwo auf den Boden, bevor er sich schließlich entfernte. Während er sich selbst eine Unverschämtheit nach der nächsten erlaubte, wurde jedes noch so kleine Versehen des anderen in aller Ausgiebigkeit bekrittelt. Ein HK par excellence …

In der Zeit zwischen acht und halb neun, in der der HK einzutreffen beliebte, sackte Si-hyeons Stimmung immer auf den Nullpunkt. Und wenn sich dann – klingeling! – die Ladentür öffnete und das Goldfischgesicht mit den Glubschaugen in den Laden gelatscht kam, hatte sie die ganze Zeit Magendrücken, so lange, bis der Einkauf endlich bezahlt und der HK wieder gegangen war. Jedes Mal fragte sie sich vorher, was er heute wohl herumzumeckern hätte, und wurde augenblicklich von Nervosität und ausgeprägtem Unbehagen ergriffen. Aber da er immer nur um diese Zeit kam, um Zigaretten oder Knabberzeug zu kaufen, und sonst nie, tröstete sie sich mit dem Gedanken, dass es im Grunde das Gleiche sei, wie einen unausstehlichen Nachbarn zu haben, dem man wohl oder übel ab und zu über den Weg lief.

Eines Abends, als der Spätherbst sich schon zu verabschieden begann, kam die Chefin mit einem Mann in den Laden. Vor Erstaunen blieb Si-hyeon der Mund offen stehen. Es war das erste Mal, dass sie hautnah erleben konnte, welch immensen Anteil ein Bart an der Gesamterscheinung eines Mannes haben kann. Zwar war auch ihr bewusst, dass Frisuren sowohl bei Männern als auch bei Frauen enorm zur Ausstrahlung beitragen konnten, in dem Augenblick aber, als sie Dok-gos Gesicht mit dem nun sauber gestutzten Kinn- und Schnurrbart sah, wo zuvor das Barthaar noch unkrautartig nach allen Seiten gewuchert war, hatte sie plötzlich das Gefühl, nicht den schmutzigen Straßenpenner vor sich zu haben, zu dem sie immer Abstand gehalten hatte, sondern einen wohlanständigen Onkel aus ihrer Verwandtschaft. Dok-go, der sich zudem die Haare hatte kurz schneiden lassen und nun statt der schmuddeligen Jacke und Stoffhose, die immer aussahen, als wären sie in Dreckwasser gewaschen worden, ein weites Hemd und Jeanshosen trug, wirkte wie ein völlig neuer Mensch. Seinen kleinen Knopfaugen zum Trotz strahlten der hohe Nasenrücken, die sauber rasierte Mundpartie und das kräftige Kinn durchaus männliche Attraktivität aus. Seine breiten Schultern und sein kräftiger Rücken vermittelten den Eindruck von Verlässlichkeit, und seine nun nicht mehr unsicher gebeugte, sondern selbstbewusst aufrechte Haltung ließ ihn größer erscheinen.

Als die Chefin mit dem gewissermaßen neugeborenen Dok-go in den Laden kam, zeigte sie ihn vor wie einen eigens von ihr gebauten Roboter und erklärte Si-hyeon mit zufriedener Miene, dass Dok-go von nun an die Nachtschicht übernehmen werde. Auweia ... Si-hyeons Laune, angesichts Dok-gos erstaunlicher Verwandlung bis eben noch bestens, begann sich zu trüben. Jetzt machte die Chefin auch noch den Vorschlag, dass sie, Si-hyeon, Dok-go doch hier im Laden anlernen könne. Auch das noch ... Ein solcher Vorschlag aus dem Munde der Chefin war letztlich nichts anderes als ein Befehl.

Si-hyeon versuchte ihr Glück mit dem Hinweis, dass die Chefin mit ihrer reichen pädagogischen Erfahrung doch für die Einweisung eines neuen Mitarbeiters wesentlich geeigneter sei – ein Einwand, der auf taube Ohren stieß. Si-hyeon, jung und unverbraucht, habe ein wesentlich besseres Gespür beim Gebrauch des Kartenterminals und im Umgang mit den Kunden. Sie, die Chefin, werde Dok-go dann in der Nachtschicht zeigen, wie mit der neu angelieferten Ware zu verfahren sei und die einzelnen Artikel ins Ladenregal einsortiert würden. Si-hyeon blieb nichts anderes übrig, als zuzustimmen. Sie beide würden Dok-go nun zu einem Ladenmitarbeiter machen müssen, zu einem Teil des Teams. Schließlich konnte die Chefin die in der Nachtschicht entstandene Lücke nicht bis in alle Ewigkeit ausfüllen.

Si-hyeon war im Grunde kein besonders pflichteifriger oder verantwortungsliebender Mensch. Eher eine Außenseiterin, die kaum Freunde hatte. Wie so viele hatte sie an der Uni studiert, ihren Bachelor-Abschluss gemacht, sich gedacht, dass ein ganz gewöhnlicher Job, ein Beamtenjob, am besten zu ihr passe, und dann begonnen, sich auf die »Prüfung für Beamte neunten Ranges« vorzubereiten. Dank der Aussicht auf einen sicheren Arbeitsplatz bewarben sich auch viele ihrer Freunde, die nach Si-hyeons Einschätzung vielseitige Erfahrungen und zahlreiche Qualifikationen aufzuweisen hatten, bei der Beamtenprüfung, sodass ein enormer Konkurrenzkampf herrschte. Dabei waren die anderen doch viel risikofreudiger und viel beliebter als sie und hatten auch im Ausland studiert. Die hätten doch viel größere Ambitionen haben und nach Höherem streben müssen. Warum bloß wollten die einen so langweiligen Beamtenjob? Hätten sie den nicht jemandem überlassen können, der an ein langweiliges Leben ohnehin schon hinreichend gewöhnt war? Solche Gedanken und Sorgen gingen Si-hyeon durch den Kopf.

In gewisser Weise war Frau Yeoms Laden durchaus

auch ein Ort, wo Si-hyeon wichtige Erfahrungen sammeln konnte, um sich auf ein späteres Leben als Beamtin vorzubereiten. Nach ihrem Studienabschluss und den gescheiterten Bemühungen, eine feste Stelle zu bekommen, hatte sie neben ihren Vorbereitungen auf die Beamtenprüfung hier und da verschiedene Teilzeitjobs übernommen und war schließlich in diesem Laden gelandet, wo sie tüchtig mit anpacken konnte. Sie hatte sich daran gewöhnt, am Vormittag Unterricht in Noryangjin zu haben, dann mit der U-Bahn bis zur Station Namyeong zu fahren, den Nachmittag über bis abends hier im Laden zu arbeiten und nach Arbeitsschluss zurück zu sich nach Sadang-dong zu fahren. Ihre Mutter fragte zwar, wieso sie sich denn nicht einen Laden in ihrem Wohnviertel suche, anstatt immer nach Cheongpa-dong zu fahren, aber in einem Laden in der Nähe ihrer Wohnung andauernd irgendwelchen Bekannten oder Verwandten zu begegnen, war wirklich das Letzte, wonach sie sich gesehnt hätte. Auch hatte ein Junge, in den sie früher – unerwidert – verliebt gewesen war, in Cheongpa-dong gewohnt. Sie hatte ihn damals ein-, zweimal dort besucht, und so hegte sie ein paar angenehme Erinnerungen an diesen Ort. Im »Waffelhaus« hatten sie eine Art Date gehabt und ein unwahrscheinlich leckeres Erdbeer-Bingsu gegessen … Und dann war er vor ein paar Jahren eines Tages einfach zum Travel-and-work nach Australien aufgebrochen und bis heute nicht zurückgekommen. Wahrscheinlich hatte er mit einer stämmigen Australierin einen Hausstand gegründet, verdiente sein Geld damit, eine Horde Beuteltiere zu füttern, und war vernarrt in süße kleine Kängurubabys.

So war der 24-Stunden-Laden an der Straßenecke in Cheongpa-dong für Si-hyeon ein Ort der Sicherheit, und sie dachte nicht daran, von hier wegzuziehen, ehe sie die Beamtenprüfung bestanden hätte. Als dann ihr eigener Plan von einem Working-Holiday-Aufenthalt in Japan, den sie zusammen mit der Prüfungsvorbereitung machen wollte, geplatzt war, hatte sie beschlossen, bis zuletzt als Hausgeist in diesem Laden auszuharren. Den Entschluss, es ihrerseits mit einem Auslandsaufenthalt zu versuchen, hatte sie gefasst, nachdem der Kerl nach Australien gegangen war und nichts mehr von sich hatte hören lassen. An der Uni hatte sie im Hauptfach Japanisch belegt und war begeisterter Anime-Fan gewesen, und so hatte diese Entscheidung irgendwie nahegelegen. Allerdings hatte sie ihr Vorhaben immer wieder aufgeschoben, bis schließlich … Ja, Scheiße, bis schließlich im Juni dieses Jahres der Handelskonflikt mit Japan begonnen hatte, die koreanisch-japanischen Beziehungen sich rapide verschlechtert hatten und ihr ehemaliger Plan B damit zu einem unerreichbaren Traum geworden war. Auch ihre Hoffnung, später, wenn sie den Beamtenjob in der Tasche hätte, jederzeit nach Japan reisen zu können und dort viele kleinere Städte zu besichtigen, war nun in weite Ferne gerückt.

Erst jetzt, da sie die Erfahrung machte, dass ihr individueller Traum durch bilaterale diplomatische Spannungen zunichtegemacht wurde, spürte sie plötzlich, dass auch sie das Mitglied einer Gesellschaft war. Mit Menschen, die auf großen Plätzen herumstanden, um dort mit Kerzen in der Hand zu demonstrieren oder im Fantrikot einer Fußballmannschaft zuzujubeln, hatte sie nicht viel am Hut. Ihr Leben spielte sich in einer Ecke ihres Zimmers auf dem Monitor ab, Netflix und Internet boten ihr genug Lebensfreude und Kontakt zur Außenwelt. Und auch im Laden, ihrem persönlichen Gewächshaus, fühlte Si-hyeon sich wohl. Vielleicht fragte sie sich deswegen manchmal, ob sie anstatt einer Beamtenlaufbahn nicht einfach weiter als Teilzeitkraft hier im Laden arbeiten solle. Selbst wenn es ihr irgendwann mit viel Mühe gelingen sollte, eine Beamtenstelle zu ergattern – wäre das letztlich nicht auch nur ein etwas größerer Laden? Einer, der für das Wohlergehen der Bürger zuständig war und wo einem wieder andere HKs das Leben schwer machen würden? Insofern war der vertraute Raum, in dem sie sich jetzt befand, für sie ein behagliches Nest, das es zu hüten galt.

Schon allein deshalb musste sie Dok-go bei seiner Verwandlung helfen. Wenn sie die abgelaufenen Lunchboxes für ihn beiseitegestellt hatte, hatte sie immer das Gefühl gehabt, etwas Gutes zu tun, und davon gute Laune bekommen. Dass sie ihm jetzt aber ganz offiziell Unterricht erteilen und mit ihm kommunizieren sollte, war eine ziemliche Bürde. Erst einmal musste sie sich an sein Gestottere gewöhnen. Auch sein schwerfälliges Auftreten zehrte an ihren Nerven. Vor allem aber galt es zu ertragen, dass er – auch wenn er beteuerte, sich gründlich gewaschen zu haben – nach wie vor einen Hauch von Straßenpennermief verströmte.

Dok-go nahm fleißig alles auf, was Si-hyeon ihm beibrachte. Er kramte einen alten Notizblock hervor, den er sich irgendwo besorgt hatte, wischte die Spitze des Kugelschreibers sauber, schrieb Punkt für Punkt auf, wie man mit den Kunden zu sprechen und umzugehen hatte, und fertigte sogar eine Skizze der Auslageregale an. Si-hyeon, beeindruckt von so viel Gewissenhaftigkeit, übte sich in Geduld und erklärte ihm in aller Ruhe eines nach dem anderen. Wenn zwischendurch ein Kunde den Laden betrat und Dok-go, anstatt die vorschriftsmäßige Begrüßung von sich zu geben, erst einmal zurückschreckte, bekam er von Si-hyeon einen Rippenstoß versetzt und brachte schließlich ein vernuscheltes »Her…herein« hervor, das von den Kunden allerdings nicht als an sie adressierte Begrüßung, sondern als für Si-hyeon bestimmtes Konversationsbruchstück aufgefasst wurde. Seufzend schob Si-hyeon ihn in Richtung Kasse.

Nebeneinander standen sie hinter dem Tresen. Langsam ging Si-hyeon mit ihm Schritt für Schritt durch, wie die Bezahlung vonstattenzugehen hatte. Dok-go folgte akribisch jeder ihrer Bewegungen. Allerdings war er noch nicht so weit, dass er die Kasse allein hätte übernehmen können.

»Heute Nacht ist die Chefin noch mal mit dabei, aber ab morgen müssen Sie das alleine schaffen. Also passen Sie gut auf.«

»Okay … verstanden. Aber wenn ich jetzt … zwei Sachen gleichzeitig … abrechnen muss …«

»Sie müssen sich dabei unbedingt auf den Computer verlassen. Da sind alle Preise einprogrammiert. Wenn sich was ändert, wird es dort auch sofort aktualisiert. Sie müssen nur den Barcode ans Lesegerät halten.«

»An das … Lesegerät … Okay …«

»Und WAS wird ans Lesegerät gehalten?«

»Die … Ware.«

»Und was genau?«

»Das, wo die vielen Streifen … Der Bako?«

»Der Barcode. Die Streifen vom Barcode ans Lesegerät. Klick. Fertig. Okay?«

»O…okay.«

Si-hyeon hatte einen etwas erhitzten Kopf bekommen, aber dass sie einem Mann, der vielleicht zwanzig Jahre älter sein mochte als sie, diese und jene Erklärung und Anweisung geben konnte, erfüllte sie doch auch mit einer gewissen Genugtuung. Vor allem wenn die Chefin an einem der Kundentische im Laden saß und sich mit einer Freundin unterhielt, nebenbei aber immer wieder einen freundlichen Blick auf Si-hyeons Unterrichtsbemühungen warf. Si-hyeon mochte ihre Chefin. Wenn sie zu ihrer Schulzeit eine solche Lehrerin gehabt hätte, wäre aus ihr vielleicht kein Anime-Nerd, sondern ein Geschichtsnerd geworden.

Auf jeden Fall ging es jetzt erst mal darum, dafür zu sorgen, dass dieser tatterige, ahnungslose Onkel, der nichts als sein frisch erworbenes Straßenpenner-Diplom vorzuweisen hatte, alleine an der Kasse stehen konnte. Si-hyeon warf Dok-go, der plötzlich auf die Idee gekommen war, den Barcode in sein Notizheft zu zeichnen, einen scharfen Blick zu.

Als Si-hyeon am nächsten Tag nach ihrem Unterricht den Laden betrat, kam sofort Frau Oh auf sie zugeschossen.

»Sag mal, Si-hyeon, was hat denn dieser Tapsebär hier im Laden verloren?«

Si-hyeon musste unwillkürlich grinsen. Es war wohl das erste Mal, dass ihr der altmodische Begriff »Tapsebär« so treffend vorkam. Frau Oh fragte in einem Ton, der klang, als vermutete sie, dass es Si-hyeon gewesen sei, die Dok-go hier angeschleppt habe. Wobei Frau Oh eigentlich immer in diesem Ton sprach. Ob das nun einfach auf ihren Charakter zurückzuführen war oder darauf, dass sie einen unverbesserlichen Nichtsnutz als Sohn hatte – wenn Frau Oh etwas fragte, klang es stets aggressiv und vorwurfvoll. Sogar für die Kunden.

»He, hör auf zu grinsen! Jetzt mal im Ernst: War das deine Idee mit dem? Der kapiert ja überhaupt nichts! Und stottern tut der auch …«

»Das war nicht meine Idee. Den hat die Chefin selbst ausgewählt«, gab Si-hyeon mit ernstem Gesicht zurück und zog sich eilig ins Lager zurück, um keine weiteren Fragen beantworten zu müssen.

Dass Frau Oh einen sanften und höflichen Ton bemühte, kam nur vor, wenn sie sich mit der Chefin unterhielt. Sie wohnte in derselben Gegend, ging in dieselbe Kirche, nannte Frau Yeom vertrauensvoll »Eonni« – »große Schwester« – und hörte immer auf das, was diese ihr sagte. Daran tat sie auch gut. Frau Oh mochte sich selbst vielleicht einfach für freimütig und unverblümt halten, doch war sie mit ihrer brüsken, aufbrausenden Art für eine Arbeit im Servicebereich im Grunde vollkommen ungeeignet, sodass ihr letztlich nichts anderes übrig blieb, als der Chefin gegenüber, die sie so nahm, wie sie war, und die ihr einen Arbeitsplatz gab, Loyalität zu zeigen.

Als Si-hyeon in Arbeitskleidung zurückkam, setzte Frau Oh, als hätte sie nur darauf gewartet, ihr Gejammere nahtlos fort.

»Wo hat die Chefin den Kerl bloß aufgetrieben? Und mir hat sie auch gar nichts davon gesagt … Also, wenn du was Genaueres weißt, kannst du es mir ruhig sagen, ja?«

»Ich weiß auch nichts Genaueres.«

Wenn sie jetzt erzählte, dass Dok-go vorher Straßenpenner gewesen war, würde Frau Oh bestimmt Zeter und Mordio schreien, als stünde man kurz vor dem Weltuntergang. Daher beschloss sie, den Mund zu halten. Einen resignierten Seufzer allerdings gönnte sie sich noch. Wann endlich würde sie einmal mit der Arbeit beginnen können, ohne von Frau Oh wie von einem tratschsüchtigen Waschweib mit neugierigen Fragen überschüttet zu werden?

»Also, ich versteh das nicht. Vielleicht hat die Chefin einfach blindlings irgendwen genommen, weil die Nachtschicht für sie zu anstrengend war, also, ich bin mir sicher, so wie der aussieht, wird da noch ein ganz großes Malheur passieren. Eine nächtliche Schlägerei mit betrunkenen Kunden oder Chaos bei der Kassenabrechnung, oder er lässt absichtlich irgendwas mitgehen … Da sollten wir beide der Chefin aber mal deutlich machen, dass wir damit nicht einverstanden sind, nicht wahr?«

»Hm, ich weiß nicht. Also … wie ein übler Kerl wirkt er auf mich eigentlich nicht.«

»Das sieht man ja auch nicht sofort. Du hast einfach noch viel zu wenig Gesellschaftserfahrung, ich sag dir, was Leute, die so stumpfsinnig und unbeholfen wirken wie der, später alles für Ärger machen … Die Chefin war ja auch ihr ganzes Leben lang nur in der Schule und weiß überhaupt nicht, wie viele schlechte Menschen es gibt.«

»Na ja, ich muss dem ja abends beibringen, wie die

Kasse funktioniert, das ist auch ganz schön anstrengend. Aber was soll ich machen? Wir haben halt im Augenblick niemand anderen für die Nachtschicht.«

»Hat denn von deinen Freunden keiner Zeit?«

Mist! Das waren ein paar Worte zu viel gewesen. Nun würde die Fragerei weitergehen.

»Ich habe eigentlich kaum Freunde.«

»Na hör mal, in deinem Alter, da musst du doch Freunde haben. Da musst du doch rausgehen, was unternehmen!«

Was sollte das denn jetzt? Wollte Frau Oh etwa anfangen, mit ihr zu streiten? Si-hyeon unterdrückte einen Anflug von Zorn und fragte aufgesetzt fröhlich zurück:

»Wie sieht es denn mit Ihrem Sohn aus? Sie haben doch neulich beklagt, dass der nur zu Hause rumhängt und Computerspiele spielt.«

»Ach was. Mein Sohn ist für die Arbeit hier vollkommen ungeeignet. Er will sich auf die Beamtenprüfung vorbereiten, hat er mir neulich gesagt. Da hab ich gesagt, vergiss die Beamtenprüfung, wenn schon, dann gleich Diplomatenprüfung. Er ist nämlich eigentlich ein ziemlich schlaues Köpfchen.«

Verdammt! Den Kniffen dieses Waschweibs war einfach nicht beizukommen.

»Diplomaten sind doch auch Beamte«, entgegnete Si-hyeon mit dünnem Stimmchen, wobei sie den Blick auf den Monitor des Kartenterminals gerichtet hielt und so tat, als hätte sie zu tun. Dann begann Frau Oh erneut die alte Leier vom dummen Tapsebär und betonte, dass ja eigentlich sie selbst diejenige sei, die hier im Laden das Sagen habe. Warum um alles in der Welt beschwerte Frau

Oh sich bei ihr und nicht bei der Chefin? War sie irgendwie neidisch auf Si-hyeon, weil die Chefin sich in letzter Zeit so gut mit ihr verstand? Es war ihr vollkommen schleierhaft, weshalb Frau Oh sie so in Schach hielt, zumal sie doch zu ganz unterschiedlichen Zeiten arbeiteten.

Si-hyeon war fest entschlossen, hier im Laden aufzuhören, sobald sie die Beamtenprüfung bestanden hätte. Und sich gut gelaunt darüber zu amüsieren, wie Frau Ohs Sohn den Leidenskelch der Diplomatenprüfung leerte.

Endlich wünschte Frau Oh ihr noch ein frohes Schaffen und verließ den Laden. Nun war sie allein. Ein Seufzer der Erleichterung. Da kam Kundschaft herein. Es waren ein paar Studentinnen, die lachend und schwatzend Leben in den Laden brachten. Die hatten es gut. Aber auch ihnen stünden bald harte Zeiten bevor. Genau wie sie selbst würden auch diese Studentinnen nach der Uni für den Mindestlohn arbeiten und sich dabei auf irgendetwas vorbereiten. Und während sie dies dachte, fühlte sie sich alt und umso bitterer. Es war Spätherbst, sie war siebenundzwanzig, es gab nichts, das sie richtig gut konnte, sie hatte kein Geld, sie hatte keinen Freund … Noch ein paar Jahre, und sie wäre dreißig. Mit dreißig war die Jugend vorbei, doch es war eine Zahl, die sie würde akzeptieren müssen.

»Zahlen, bitte.«

Si-hyeon wurde aus ihren Gedanken gerissen. Die Studentinnen hatten dies und das auf den Kassentisch gelegt und starrten sie mit bohrendem Blick an. Si-hyeon hörte auf, an ihrer Zukunft herumzurechnen, und konzentrierte sich auf die Rechnung für die Kundschaft.

Der Tapsebär machte sich bereit, um Honig zu schlecken. Es ging auf den Winter zu, da war für ihn, der ein Leben als Obdachloser geführt hatte, doch gewiss allein die Tatsache, dass er nun die Nacht in einem beheizten Laden verbringen durfte, schon ein großes Glück. Dass er dort kostenlos etwas zu essen bekam und sogar Geld verdiente, ja, wenn das kein Honigschlecken war. Offenbar war das auch ihm selbst bewusst, denn er traf auch heute wieder fünf Minuten vor acht in seinem saubersten Outfit im Laden ein. Von acht Uhr bis zehn Uhr, bis Si-hyeon Feierabend machte, musste er weiter lernen, Kunden zu bedienen und die Kasse zu machen, und ab zehn würde er von der Chefin beigebracht bekommen, wie die Arbeit in der Nachtschicht ablief. Heute war sein zweiter Tag, und vermutlich würde es noch ein paar Tage dauern, bis er sich mit allem vertraut gemacht hätte. Natürlich machte Si-hyeon die Arbeit, die ihr nun zusätzlich aufgebürdet worden war, ihrer Chefin zuliebe, aber ihr kam auch der Gedanke, den dadurch entstehenden Stress einfach an Herrn Tapsebär auszulassen. Der verzog sich, gerade einmal einen Tag auf Probe angestellt, gleich nachdem er in den Laden gekommen war und einen Gruß hingenuschelt hatte, sofort ins Lager. Kurz darauf kam er mit einem Kaffee wieder heraus, den er sich nun, aus dem Fenster blickend, erst einmal genüsslich zu Gemüte führte. Und es war nicht der einfache Maxim Coffee Mix nein, es war der Kanu Black! Kanu Black, den die Chefin eigentlich für sich selbst gedacht hatte. Der Herr Tapsebär gefiel sich wohl darin, einfach den Kaffee zu schlürfen, der nicht für die Allgemeinheit gedacht war, den Kaffee, den Si-hyeon und Frau Oh niemals anrührten, sondern eigens für die Chefin aufsparten. Das war einfach komplett daneben. Und dann stand er plötzlich neben ihr und verkündete vollkommen arglos:

»Ich werde … nachts immer so schläfrig. Deshalb trinke ich Kaffee. Das hilft am … besten.«

Si-hyeon gab ein ironisches Lachen von sich und erwiderte bissig:

»Kanu Black ist nur für die Chefin. Die hat Diabetes.«

Dok-go nickte langsam und sagte irgendetwas zu sich selber. Si-hyeon kam es vor, als hätte er einen Fluch von sich gegeben. Wütend fragte sie:

»Was haben Sie da gerade gesagt?«

»Also … deswegen hat die Chefin … mir den Kaffee … extra … empfohlen.«

»Was?«

»Diabetes … das haben Obdachlose … auch oft.«

»Hä?«

»Als Obdachloser … da ist das mit der Ernährung … ziemlich katastrophal … Nicht gut für die … Nieren.«

»Wer sagt das?«

»Im Morgen…morgenfernsehen, da war so ein … Experte. Der hat das gesagt … Im Hauptbahnhof, da sehe ich immer fern. Deshalb … weiß ich das.«

»Ach so. Ähm, na, dann essen Sie ordentlich, und achten Sie auf Ihre Gesundheit.«

Si-hyeon erinnerte sich wieder an ihren Entschluss, heute nicht unnötig viele Worte zu verlieren. Mit Frau Oh konnte man nicht vernünftig kommunizieren, weil sie so viel redete, und mit Dok-go konnte man nicht vernünftig kommunizieren, weil er so wenig redete. Sie hätte wirklich gern mit jemandem zusammengearbeitet, mit dem sie sich gut verstand. Es war ihr unbegreiflich, weshalb die Chefin allen gegenüber so nachsichtig war. Vielleicht weil sie früher Lehrerin gewesen war? Oder weil sie aktives Mitglied der Kirchengemeinde war? Oder wurde man mit zunehmendem Alter einfach von selbst so?

Klingeling! Ein Kunde betrat den Laden, und Si-hyeon gab Dok-go ein Zeichen. Der verpasste erneut seinen Einsatz und brachte nur ein verspätetes »Kommen Sie … rein …« hervor, bevor er sich, weiter seinen Kaffee schlürfend, auf die Kasse zubewegte. Si-hyeon rückte ein Stück zur Seite und machte sich schon bereit, um mit Argusaugen zu verfolgen, ob er das mit der Kasse hinbekommen würde, da – oh Gott, das hatte noch gefehlt … Es war der HK! Einige Tage lang hatte er sich nicht blicken lassen und sie hatte sich schon so erleichtert gefühlt, als wäre ihr ein schmerzender Zahn endlich ausgefallen, und nun kreuzte der hier ausgerechnet zu Dok-gos Unterrichtszeit auf … Si-hyeon flüsterte Dok-go zu:

»Ein HK. Konzentrieren Sie sich!«

»Ein … Was für ein K?«

»Ein Horrorkunde. Kurz HK, verstanden?«

»Ach so. HK … Wo ist er denn?«

»Pscht! Leise … Oje …«

Der HK näherte sich betont lässig der Kasse, als hätte er alles mit angehört. Und noch bevor Si-hyeon Dok-go weiter warnen konnte, hatte er schon ein paar Packungen Kekse auf den Kassentisch gelegt. Dok-go griff nach dem elektronischen Lesegerät wie ein Schimpanse nach dem Smartphone und machte sich zwischen all den bunten Bildern auf der Kekspackung hoch motiviert auf die Suche nach dem Barcode. Wieder falsch. Zuerst hätte er fragen müssen: »Möchten Sie eine Tüte?« Puh … Si-hyeon beschloss, sich herauszuhalten. Nach mir die Sintflut. Als er den Barcode schließlich gefunden und eingescannt hatte, nannte er stotternd den Preis.

Der HK sah zu Si-hyeon hinüber und setzte ein spöttisches Lächeln auf. Er schien begriffen zu haben, dass hier ein neuer Ladenmitarbeiter eingeschult wurde.

»Zigarette.«

Dok-go sah ihn an und legte den Kopf schief.

»Ich … rauche nicht …«

»Ich sagte, ich möchte Zigaretten.«

»Ach so, Zigaretten … Äh, was?«

»Hör mal Bursche, wie redest du denn mit mir? Wie alt bist du eigentlich?«

»Weiß ich … nicht.«

»Meine Fresse, was ist denn das für einer? Dachschaden?«

»Nee … Zigaretten … was?«

Der HK schnaubte einmal durch die Nase. Dann sah er wieder zu Si-hyeon hinüber. Da erst hob Si-hyeon ihren Arm, um ins Zigarettenregal zu greifen. Aber der HK hielt sie davon ab. Er sah Dok-go geradewegs an und sagte:

»Wollen wir doch mal sehen, ob du einen Dachschaden hast oder nicht. *Esse Change 4 Milligramm*. Los!«

Esse hatte verdammt viele Sorten, da musste man schon sehr findig sein. Allein schon, was *Esse Change* betraf. Da gab es *Esse Change pur*, *Esse Change Up*, *Esse Change Linn*, *Esse Change Bing*, *Esse Change Himalaya* … Schwindelerregend viele Sorten … Si-hyeon, die selbst nicht rauchte, hatte noch gut in Erinnerung, dass die mit völliger Selbstverständlichkeit geäußerten Nachfragen der Kundschaft nach der *Esse*-Palette ihr ganz am Anfang nicht selten den Schweiß auf die Stirn getrieben hatten. Der HK rauchte eigentlich *Dunhill 6 Milligramm*, doch offenbar hatte er es heute darauf abgesehen, Dok-go auflaufen zu lassen.

Der griff jedoch gezielt ins Regal, holte mit traumwandlerischer Sicherheit auf Anhieb die gewünschte Packung *Esse Change 4 Milligramm* hervor und scannte den Barcode ein. Piep. Der HK, der sich um den sicher geglaubten Sieg betrogen fühlte, knallte seine Kreditkarte auf den Ladentisch. Dok-go steckte sie brav ins Lesegerät, erledigte die Abrechnung und gab dem HK die Karte zurück. Dem schien noch etwas eingefallen zu sein.

»Bekomme ich keine Tüte?«

Offenbar wollte er Dok-go noch weiter auf den Zahn fühlen. Si-hyeon hielt sich mühsam zurück. Dok-go blickte abwechselnd zwischen der bezahlten Ware und dem HK hin und her. Dann grinste er.

»Nimm das … mal einfach so mit. Die Tüte … die Plastiktüte … die ist nicht gut für die Umwelt.«

Mit versteinerter Miene lehnte sich der HK vor. Jetzt wollte es er wissen.

»Ich wohne ein ganzes Stück weit weg von hier. Soll ich das alles ohne Tüte tragen?«

»Na, dann … Dann kauf eine.«

»Das hättest du doch vorher sagen müssen! Soll ich für die paar Pfennig jetzt noch mal die Karte rausholen, oder was? Also wirklich, die Tüte krieg ich doch wohl gratis!«

»Das ... ähm ... geht leider nicht.«

»Na, hör mal, wenn man der Kundschaft Unannehmlichkeiten bereitet, muss man doch eine Lösung anbieten! Schon mal was von Kundenfreundlichkeit gehört? Hä?«

Der HK ließ seiner Boshaftigkeit freien Lauf. Halb im Spaß, halb drohend, doch zunehmend aggressiv. Langsam wurde es ernst. Si-hyeon wollte schon einschreiten, da klatschte Dok-go plötzlich in die Hände.

Si-hyeon und der HK machten verwirrte Gesichter. Währenddessen lief Dok-go schnell ins Lager und kam gleich darauf wieder heraus, seinen Beutel in der Hand. Seine Ökotasche, die schmuddelig und abgenutzt und mit dem Logo einer wohltätigen Vereinigung bedruckt war. Neben dem Ladentresen kippte er die Tasche aus. Heraus fielen ein Kugelschreiber, ein Notizbuch und eine Sandwichpackung, deren Haltbarkeitsdatum abgelaufen war. Das war alles. Dok-go begann, die Kekspackungen, die der HK gekauft hatte, in die Tasche zu stopfen. Der HK starrte Dok-go an, als hätte er ein seltenes Tier vor sich.

»Was soll das?«

»Hier, in der Tasche ... kannst du alles mitnehmen.«

»Wie kommst du dazu, mir diesen schmutzigen Beutel anzudrehen?«

»Wenn was schmutzig ist ... Einfach waschen und ... wieder benutzen.«

Nun endlich schaltete sich Si-hyeon ein.

»Entschuldigen Sie bitte. Der Kollege ist noch neu ... Ich packe Ihnen das in eine Plastiktüte.«

Sie griff nach Dok-gos Tasche, in die er die Sachen gepackt hatte. Aber Dok-go stand unerschütterlich da. Er schob die ratlose Si-hyeon beiseite und hielt dem HK mit ausgestreckter Hand den Ökobeutel entgegen. Der HK starrte Dok-go eine ganze Weile an, und auch Si-hyeon, die sich sichtlich unwohl fühlte, blickte zu Dok-go hinüber.

Dok-gos kleine Augen waren eng zusammengekniffen, wodurch sie noch kühler wirkten, während sein kräftiges Kinn unter dem fest geschlossenen Mund wie eine mächtige Waffe hervorragte. Er stand weiter stumm da, die Hand mit der Ökotasche ausgestreckt. Si-hyeon war unschlüssig, was sie tun sollte, und sah erneut zu dem HK hinüber. Dieser fixierte Dok-go mit seinen Glubschaugen, als wollte er ihn umbringen, wirkte jedoch angesichts dessen unbeirrbarer Haltung zunehmend verunsichert. Und schließlich nahm er Dok-go den Beutel mit genervtem Gesichtsausdruck ab. Ließ den Arm mit der Tasche wie eine aus dem Lot gebrachte Waage hängen, drehte sich um und verließ den Laden.

Nach diesem Männlichkeitsduell stand Si-hyeon da und bog ihre Hüfte durch wie eine Garnele. Dok-go zückte, als wäre nichts gewesen, seinen Kuli und notierte in sein Heft: »Immer erst die Tüte.« Si-hyeon versuchte, seinen furchteinflößenden, finsteren Anblick von eben zu vergessen und räusperte sich.

»Dok-go, vielleicht war es ganz gut, dass Sie ihm die Tüte nicht gegeben haben.«

»Tut … tut mir leid. Ich … ich hab nicht dran gedacht. Obwohl Sie mir das … alles genau erklärt haben …«

»Schon gut. Denken Sie einfach nächstes Mal dran. Und … Auch wenn es sich um einen HK handelt, mit Kunden streitet man nicht.«

Dok-go verzog das Gesicht zu einem Lachen.

»Zwei krieg ich hin … locker!«

Ob er damit meinte, dass er zwei Leute gleichzeitig vermöbeln oder zwei Kunden gleichzeitig bedienen könne, blieb unklar, aber in seinem lachenden Gesicht war keine Spur des stechenden Blicks von eben mehr zu erkennen. Si-hyeon seufzte erleichtert. Dann fiel ihr wieder ein, was sie vorhin so neugierig gemacht hatte.

»Aber sagen Sie, wie haben Sie denn die Zigaretten so schnell gefunden?«

»Gestern, da … da gab es so viele Kunden, die … Zigaretten haben wollten. Da hab ich das … alles schnell auswendig gelernt. Von *Esse* gibt es *Esse One*, *Esse Special Gold*, *Esse Special Gold 1 Milligramm*, *Esse Special Gold 0,5 Milligramm*, *Esse Classic*, *Esse Su 0,5 Millligramm*, *Esse Su 1 Milligramm*, *Esse Golden Leaf*, *Esse Golden Leaf 1 Milligramm*, …«

Dok-go leierte alle Zigarettensorten wie das Einmaleins herunter. Si-hyeon war perplex. Eine Weile sagte sie nichts, dann unterbrach sie ihn.

»Schon gut! Und das haben Sie alles an einem Tag gelernt?«

»In der Nacht … ist ja nicht so viel los. Und damit ich nicht … einschlafe.«

»Haben Sie früher gern geraucht?«

»Weiß ich … nicht.«

»Das wissen Sie nicht? Sie können sich nicht erinnern, ob Sie früher geraucht haben?«

»Ich weiß nicht … ob ich geraucht hab oder nicht.«

»Leiden Sie unter Gedächtnisschwund?«

»Wegen des … Alkohols. Da ist das alles … aus meinem Kopf verschwunden.«

»Bis wann können Sie sich denn zurückerinnern?«
»Weiß ich ... nicht.«
Oh Mann ... Si-hyeon bereute, dass sie ihren Vorsatz, unnötiges Gerede zu vermeiden, schon wieder gebrochen hatte. Aber dass Dok-go es dem HK mal so richtig gezeigt hatte, erfüllte sie mit großer Genugtuung. Sie beschloss, Dok-go in Zukunft so viel Kanu Black trinken zu lassen, wie er wollte.

Als es für Si-hyeon Zeit war, nach Hause zu gehen, war die Chefin noch immer nicht aufgetaucht. Si-hyeon schickte ihr eine SMS und fragte, wo sie gerade sei. Die Antwort lautete:

– Ich komme gerade vom Mittwochsgebet aus der Kirche und bin jetzt zu Hause. Dok-go arbeitet ab heute allein.

– Meinen Sie, das geht?

– Was denkst du?

– Hm, na ja ...

Si-hyeon dachte einen Augenblick nach und sah sich nach Dok-go um. Der war gerade dabei, die verschiedenen Sorten Instantnudeln mit scharfem Hühnchenfleischgeschmack ins Regal zu stellen. Mit leiser Stimme brabbelte er vor sich hin: »Hühnchennudeln extrascharf, Hühnchennudeln Käsegeschmack, Hühnchennudeln Carbo...nara ...« Den Hintern in die Höhe gestreckt und angestrengt an seinen Lippen herumknetend, sortierte Dok-go Becher für Becher in das jeweils dafür vorgesehene Fach. Si-hyeon schickte ihre SMS ab. *Das wird schon gehen.*

Eine Woche verging. Er kam jeden Abend pünktlich um acht Uhr angezockelt, stets in derselben Kleidung. Jetzt war er nicht mehr der Tapsebär, sondern nur noch der Bär. Noch immer waren seine Bewegungen träge und langsam, aber er stotterte nicht mehr so schlimm, und allein das machte schon eine Menge aus. Außerdem erledigte er alles, was man ihm beigebracht und er mechanisch wiederholt hatte, nun eines nach dem anderen ohne Schwierigkeiten. Er putzte den Kundentisch vor dem Eingang und den Kundentisch im Laden, er füllte die leeren Regale mit Waren auf, er kümmerte sich um die abgelaufenen Artikel, die entsorgt werden mussten, und er wischte mit einem Lappen – ohne dass man es ihm aufgetragen hätte – die begehbare Kühlkammer aus.

Weitere Schulung als neuer Mitarbeiter schien er nicht zu benötigen. Es gab nichts, was man ihm noch hätte beibringen können. Ohne weiter bei Si-hyeon nachzufragen, machte er nun alles von selbst. Da kamen ihr ein paar Dinge in den Sinn, die sie ihn gerne fragen wollte. Obwohl es die Abendstoßzeit war, kam kaum jemand in den Laden, und so standen Si-hyeon und Dok-go zusammen am Tresen, aßen Gimbap-Reisrollen und tranken Milch.

»Wo sind Sie denn eigentlich tagsüber?«, fragte sie und saugte die Erdbeermilch aus dem Strohhalm. Dok-go schluckte eilig das Stück Gimbap herunter, das er gerade im Mund hatte, und antwortete:

»Die Chefin … hat das im Voraus für mich … bezahlt. Eine Schlafzelle … in Dongja-dong. Gegenüber vom … Hauptbahnhof.«

»Also, dann schlafen Sie tagsüber dort und kommen abends raus? Und Sie essen auch dort?«

»Diese Schlafzelle … die ist wie ein Sarg. Da kann man drin liegen und … sonst nichts. Nach der Arbeit esse ich … auf dem Heimweg … eines von den … von den abgelaufenen Sandwiches. Dann schlafe ich. Dann gehe ich zum Hauptbahnhof und sehe fern und dann … Dann komme ich wieder hierher.«

»Müssen Sie denn unbedingt zum Hauptbahnhof? Ich meine, was machen Sie denn, wenn Sie einem Ihrer früheren Obdachlosenkollegen begegnen und der sie irgendwohin mitnehmen will?«

»Nee, das … passiert nicht. Im Bahnhof muss ich … fernsehen. Und Leute angucken.«

»Sie sprechen jetzt schon viel besser als früher. Erinnern Sie sich jetzt auch wieder an Ihre Vergangenheit? An Ihr Haus oder Ihre Familie oder was Sie früher gearbeitet haben?«

Dok-go zögerte einen Moment. Dann schüttelte er den Kopf. Er stopfte sich das letzte Stück Gimbap in den Mund und griff nach der Milchtüte. Er begann an dem Strohhalm zu saugen, so heftig, dass es Si-hyeon vorkam, als versuchte er verzweifelt, die Erinnerung an seine Vergangenheit aus der Tüte zu saugen. Als er ausgetrunken hatte, fuhr er sich mit der Zunge über die Lippen. Si-hyeon sah ihn an und fragte:

»Ist die Arbeit hier für Sie okay?«

»Ja, alles ist … gut. Nur dass ich nicht mehr trinken darf, ist … ziemlich hart.«

»Hören Sie, Sie haben jetzt eine Arbeit und einen Platz zum Schlafen. Da dürfen Sie sich nicht beschweren, dass Sie jetzt nicht mehr trinken können.«

»In der Obdachlosenunterkunft kann man … auch

schlafen. Und in der Ausspeisungsstelle … bekommt man auch was … zu essen. Wenn ich arbeite, kann ich nicht trinken … Ich hab … Kopfschmerzen.«

»Mensch, dass Sie Kopfschmerzen haben, wenn Sie nicht trinken, liegt daran, dass Sie vorher so viel getrunken haben. Wenn Sie richtig aufhören zu trinken, verschwinden auch die Kopfschmerzen. Verstanden?«

Er verengte seine kleinen Augen beinahe unmerklich zu einem Lächeln und sah sie an. Sie dachte, dass sie ihm, der ja älter war als sie, hier im Laden nun alles beigebracht hatte, was sie ihm hatte beibringen können.

»Die Ausbildung ist abgeschlossen. Die Chefin sagt, wenn Sie das Gefühl haben, alles gelernt zu haben, sollen Sie von jetzt an nicht mehr um acht, sondern um zehn kommen. Ab morgen.«

»Danke … Dass Sie mir so viel … gezeigt haben.«

»Keine Ursache.«

»Wirklich … Sie haben wirklich Talent zum … Unterrichten. Sodass man alles gleich versteht.«

»Ich habe das Gefühl, Sie kennen sich im Gesellschaftsleben gar nicht schlecht aus. Sie sind bestimmt erfolgreich gewesen, bevor Sie obdachlos geworden sind … Wahrscheinlich fanden Sie es ziemlich lächerlich, was ich gerade zu Ihnen gesagt habe, oder?«

»Nein … Ich hatte wirklich … keine Ahnung. Vollkommen hohl im Kopf. Sie haben mir … viel beigebracht. Glauben Sie mir … Laden Sie das mal ins … Internet. Wie man das Kartenterminal benutzt … Das haben Sie mir echt … gut erklärt.«

»Ins Internet? Wo soll ich das denn hochladen?«

»Ju…jucktube.«

»Jucktube? YouTube? Wozu soll ich das da hochladen?«

»Da gibt es Leute, die das brauchen … Die können das … brauchen.«

»Jetzt reden Sie sogar schon so viel, dass Sie anfangen, sich zu wiederholen. Also Sie meinen, ich soll ein Erklärvideo für das Kartenterminal auf YouTube hochladen?«

»Das … das hilft den Leuten. Es gibt doch viele Läden. Und viele … Aushilfen. Wenn Sie das genau so erklären, wie Sie es mir … gezeigt haben …«

»Hören Sie mal. Ich soll mir die Arbeit machen, ein Video zu drehen? Um anderen zu helfen? Ich hab im Moment ganz andere Sorgen. Und jede Menge um die Ohren. Wenn ich nach Hause gehe, muss ich für den Unterricht morgen vorlernen.«

»Aber … mir haben Sie doch auch geholfen.«

»Weil die Chefin gesagt hat, dass ich das soll.«

»Kann ja sein, aber … Sie haben das gut erklärt.«

In diesem Moment wurde es Si-hyeon plötzlich klar. Dass sie ihm *wirklich* geholfen hatte. Und dass sie durchaus ein wenig stolz darauf sein durfte.

»Und bei Juck…tube, da kann man Geld verdienen. Das haben die im Fernsehen gesagt.«

Dok-gos Augen funkelten. Normalerweise hätte sie jetzt ein spöttisches Lachen von sich gegeben, aber sie war bereits in Gedanken versunken. Und versuchte, sich an das Passwort ihres YouTube-Accounts zu erinnern, das sie schon so lange nicht mehr benutzt hatte.

»Hallo und herzlich willkommen zur zweiten Unterrichtseinheit für das Kartenterminal der Always-24-Stunden-Läden.«

Mit ihrem Smartphone filmte Si-hyeon den Monitor des Kassengeräts, während sie mit ruhiger Stimme in das Mikrofon sprach, das sie für 26 500 Won auf einer Online-Shopping-Seite gekauft hatte.

»In der letzten Woche haben wir Beschaffenheit und grundlegende Bedienung des Kartenterminals kennengelernt. Heute, auf Level 2, beschäftigen wir uns mit gemischter Abrechnung, Rückerstattung sowie dem Aufladen des elektronischen Verkehrstickets und der Always-Punkte-Kundenkarte. Erstes Thema: die gemischte Abrechnung. Ein Kunde kommt mit seinem Einkauf an die Kasse. Er möchte gerne gemischt bezahlen, also einen Teil mit Bargeld und einen Teil mit Karte. Keine Sorge, das geht ganz einfach. Und zwar so.«

Mit dem Smartphone filmte sie die neben dem Kartenterminal bereitgelegte Tafel Schokolade und fuhr dann fort:

»Als Erstes scannen wir den Barcode, um zu sehen, was der Artikel kostet. Er kostet 3200 Won. Der Kunde sagt, er möchte 3000 Won in bar und die restlichen 200 Won mit der Karte bezahlen. Das kommt manchmal vor, wenn Kunden vermeiden wollen, dass sie unpraktische kleine Münzen als Wechselgeld zurückbekommen. Auf dem Monitor des Kartenterminals geben wir nun 200 Won als Empfangsbetrag ein. Das ist der Betrag, der per Karte bezahlt wird. Wir stecken die Kreditkarte des Kunden in das Lesegerät und drücken auf ›Bezahlen‹. Nun werden 200 Won von der Karte abgebucht. Jetzt bleiben noch die restlichen 3000 Won. Wir nehmen die 3000 Won als Bargeld entgegen und drücken auf ›Bezahlen‹. Fertig. Ganz schön einfach, was?«

Si-hyeon beendete die Aufnahme mit ihrem Smartphone, atmete einmal durch und schaute sich das Ganze noch einmal an. Man sah nur ihre Hand, das Kartenterminal und den Warenartikel und hörte dazu ihre tiefe, weiche Stimme, die Schritt für Schritt erklärte, wie man eine gemischte Abrechnung durchführt. Sie hatte das Gefühl, dass Leute, denen es im Umgang mit technischen Geräten grundsätzlich an Geschick mangelte, vielleicht entspannter wären, wenn man ihnen alles schön langsam und im Detail erklärte, so wie sie es mit Dok-go getan hatte. Schließlich war sie selbst eine ziemliche Technikniete gewesen und anfangs mit dem Kartenterminal auch nicht gut zurechtgekommen. Aber inzwischen war es für sie ein Kinderspiel, und ein Erklärvideo anzufertigen war auch nicht schwieriger, als eine abgelaufene Lunchbox aus dem Regal zu räumen.

Si-hyeon räusperte sich einmal und schaltete dann wieder die Kamera an.

»Kommen wir nun zum nächsten Thema: Rückerstattung. Zuerst klicken wir auf dem Monitor den Menüpunkt ›Quittung‹ an ...«

Die Resonanz auf ihre Videos war größer als gedacht. Natürlich gab es auf YouTube bereits verschiedene Videos zu Kartenterminals in diversen 24-Stunden-Läden. Solche, bei denen das Kartenterminal und ein hübsches Gesicht in ständigem Wechsel zu sehen waren und unklar blieb, ob es hier darum ging, die Funktionsweise des Kartenterminals zu erklären, oder darum, sich im Glanze des eigenen Liebreizes zu sonnen. Oder solche, die mit flottem Bildschnitt, Untertiteln und Hintergrundmusik so knallig produziert waren wie ein Unterhaltungsprogramm im Fernsehen. Im Vergleich dazu wirkte Si-hyeons Video in seinem schlichten, trockenen Stil geradezu minimalistisch, aber genau das schien bei Leuten, die sich einfach nur mit dem praktischen Gebrauch des Kartenterminals vertraut machen wollten, gut anzukommen. Außerdem machte sich Si-hyeon die Mühe, einzeln auf die Fragen von Leuten zu antworten, die selbst das erste Mal als Aushilfe in einem Laden arbeiteten.

Die Leute sagten, es gefalle ihnen gut, dass Si-hyeon alles so langsam und ausführlich erkläre. Ihre Erläuterungen seien so leicht verständlich, dass selbst Grundschüler keine Probleme damit haben würden, hieß es. Es fanden sich auch Kommentare, die ihre entspannte, ruhige Stimme lobten, die dafür sorge, dass man sich nicht belehrt, sondern beruhigt fühle. Daraufhin hörte sich Si-hyeon selbst einmal beim Sprechen zu. Sie fand es seltsam, dass ihre Stimme, die ihr einfach nur einschläfernd vorkam, von anderen Leuten offenbar als angenehm empfunden wurde.

Dok-go kam noch immer eine Stunde früher als eigentlich von ihm verlangt. Er räumte vor dem Laden auf und wischte den Plastiktisch am Eingang ab, bevor er Si-hyeon bei der Arbeit ablöste. Er hatte sich nun vollständig an seinen nächtlichen Dienst gewöhnt, und kein Mensch wäre auf den Gedanken gekommen, dass er noch vor einem Monat als Obdachloser am Seouler Hauptbahnhof kampiert hatte. Nachdem er sich von seinem ersten Gehalt eine dicke weiße Jacke gekauft hatte, sah er nicht mehr aus wie ein zotteliger Grizzly, sondern eher wie der freundliche Eisbär aus der Coca-Cola-Werbung, und so zuverlässig, wie er nach außen hin nun wirkte, war er für die Chefin und für Si-hyeon als Mitarbeiter tatsächlich. Ohne ihn wäre gestern auch der Weihnachtsbaum im Laden nicht so schnell zusammengebaut und aufgestellt worden. Vor allem aber hatte sich der HK par excellence nicht mehr im Laden blicken lassen, seitdem er von Dok-go in die Schranken gewiesen worden war. Schwächeren gegenüber den HK raushängen lassen und bei jemandem, der ihm das nicht durchgehen ließ, den Schwanz einziehen – das sah dem HK wirklich ähnlich.

Nur Frau Oh beschränkte sich Dok-go gegenüber auf das absolute Mindestmaß an Etikette. Es war ihr zur Gewohnheit geworden, wenn Si-hyeon zum Schichtwechsel kam, erst einmal über Dok-go herzuziehen. Endlich schien sie jemanden gefunden zu haben, auf dem sie die Unmengen an Frust abladen konnte, die sie offenbar in sich trug. Dok-go schien das allerdings nicht viel auszumachen. Einmal, als Si-hyeon ihn fragte, ob Frau Oh ihm keinen Stress bereite, schüttelte er den Kopf und lächelte.

»Stress … Das ist so ähnlich wie das da.«

»Wie was?«

»Der Schrank … mit den Spirituosen … Der ist nicht weit genug weg …«

»Sie dürfen nicht wieder anfangen zu trinken! Auf gar keinen Fall!«

Si-hyeon war lauter geworden als beabsichtigt.

Dok-go nickte zustimmend. Er schien verstanden zu haben, was in ihr vorging.

»Ich hab mir … sowieso … was einfallen lassen.«

Er grinste. Si-hyeon atmete auf. Sie füllte den Kanu-Black-Vorrat auf, der, weil Dok-go sich so eifrig bedient hatte, zur Neige gegangen war. Von Dok-go hatte sie gelernt, dass es etwas Sinnvolles war, anderen zu helfen, und dass sie diese Fähigkeit in sich trug. Auch gestern, als sie das YouTube-Video aufgenommen hatte, war ihr Dok-go in den Sinn gekommen. Wieder waren ihre Worte und Bewegungen ruhig und langsam gewesen, so wie an dem Tag, als sie es ihm erklärt hatte. Vielleicht war solch eine langsame, vorsichtige Annäherung genau der richtige Weg, um einem Menschen, zum Beispiel einem Obdachlosen, zu helfen. Und während sie so überlegte, schien es ihr, als hätte auch sie Hilfe von Dok-go erhalten, denn obwohl sie sich als freiwillige Außenseiterin nie mit der Gesellschaft verbunden gefühlt hatte, hatte sie nun eine Art sozialen Anknüpfungspunkt gefunden.

Es war der Tag vor Heiligabend, als Si-hyeon über ihr YouTube-Konto die E-Mail eines ihr unbekannten Absenders erhielt. Die Mail stammte von einer Frau, die zwei Always-Läden führte und schrieb, dass sie gern mit Si-hyeon zusammenarbeiten würde. Die Frau hatte ihre Nummer hinterlassen.

Na so was? War diese Frau so etwas wie ein Scout?

Aber seit wann wurden Scouts eingesetzt, bloß um Ladenmitarbeiter anzuheuern? Warum meldete sie sich gerade bei ihr, und was wollte sie ihr anbieten? Ihren Stundenlohn um tausend Won zu erhöhen? Oder dass sie zwischen zwei Jobs pendeln solle? Wenn sie all die Fragen, die in ihrem Kopf explodierten, unter Kontrolle bringen wollte, blieb ihr nicht anderes übrig, als nachzufragen. Und so griff Si-hyeon, so schüchtern, wie sie war, von großer Neugier und geringen Erwartungen erfüllt, schließlich zum Handy und wählte die Nummer, die ihr in der Mail hinterlassen worden war.

Es meldete sich die abgeklärt wirkende Stimme einer Frau in mittlerem Alter. Zunächst sagte sie, dass sie Si-hyeons Erklärvideo auf YouTube gesehen habe, und erläuterte dann, dass sie bereits zwei 24-Stunden-Läden in Dongjak-gu führe und jemanden suche, der sich vollständig um den nun neu eröffneten Laden kümmere. Mit anderen Worten, sie schlug Si-hyeon vor, als Filialleiterin zu arbeiten und die komplette Verantwortung für einen ganzen Laden zu übernehmen. Si-hyeon war so verblüfft, dass sie nicht wusste, was sie sagen sollte. Daraufhin schlug die Frau vor, sie könne doch einfach einmal bei ihr im Laden vorbeikommen, um sie zu treffen, und wenn sie sich die Stelle zutraue, stünde einer Zusammenarbeit nichts mehr im Wege. Wie sich herausstellte, lag der Laden ganz in der Nähe von Si-hyeons Wohnung, und so wurde vereinbart, dass Si-hyeon am nächsten Tag nach der Arbeit vorbeikommen würde.

Das Geschäft befand sich direkt am Eingang zu einem U-Bahnhof, nur eine Station von Si-hyeons Wohnung entfernt. Die Chefin war mit Ende fünfzig in einem ähnlichen Alter wie Frau Oh, was Sprechweise und Erscheinungsbild anging, allerdings – mit Verlaub gesagt – deren komplettes Gegenteil. Sie sprach ruhig und besonnen, ein mildes Lächeln auf den Lippen. Noch einmal erklärte sie mit Nachdruck, dass sie bereits zwei Läden besitze, jetzt aber noch einen dritten eröffnet habe, für den nun eine zuverlässige Filialleitung benötigt werde.

»Woher kommt denn Ihr Vertrauen in mich, dass Sie mir diesen Posten anbieten möchten?«, fragte Si-hyeon vorsichtig. Denn Vorsicht erschien ihr angebracht, wo sie doch in ihrem ganzen Leben kaum je eine Handvoll lobende Worte, geschweige denn ein so überwältigendes Angebot zu hören bekommen hatte.

»Als ich das YouTube-Video gesehen habe, konnte ich spüren, dass Sie jemand sind, auf den man sich verlassen kann. Die Art, wie sie gesprochen haben, hat mir gezeigt, dass es Ihnen nicht darum ging, ihre eigenen Fähigkeiten zur Schau zu stellen, sondern allein darum, den Lernenden mit Rücksicht und Verständnis zu begegnen.«

»Wirklich?«

»Auch mir haben Sie damit schon geholfen. Ich habe den Teilzeitkräften, die ich letzten Monat neu eingestellt habe, gesagt, sie sollen sich einfach Ihr Video ansehen. Wie wäre es, wenn Sie die Neulinge in unserem Laden persönlich anleiten würden? Sie leiten den Laden, und ab und an arbeiten Sie außerhalb und geben Unterricht. Die Reisekosten werden Ihnen natürlich erstattet.«

Si-hyeon spürte, wie sie die Lippen zusammenpresste, um sich nicht anmerken zu lassen, wie aufgeregt sie war. Fest angestellte Mitarbeiterin und Filialleiterin. Als sie hörte, wie hoch das Gehalt wäre, ging ihr Mund allerdings doch auf und blieb auch einen Moment lang so. Darüber hinaus lag der neue Laden nur fünf Minuten von ihrer Wohnung entfernt. Als Aushilfe jeden Tag Bekannten und Verwandten im Laden zu begegnen, wäre ihr sehr unangenehm gewesen, als Filialleiterin aber wäre das etwas anderes, und sie würde keine Scham, sondern vielleicht sogar so etwas wie Stolz empfinden.

Und so willigte sie in ihre Beförderung ein. Und ihre Versetzung innerhalb der Branche.

Als sie zu Fuß nach Hause ging, bot sich ihr der Weihnachtstrubel des Heiligen Abends in voller Pracht dar. Die Straßen waren voll von verliebten Pärchen und allerlei Dingen in Weiß und Rot. Sie verbrachte auch diese Weihnachten als Single. Aber kalt war ihr nicht.

Ihre neue Chefin bat um Eile, denn der Laden sollte schon in zehn Tagen eröffnet werden. Das nächste Jahr würde Si-hyeon an einem neuen Arbeitsplatz beginnen. Halb in Sorge, halb mit Bedauern wartete sie auf die Ankunft ihrer alten Chefin. Diese müsste sich, nachdem sie jeden Abend vorbeigekommen war und sich bei Si-hyeon erkundigt hatte, was tagsüber vorgefallen war, in Zukunft von jemand anderem Bericht erstatten lassen. Während Si-hyeon das dachte und erneut Gewissensbisse verspürte, betrat die Chefin den Laden, eine weiße Tüte in der Hand.

»Hier, ich habe Bungeobbang, Bohnenmus-Waffeln, gekauft. Die können wir zusammen essen.«

Si-hyeon nahm eine der niedlichen kleinen Waffeln, die wie Fische geformt waren, aus der Tüte. Und biss dem Fisch, der die gleiche Liebenswürdigkeit zu verströmen schien wie das warme Herz der Chefin, als Erstes voller Entschlossenheit den Kopf ab. Dann erklärte sie der Chefin im Detail die neue Situation. Frau Yeom, die ebenfalls gerade eine Waffel hatte zu sich nehmen wollen, hielt inne und hörte erst einmal nur zu. Dann sah sie Si-hyeon an und biss in die knusprige Waffel.

»Hört sich ja prima an.«

»Es tut mir leid. Dass ich jetzt hier so plötzlich aufhöre …«

»Nicht doch, ich habe mir sowieso schon Sorgen gemacht, weil du bereits viel zu lange hier bist und ich am Ende vielleicht noch die Verantwortung dafür trage. Nee, du, das ist prima, wirklich.«

»Ich weiß, das sagen Sie jetzt nur so.«

»Hör ich mich so an?«

»Ja.«

»Na gut, dann sag ich dir die Wahrheit. Ich wollte dich ohnehin feuern. Du weißt ja selber, das Geschäft läuft einfach nicht. Noch dazu haben Frau Oh und Dok-go gesagt, dass sie mehr arbeiten wollen. Deshalb hatte ich vor, deine Arbeitszeit zwischen Frau Oh und Dok-go aufzuteilen und auf diese Weise Personalkosten zu sparen.«

»Was!?«

»Wenn der Absatz sinkt, muss man das Personal abbauen. Und für Frau Oh und Dok-go ist die Arbeit hier die einzige Quelle für ihren Lebensunterhalt. Was soll ich machen, da muss ich dich doch entlassen. Du wirst ja ohnehin zu Hause von deinen Eltern durchgefüttert und hast eh bald deine Prüfung. Da hab ich gedacht, ich könnte dich rausschmeißen mit der Begründung, dass du dich mal lieber schön aufs Lernen konzentrieren sollst.«

»Echt jetzt? Das ist doch nicht Ihr Ernst?«

»Doch.«

»Sagen Sie, dass das nicht Ihr Ernst ist. Sie machen mich echt traurig …«

»Ein bisschen traurig und betrübt zu sein, ist schon nicht verkehrt. Dann schaust du wenigstens nicht dauernd zurück, wenn du von hier weggehst. Du musst erstmal woandershin. Später wirst du den Laden hier schon noch vermissen. Und wenn du Sehnsucht hast, wird auch noch Dankbarkeit hinzukommen, nicht wahr?«

»Dankbar bin doch jetzt schon!«

Si-hyeon spürte, wie eine Träne in ihr Auge stieg. Die Chefin, erfahren darin, die Fasson zu wahren, lächelte still und biss erneut in die knusprige Waffel. Auch Si-hyeon unterdrückte ihre Tränen und biss ein Stück von der Waffel ab. Das süße Bohnenmus kitzelte ihre Zunge.

*Wozu Samgak-gimbap
gut ist*

Drei Männer gab es, die Oh Seon-suk beim besten Willen nicht verstand.

Der erste war ihr Mann. In den dreißig Jahren, die sie nun schon mit ihm zusammenlebte, hatte sie sich nie sicher sein können, was er am nächsten Tag vielleicht anstellen würde. So war es vorgekommen, dass er von einem Tag zum anderen seinen sicheren Posten als Abteilungsleiter in einem mittelständischen Unternehmen geräumt hatte, und nachdem er nach langem Hin und Her und Auf und Ab irgendwann einen Laden eröffnet und ein paar Jahre lang geführt hatte, war er plötzlich von zu Hause ausgerissen. Er war immer ein unglaublich sturer und kommunikationsunfähiger Mensch gewesen. Als er dann vor ein paar Jahren wegen einer Krankheit nach Hause zurückgekehrt war, hatte sie ihn zwar zur Rede gestellt, wie er so rücksichtslos sein könne, einfach immer nur das zu tun, wonach ihm gerade der Sinn stehe, aber er hatte ihr nicht geantwortet. In ihrer Wut hatte sie ihm immer und immer wieder diese Frage entgegengeschleudert, als wollte sie ihn geißeln. Schließlich war er, vielleicht weil er einfach keine Lust hatte zu antworten, wieder von zu Hause weggegangen. So war es gekommen, dass sie nie eine Antwort von ihm erhalten hatte, dass sie jetzt nicht einmal mehr wusste, ob er überhaupt noch am Leben war, und dass sie ihn nun nicht mehr verstehen konnte und auch nicht mehr verstehen musste.

Der zweite Mann, den sie nicht verstand, war ihr Sohn. Als einziges Kind, das sie ganz allein hatte großziehen müssen, war er ihr Ein und Alles gewesen, aber je älter er wurde, desto ähnlicher wurde er – die Gene lassen sich nicht leugnen – ihrem Mann. Als er sein Studium abgeschlossen und eine Stelle in einer großen Firma gefunden hatte, war sie noch überzeugt gewesen, dass sich die viele Mühe der Erziehung doch gelohnt habe. Aber nach einem Jahr und zwei Monaten schmiss er die Stelle, um die ihn alle beneideten, einfach hin, und das Unheil nahm seinen Lauf. Er fing an, mit Aktien zu spekulieren, verzockte dabei das Geld, das er bis dahin verdient hatte, verkündete dann, er wolle doch lieber Filmregisseur werden, ging auf irgendein entsprechendes Institut und begann, sich mit allen möglichen Faulenzern einzulassen. Dann stürzte er sich – wobei er sich das nötige Geld dafür leihen musste – in irgendein absurdes Independent-Movie-Projekt, das ihn allerdings keineswegs in die Unabhängigkeit führte, sondern auf halber Strecke scheiterte und anhaltende Depressionen und psychische Behandlung nach sich zog.

Warum bloß hatte er sein komfortables, sicheres Leben aufgegeben und sich auf so riskante und abenteuerliche Dinge wie Aktienhandel und Filmproduktion eingelassen? Sie verstand es einfach nicht. Auf ihre inständige Bitte hin hatte er schließlich seine falschen Hoffnungen begraben und beschlossen, es mit der Prüfung für den Diplomatendienst zu versuchen, auf die er sich nun vorbereitete. Wenn sie allerdings sein stets bedrücktes, finsteres Gesicht sah, machte sie sich doch Sorgen, dass seine Depression vielleicht zurückkehren könnte. Und jedes Mal rief sie innerlich: »Mensch, Junge, wenn du zu viel Zeit hast, hier so depressiv rumzuhängen, dann geh lieber raus, um in der brennenden Sonne Zementsäcke zu schleppen.«

Allein diese beiden unbegreiflichen männlichen Individuen, ihr Mann und ihr Sohn, hätten vollkommen ausgereicht, um ihr das Leben zur Qual zu machen, doch zu allem Überfluss steckte nun noch ein weiterer seltsamer Zeitgenosse, ein wandelnder Magnet von Problemen, ein einziges dickes Fragezeichen, seinen Riesenschädel, in ihr Leben. Dok-go, der vertrottelte Tapsebär, der seit einem Monat die Nachtschicht im 24-Stunden-Laden übernahm. Natürlich war sie schockiert gewesen, als sie, wenn auch reichlich spät, erfahren hatte, dass er früher Straßenpenner gewesen war, aber ihre Freundin, die Chefin, war mit der Nachtschicht einfach überfordert gewesen, und weil auch sie, Seon-suk, ihr diesbezüglich nicht hatte weiterhelfen können, hatte sie keine Möglichkeit gehabt, etwas gegen den Penner zu unternehmen. Um den Laden am Leben zu halten, wurde schließlich jede noch so kleine Hilfe gebraucht, da konnte sie sich nicht querstellen.

Glücklicherweise brachte der Tapsebär seinen nächtlichen Dienst ohne größere Schwierigkeiten über die Bühne. Er verbreitete auch weniger Gestank als befürchtet, und seine Arbeitskleidung war eigentlich nicht besonders schmutzig. Als die Chefin ihr mitteilte, dass sie ihm ein Zimmer gesucht, es im Voraus bezahlt, ihm neue Kleider gekauft und ihn zum Friseur geschickt habe und aus ihm nun ein ganz neuer Mensch geworden sei, zuckte Seon-suk nur mit den Schultern. Na, fantastisch. Im Gegensatz zu ihrer Freundin, die als Verkörperung des Optimismus und als lebenslange Pädagogin Generationen missratener Schüler auf den rechten Weg geführt hatte, hielt sich Seon-suk lieber an ein erfrischend einfaches Sprichwort: Menschen ändern sich nicht. Oder etwas poetischer formuliert: Ein Lumpen bleibt ein Lumpen, so oft man ihn auch wäscht. Sie hatte früher eine kleine Imbissstube geführt, dabei mit verschiedenen Leuten zusammengearbeitet und auch mit echten Horrorkunden zu tun gehabt. Die zwanzigjährige Teilzeitkraft, die mit dem Bargeld aus der Kasse das Weite gesucht und dann in elterlicher Anwesenheit auf der Polizeiwache ein böses Wiedersehen mit ihr erlebt hatte, der sechzigjährige Stammkunde, der erst im Suff die Ladeneinrichtung demoliert und sie dann um Vergebung angefleht hatte, beide hatten hinterher lauthals über sie geflucht. Im Zweifelsfall vertraute Seon-suk eher einem Hund als einem Menschen. Ihr Yeppi und ihr Kkami, ja, die waren ihr treu, und die betrachteten allein sie als ihr Frauchen.

Deshalb glaubte sie nicht daran, dass aus diesem Tapsebär, diesem ehemaligen Straßenpenner, jemals ein richtiger Mensch werden würde, selbst wenn er sich zwanzig Nächte lang nur von Knoblauch-Schinken und Beifuß-Drinks ernähren würde. Dass dieser Kerl, der mit seinen nur halb geöffneten Augen und seinen trägen, schwerfälligen Bewegungen immer wirkte, als würde er gleich einschlafen, dass dieser Eigenbrötler, der, wenn jemand den Laden betrat, sei es ein Kunde oder sie selbst, Seon-suk, bisher noch jedes Mal das richtige Timing für eine anständige Begrüßung verfehlt hatte, sich einfach so ändern würde, konnte sie sich beim besten Willen nicht vorstellen.

Dabei gab es wiederum etwas, das sie nicht verstand. Innerhalb von nur einer Woche war aus diesem Tapsebären vielleicht noch nicht unbedingt ein Mensch, aber doch immerhin ein durchaus passables Individuum geworden. Nach nur drei Tagen war er mit allem vertraut gewesen, was es im Laden zu tun gab, nach weiteren drei Tagen hatte er sich schon erheblich flinker und geschickter gewegt, und wenn er nun Seon-suks Blick oder dem eines Kunden begegnete, senkte er doch tatsächlich den Kopf und sagte ein Wort zur Begrüßung. Wie es ihm gelungen war, sich in so kurzer Zeit an gesellschaftliche Umgangsformen zu gewöhnen, wo es für ihn doch schon eine Herausforderung gewesen war, anderen Menschen überhaupt ins Gesicht zu sehen, von einer verbalen Begrüßung ganz zu schweigen, blieb ihr ein Rätsel.

So war Dok-go neben ihrem Mann und neben ihrem Sohn für Seon-suk das dritte männliche Wesen, das ihr vollkommen unbegreiflich erschien, aber im Gegensatz zu den ersten beiden, die keinerlei Anzeichen eines Wandels erkennen ließen und sie immerfort nur enttäuschten, war Dok-go, dessen Wandlung einer wahren Metamorphose gleichkam, ein ganz anderer Fall von Unbegreiflichkeit. Hatte er sich wirklich allein durch das bisschen Hilfe, das die Chefin, ihre Freundin, ihm hatte zuteilwerden lassen, so verändern können? Wie mochte wohl die Vergangenheit dieses Straßenpenners ausgesehen haben, wenn er so schnell menschliche Manieren entwickeln konnte? Das hätte sie wirklich interessiert, aber weder die Chefin noch Si-hyeon hatten diesbezüglich etwas in Erfahrung bringen können. Er hatte alkoholbedingt sein Gedächtnis verloren und ließ sich nur mit »Dok-go« anreden, ohne dass Klarheit darüber bestanden hätte, ob dies sein Vor- oder sein Familienname war.

»Jetzt denken Sie doch mal nach. Sie scheinen doch mittlerweile wieder einigermaßen bei Verstand zu sein.«

»Ich weiß … nicht. Wenn ich viel nachdenke … bekomme ich Kopfschmerzen.«

Jedes Mal, wenn Seon-suk ihn fragte, fuhr er sich mit seinen großen Händen durchs Gesicht und gab diese Antwort. Es war zum Verrücktwerden. Außerdem war es ihr ein Rätsel, weshalb Dok-go offenbar überhaupt nicht daran interessiert war, etwas über seine Vergangenheit in Erfahrung zu bringen. Wenn er seine Sinne jetzt wieder einigermaßen beieinanderhatte, wäre es doch ganz natürlich gewesen, etwas darüber wissen zu wollen, welche Arbeit er früher gemacht, ob er Familie gehabt und wie er einmal ausgesehen hatte. Und so beschloss sie, Dok-go, diesen unbegreiflichen Kerl, einfach weiterhin als Tapsebär zu betrachten. Ein Bär war kein Hund und insofern für sie auch kein vertrauenswürdiges Wesen.

Da er für sie weder begreiflich noch vertrauenswürdig war, schenkte sie ihm auch nicht sonderlich Beachtung. Die Chefin allerdings schien ihn wie einen jüngeren Bruder zu behandeln, und auch Si-hyeon konnte sich mit ihm allem Anschein nach recht offen unterhalten. Wenn sie sich bei Si-hyeon während des Schichtwechsels eingehend über Dok-go erkundigte, bekam sie immer nur zur Antwort, dass dieser ausgesprochen normal sei. Und dass sie zwar nicht wisse, was er gemacht habe, bevor er zum Straßenpenner geworden sei, aber das Gefühl habe, dass er bestimmt einen guten Ruf genossen habe.

»Einen guten Ruf? Dieser Tapsebär? Ich halt es ja kaum aus, wenn ich mich mit dem unterhalten muss.«

»Sein Stottern ist doch schon viel besser geworden. Irgendwo hab ich gehört, dass die Stimmbänder austrocknen können, wenn man so gut wie nie etwas sagt, und dass das dazu führen kann, dass man anfängt zu stottern. Und ich habe ihm doch die Arbeit hier beigebracht. Ganz am Anfang hatte er absolut keine Ahnung, aber er hat alles gleich verstanden. Ich habe damals vier Tage gebraucht, bis ich alles draufhatte, aber bei Dok-go hat das kaum zwei Tage gedauert. Die ganzen Zigarettensorten, die hat er in ein paar Stunden auswendig gelernt … Also, er ist auf jeden Fall ein guter Schüler.«

»Das ist ein Schäferhund auch.«

»Ach, kommen Sie, das kann man doch wirklich nicht vergleichen. Und wenn ich sehe, wie er sich manchmal verhält, dann hat er tatsächlich so etwas wie Charisma. Dem Horrorkunden hat er es ganz schön gezeigt, also, auf jeden Fall wirkt er wie jemand, der zumindest schon mal eine Imbissbude geführt hat.«

»Pfff … Würd mich nicht wundern, wenn der zusammen mit irgendwelchen anderen Halunken mal Mitglied einer Gangsterbande war.«

»Diesen Gedanken hatte ich, ehrlich gesagt, am Anfang auch, aber das glaube ich eigentlich nicht. Wie ein Krimineller kommt er mir nicht vor.«

»Eben. Das Problem ist ja gerade, dass er anstatt im Knast am Hauptbahnhof herumgegangen hat.«

»Aber obdachlos zu sein, ist doch kein Verbrechen.

Sie sollten anderen Menschen nicht mit solchen Vorurteilen begegnen.«

»Vorurteile haben ihre Berechtigung. Man muss vorsichtig sein auf dieser Welt.«

Si-hyeon blickte drein, als wollte sie noch etwas loswerden, aber Seon-suk sah sie – du junges Ding hast ja keine Ahnung! – nur schief an und setzte dem Gespräch damit ein Ende. Die Chefin und dieses Mädchen hier waren anderen Menschen gegenüber einfach viel zu weich. Seon-suk war überzeugt, dass es deshalb an ihr sei, sich des Ladens mit strenger Hand anzunehmen.

Als sie, nachdem sie ihrem Sohn noch das Frühstück hingestellt hatte, um acht Uhr in den Laden kam, stand Dok-go an der Kasse und döste vor sich hin. Vom Geräusch der Türglocke geweckt, öffnete er erschrocken die Augen und begrüßte sie. Seon-suk erwiderte seinen Gruß halbherzig, begab sich in die Abstellkammer und kam in der offiziellen Mitarbeiterweste wieder heraus. Dok-go hatte offenbar nicht ganz begriffen, denn noch immer stand er da und hütete die Kasse. Erst als Seon-suk ihn mit der Handbewegung, mit der man auch Fliegen verscheucht, zum Gehen aufforderte, kam er hinter der Kasse hervor. Sie stand am Kassenterminal und überprüfte das verfügbare Kleingeld. Dann fragte sie:

»Irgendwas Besonderes?«

»Eigentlich ... nicht.«

»Sicher?«

Dok-go kratzte sich am Kopf und überlegte einen Moment. Dann sagte er:

»Sicher ... ist gar nichts ... auf der Welt.«

Was sollte das denn? Sie schnaubte verächtlich. Schließlich hatte sie nicht vor, mit ihm über die Logik des Universums zu diskutieren.

Kurz darauf begann Dok-go erneut, sich unbegreiflich zu verhalten. Obwohl seine Arbeitszeit ja um acht Uhr zu Ende war, ging er nun vor dem Auslageregal auf und ab und begann, die Lebensmittel in Reih und Glied aufzustellen. Wie besessen legte er sich eine halbe Stunde lang ins Zeug, um alle Waren auf Augenhöhe fein säuberlich zu drappieren, bis ihm der Schweiß rann. Na schön. Aber wäre es nicht angebracht gewesen, das alles in der Nacht zu erledigen, wenn es ohnehin keine Kunden gab, und jetzt, wo seine Dienstzeit beendet war, einfach nach Hause zu gehen? Nein, er musste offenbar partout jetzt zu Werke schreiten, jetzt, wo Seon-suk schon den Platz an der Kasse eingenommen hatte. Und das war noch nicht alles. Als er mit dem Einräumen der Sachen fertig war, nahm er das Putzzeug und ging nach draußen, um den Plastiktisch vor dem Laden mit einem Lappen abzuwischen und vor dem Eingang zu fegen. Dann setzte er sich draußen auf die Bank, starrte die Leute an, die auf dem Weg zur Arbeit waren, trank Milch und aß Brot, abgelaufene Ware aus dem Laden.

Seon-suk kam es so vor, als vermiede es Dok-go absichtlich, sich in seinen Schlafraum zu begeben, weil er seine Obdachloseninstinkte noch immer nicht hatte abschütteln können. Gerade als sie beschlossen hatte, sich nicht weiter um ihn zu kümmern, sondern sich ihrer eigenen Arbeit zuzuwenden, war er mit einem Mal verschwunden, und der Tag begann dahinzufließen, langweilig und uninteressant.

Ein Kunde, der einen 24-Stunden-Laden betritt, wird wohl nicht davon ausgehen, dass der Verkäufer an der Kasse ihn die ganze Zeit im Blick hat. Aber häufiger als gedacht kommt es vor, dass Kunden Waren stehlen. Mit Absicht oder aus Versehen. Besonders wenn eine träge und unbeweglich wirkende Frau wie Seon-suk an der Kasse sitzt, geraten Diebe leicht in Versuchung. Seon-suk hatte dank ihrer langjährigen Erfahrung im Umgang mit Kunden einen geschärften Blick dafür, wenn etwas nicht ganz koscher aussah, und so war es ihr nicht entgangen, dass der Junge, der kurz zuvor den Laden betreten hatte, zwei Päckchen Samgak-gimbap, in Seetang gewickelten Reis in Dreiecksform, in seiner Tasche hatte verschwinden lassen, und das keineswegs aus Versehen. Es waren Ferien, und so kamen auch vormittags immer wieder Mittel- und Oberstufenschüler in den Laden, dieser Junge hier allerdings sah nicht so aus, als wären die Ferien der Grund dafür, dass er nicht zur Schule ging. Er mochte vielleicht vierzehn oder fünfzehn Jahre alt sein, von ähnlicher Körpergröße wie Seon-suk, mit finsterem Gesicht und in abgetragenen Klamotten. Vielleicht einer der jugendlichen Schlägertypen, die sich grüppchenweise in der Gegend der Wonhyoro und am Elektronikmarkt von Yongsan herumtrieben.

Der Junge war zwischen den Regalen hin und her gegangen, zu Seon-suk hinüberschielend, und hatte in einem Augenblick, als sie abgelenkt wirkte, flugs nach zwei Päckchen Samgak-gimbap gegriffen und sie in seiner Jackentasche versenkt. Dann ging er noch eine Weile zwischen den Regalen auf und ab und warf einen Blick auf die Uhr, um sich schließlich in Richtung Kasse zu bewegen. In dieser kurzen Zeit waren ihr fünfzigtausend Überlegungen durch den Kopf gegangen, wie sie nun reagieren sollte. Ihr erster Gedanke war, dass es sich im Grunde nicht lohnte, sich wegen zwei Päckchen Samgakgimbap auf eine Konfrontation mit einem Jungen einzulassen, der möglicherweise im nächsten Augenblick ein Messer zückte, doch bald schon gewannen ihr kompromissloser Charakter und ihr Unwille, als jemand dazustehen, der sich leicht übers Ohr hauen ließ, die Oberhand.

»Sagen Sie, haben Sie zufälligerweise Jjamong?«, fragte er.

»Jjamong? Haben wir nicht. Was soll das denn sein?«, gab sie zurück.

Als der Junge sich, offenbar nicht weiter an einer Antwort interessiert, rasch umdrehte, um zu gehen, hielt sie ihn im letzten Moment am Arm fest. Er erschrak, als hätte man ihm einen Schlag auf den Hinterkopf versetzt, wandte sich um und versuchte, seinen Arm aus ihrem Griff zu befreien.

»Los, her damit! Was du geklaut hast.«

Seon-suk sah ihm direkt in die Augen. Er stand hilflos da, wie erstarrt.

»Wird's bald? Was glaubst du, wer ich bin?«

»Ey, Mann. So eine Scheiße!«

Der Junge gab einen genervten Seufzer von sich und griff mit der freien Hand in seine Jackentasche. Einen kurzen Moment lang schoss ihr der Gedanke durch den Kopf, dass er vielleicht ein Messer herausholen könnte, und um ihre Nervosität zu vertreiben, ergriff sie seinen Arm um so fester.

Der Junge holte den Samgak-gimbap hervor und legte ihn auf den Tisch. *Einen.* Nee, mein Lieber. Seon-suk wies mit dem Kinn auf seine Tasche.

»Alles. Da auf den Tisch. Bevor ich die Polizei rufe. Los doch!«

Seon-suk sprach mit tiefer, drohender Stimme, wie wenn sie mit Kkami schimpfte.

Da passierte es. Der Junge griff noch einmal in die Tasche, holte blitzschnell die zweite Packung Gimbap heraus und schleuderte sie Seon-suk ins Gesicht. Zack! Der Gimbap traf sie über der Nasenwurzel. Ihr wurde schwarz vor Augen, und sie ließ den Arm des Jungen los.

»Fuck!« Er drehte sich um und ließ Seon-suk, deren ganzes Gesicht sich taub anfühlte, hinter sich, um zu verschwinden. Gerade als er die Glastür öffnen wollte, versperrte ihm von draußen ein massiger Bär den Weg. Dok-go.

»Hey, Jjamong!«

Dok-go öffnete die Tür, um einzutreten, und lächelte den Jungen an. Dieser trat notgedrungen einen Schritt zurück. Dok-go kam gemächlich herein, legte den Arm um den Jungen wie um ein bei ihm abgegebenes Postpaket und ging auf Seon-suk zu, den hilflosen Jungen mitschleifend. Seon-suk, kaum wieder halbwegs bei Sinnen, kam hinter dem Tresen hervor.

»Der Kerl hat wohl … wieder vergessen zu bezahlen, was?«

»Vergessen? Bring ihn zur Polizei! Na los!«, schrie sie, als wollte sie dem Jungen, der immer noch von Dok-gos Arm umschlungen wurde und den Kopf gesenkt hielt, ihre Worte einhämmern. Aber Dok-go, den Jungen so fest eingeklemmt, dass dieser sich nicht rühren konnte, legte nur den Kopf ein wenig schief. Seon-suk wurde noch wütender. In scharfem Ton fragte sie:

»Was ist? Kennst du den?«

»Er heißt … Jjamong. … Er fragt immer überall … nach Jjamong, obwohl es … das ja gar nicht gibt … Der kommt auch oft … wenn ich arbeite. Heute … hat er sich wohl verspätet. Was, Jjamong? Innere Uhr kaputt? Oder einfach … verpennt?«

Dok-go sprach mit ihm wie mit einem alten Kumpel, aber der Junge spitzte nur verlegen die Lippen und drückte sich vor einer Antwort. Was sollte das? Hatte der Kerl womöglich, wenn Dok-go Dienst hatte, jedesmal Samgak-gimbap mitgehen lassen? Das konnte nicht sein. Die Abrechnung war immer korrekt gewesen. Oder hatte der Tapsebär sich die ganze Zeit um den Jungen gekümmert? Zuerst war sie dankbar und erleichtert gewesen, dass Dok-go so plötzlich aufgetaucht war und sich den Jungen geschnappt hatte, nun aber stieg Groll in ihr auf.

»Der Kerl hat uns doch die ganze Zeit beklaut. Jetzt mal ehrlich!«

»Nein, hat er nicht.«

»Ach nein? Der ist einfach abgehauen, ohne zu bezahlen. Und dann hat er noch mit dem Gimbap auf mich geworfen!«

Augenblicklich drehte Dok-go sich um und ließ den Jungen gerade stehen. Sein Blick wanderte von dem Jungen zu dem neben Seon-suk auf dem Boden liegenden Gimbap-Päckchen, dann bückte er sich und betrachtete es genauer.

»Du hast … Stimmt das?«

»Ähm ... aber ...«
»Das ... geht nicht.«
»Weiß ich.«

Als Seon-suk hörte, wie ruhig die beiden miteinander sprachen, wurde sie nur noch wütender. Was hatten die da untereinander auszumachen? Diejenige, die hier Wiedergutmachung verlangen sollte, war doch sie!

Sie schnalzte verächtlich mit der Zunge. Da drehte Dok-go sich um und hielt ihr den Gimbap entgegen. Was sollte das heißen?

»Ich bezahle das.«

Seon-suk schnaubte. Aber als Dok-go weiter seltsam angespannt mit regloser Miene und ausgestrecktem Arm dastand, besann sie sich. Sie zögerte nicht länger und scannte den Barcode der beiden Gimbap-Packungen ein. Dok-go griff in seine Jackentasche, brachte einen zerknitterten Fünftausend-Won-Schein zum Vorschein und reichte ihn Seon-suk. Sie nahm ihn entgegen, als handelte es sich um Ungeziefer, legte ihn in die Kasse und gab das Wechselgeld heraus.

Trotzdem hielt Dok-go ihr den Gimbap noch immer entgegen.

»Nimm das weg«, forderte sie. Aber Dok-go sagte:

»Die Abrechnung ... ist noch nicht fertig. Werfen Sie!«

Dok-go wies mit dem Kinn auf den Jungen. Verlangte er etwa von ihr, dass sie sich nun genauso verhalten solle wie der Junge vorhin? Das war doch absurd. Dok-gos todernster Gesichtsausdruck, und dann der Junge, der mit gesenktem Kopf hinter ihm stand, als erwartete er seine Hinrichtung. Ihr fehlten die Worte.

»Na los!«

Diesmal war es Dok-go, der sie drängte. Sie versuchte, ihre Fassung wiederzuerlangen. Er musste damit aufhören.

»Nimm das weg! Ich werfe doch nicht mit Gimbap um mich wie dieser Rotzbengel! Nehmt das Zeug mit, esst es auf, werft es weg, oder macht sonst was damit!«

Sie war außer sich. Dok-go lächelte. Was gab es da zu lachen? Er packte den Jungen bei der Schulter und drehte ihn in ihre Richtung.

»Sie hat dir … verziehen. Entschuldige dich … wenigstens jetzt.«

Der Junge neigte seinen Kopf noch ein wenig tiefer als ohnehin schon und offenbarte den doppelten Haarwirbel auf seinem Scheitel. Dann hob er den Kopf ein wenig an und piepste:

»'tschuldigung.«

Seon-suk winkte ab. Dok-go legte den Arm auf die Schulter des Jungen, wie ein Vater seinem Sohn, und verließ mit ihm den Laden. Sie setzten sich draußen an den Plastiktisch und begannen in harmonischer Stimmung, den Samgak-gimbap aus der Verpackung zu schälen.

Seon-suk sah eine Weile zu, wie die beiden dort zusammen aßen und lachten. Was war da gerade passiert? Es war ein Junge gekommen, der hatte etwas geklaut, sie hatte ihn zur Rede gestellt, und er hatte ihr den Gimbap an die Stirn geschleudert. Dann hatte er fliehen wollen, aber da war Dok-go aufgetaucht und hatte ihn festgehalten. Dok-go hatte die gestohlenen Sachen bezahlt und dem Jungen eine Entschuldigung abgenötigt.

Und eigentlich war sie das Opfer gewesen, denn sie war bestohlen worden und hatte den Gimbap ins Gesicht bekommen. Aber weil Dok-go die Sache so schnell geregelt hatte, hatte sie gar keine rechte Gelegenheit gehabt, um wütend zu werden. Normalerweise wäre sie in einem solchen Fall herumgelaufen und hätte ihrem Ärger bei jedem, der es hören wollte oder nicht, Luft gemacht, aber seltsamerweise war ihre Wut nun weitgehend verebbt, und ihr fiel fast nichts mehr ein, was sie hätte sagen können.

Sie sah einfach zu, wie Dok-go und »Jjamong« dort draußen gemeinsam ihren Samgak-gimbap frühstückten wie Vater und Sohn. Es war ein seltsames Gefühl. Das Gefühl der Erleichterung, der Vergebung, eine ungekannte innere Aufregung, all das gab ihr plötzlich Kraft. Dass sie in diesem sonderbaren, turbulenten Drama, in diesem Dreieck der Charaktere, eine Ecke hatte besetzen dürfen, kam ihr eigenartig und interessant zugleich vor, und ihr war beinahe danach, ebenfalls eine Packung Samgak-gimbap aufzureißen und sich zu den beiden dort an den Tisch zu setzen.

Dok-go musste sich die ganze Zeit um Jjamong gekümmert haben. Sonst hätte der Junge Dok-gos Anweisungen nicht so brav Folge geleistet ... Ihre Stirn fühlte sich noch immer ein wenig taub an, aber dass sie, die bisher kaum jemandem etwas nachgesehen hatte, sich heute für ihre Verhältnisse so untypisch gab, hatte auch für sie etwas Erfrischendes.

Mit anderen Worten: Sie hatte gute Laune bekommen.

Eigenartigerweise begannen, wenn sie Dok-go begegnete, ihr Unverständnis und ihre Genervtheit nun einem sonderbaren Gefühl der Sicherheit zu weichen. Tatsächlich betraf das nicht nur Seon-suk, sondern die gesamte

Atmosphäre im Laden. Diese begann sich zu wandeln, wie wenn sich im Laufe des Vormittags die Richtung der Sonnenstrahlen allmählich verändert.

Mit einem Mal begannen die Großmütterchen aus dem Viertel, die den 24-Stunden-Laden immer als zu teuer betrachtet hatten und zum Einkaufen nur in die kleinen Lebensmittelläden in den Gassen oder in den Supermarkt gegangen waren, den Laden aufzusuchen, und wenn sie durch die Glastür hereinkamen und zwischen den Regalen umherschlenderten, hätte man den Eindruck gewinnen können, sie befänden sich auf einem Ausflug. Die Großmütterchen klopften Dok-go, wenn er gerade beim Saubermachen war, freundlich auf den Rücken und erkundigten sich nach diesem und jenem, und Dok-go führte sie zwischen den Regalen umher und machte sie auf 2+1- oder 1+1-Sonderangebote aufmerksam.

»Wenn Sie … das hier … und das hier nehmen, dann können Sie … richtig sparen.«

»Oh, dann ist das ja sogar billiger als im Supermarkt.«

»Was hab ich dir gesagt! Ein 24-Stunden-Laden muss nicht teuer sein! Wie gut, dass uns dieser Herr über alles so hervorragend informiert.«

»Unsere Augen sind ja auch nicht mehr so gut, da können wir vieles gar nicht genau lesen. Woher sollen wir das denn wissen, dass man zwei zum Preis von einem bekommt? Und woher sollen wir wissen, ob das dann auch genauso stimmt?«

Dok-go nahm den Einkaufskorb mit den Sachen, welche die alten Damen ausgewählt hatten, stellte ihn vor Seon-suk ab und lächelte. Sie fühlte sich an einen Golden

Retriever erinnert, der brav den von Frauchen geworfenen Ball apportiert hat und nun zur Belohnung sein Leckerli einforderte. Doch halt, was tat er denn nun? Nachdem die Bezahlung abgeschlossen war, nahm er den vollen Korb und ging gemeinsam mit den Frauen nach draußen. Etwas später kehrte er mit dem leeren Korb wieder zurück. Als sie sich erkundigte, was das zu bedeuten habe, erklärte er, er habe den Frauen die Sachen nach Hause gebracht, weil er den Eindruck gehabt habe, sie hätten sonst zu schwer tragen müssen. War das jetzt die neueste Art von Lieferservice? Seon-suk war sprachlos. Dok-gos altersehrfürchtigem Lieferdienst war es allerdings zu verdanken, dass die Großmütterchen nun zur Stammkundschaft gehörten und am Vormittag für deutlich höheren Umsatz sorgten. Jetzt, in den Ferien, brachten sie außerdem oft ihre Enkelkinder mit, die sich darauf verstanden, in der Süßwarenecke Omas Kleingeld hervorzulocken.

»Wie kommt denn das? Der Vormittagsverkauf wirft jetzt irgendwie viel mehr Geld ab«, wunderte sich die Chefin. Seon-suk beeilte sich, darauf hinzuweisen, wie eifrig sie sich bemühe, den Verkauf am Vormittag anzukurbeln. Dabei war sie darauf bedacht, sämtliche Lorbeeren allein einzuheimsen, und ließ Dok-gos Bemühungen um die Anwerbung der zahlreichen Großmütter und Enkelkinder wohlweislich unerwähnt. Zumindest besaß sie so viel Anstand, Dok-go gegenüber nun etwas sanfter und aufgeschlossener aufzutreten.

»Sag mal, dem Kerl von neulich, gibst du dem immer noch Samgak-gimbap? Zu meiner Dienstzeit hat der sich hier überhaupt nicht mehr blicken lassen.«

»Der … kommt nicht mehr. Er meinte … er wollte wieder … nach Hause gehen.«

»Und das glaubst du? Du hast mir doch gesagt, der wohnt mit anderen Ausreißern in irgendeiner Halbkellerwohnung.«

»Er ist weg. Ich hab … nachgeguckt.«

»Wo?«

»In der Halbkeller…wohnung. Wo Jjamong und die anderen … gewohnt haben.«

»Was? Wieso bist du denn dahin?«

»Weil ich mir … Sorgen gemacht hab. Aber das Zimmer war … leer, und alle … waren weg.«

»Hör mal, das ist ja nett, dass du dir Sorgen um die machst, aber solltest du dir nicht lieber selber mal eine vernünftige Wohnung suchen?«

»Brauch ich … nicht. Leute wie mich … bezeichnet man ja nicht umsonst als … obdachlos.«

»Aber jetzt doch nicht mehr. Du bist doch jetzt ganz regulär berufstätig.«

»Davon bin ich noch … weit entfernt.«

»Was soll das heißen, weit entfernt?«

»Ich bin von allem … weit entfernt.«

»Na, na, keine falsche Bescheidenheit. Und … du weißt doch, dass es mir leidtut, dass ich dich eine Weile nicht richtig verstanden hab?«

»Mir … also *mir* … tut es leid, dass … ich so war, dass … man mich nicht verstanden hat.«

»Jedenfalls, zieh aus deiner Schlafzelle aus und erkundige dich nach einer Einzimmerwohnung. Du musst doch wenigstens richtig schlafen können.«

»Danke … für die freundlichen Worte.«

Er nickte brav wie ein großer Hund, der den Worten seines Frauchens folgte, und machte sich dann gemächlich auf, um – weit nach seinem eigentlichen Schichtende – Feierabend zu machen. Wo sonst auf der Welt gab es eine Teilzeitkraft, die vier Stunden länger arbeitete als von ihr verlangt? Er war der Grund dafür, dass der Laden seinen Umsatz steigerte und dass auch Seon-suks Arbeit am Vormittag reibungsloser vonstattenging, und so begann sie nun, Vertrauen zu ihm zu fassen. Es musste etwa zu dieser Zeit gewesen sein, dass sie ihn nicht mehr nur als Bären, sondern zumindest als Hund zu betrachten begann.

Das Jahr ging seinem Ende entgegen. Die Chefin verkündete, dass Si-hyeon von einer anderen Filiale des gleichen Unternehmens angeheuert worden sei und die Arbeitszeiten deshalb neu aufgeteilt werden müssten. Angeheuert? Na so was. Dok-go betrieb einen kostenlosen Lieferservice, und Si-hyeon wurde angeheuert. Es gab schon wirklich kuriose Aushilfsjobber ... Da musste wenigstens sie selbst die Stellung halten. So war Seon-suk nicht unerfreut, als die Chefin ihr vorschlug, ihre Arbeitszeiten etwas auszudehnen. Si-hyeons ursprüngliche Arbeitszeit wurde zwischen Dok-go und ihr aufgeteilt, sodass sie nun zwei Stunden später nach Hause ging als bisher.

Das neue Jahr brach an, es gab viel zu tun, und sie versuchte, sich etwas mehr in Schwung zu bringen. Aber immer wieder fühlte sie sich müde, was vielleicht auch daran lag, dass sie eben wieder ein Jahr älter geworden war. Auch zu Hause ging es nach wie vor drunter und drüber. Nun, wo sie zwei Stunden später nach Hause kam, aß ihr

Sohn zu Mittag immer Instantnudeln, wohlverstanden ohne einen Gedanken an anschließendes Aufräumen oder den anfallenden Abwasch zu verschwenden. Da sie davon ausgegangen war, dass das mit seiner konzentrierten Lernarbeit zusammenhinge, traf es sie um so härter, dass die aus seinem Zimmer dringenden Geräusche eher auf einen verstärkten Konsum von Online-Computerspielen hindeuteten.

Es war nicht daran zu denken, dass der Knabe ihr vielleicht irgendwie ein wenig Hilfe geleistet hätte, nein, das Einzige, wofür er sorgte, wenn sie nicht zu Hause war, war noch größere Unordnung. Sie hegte ja nicht einmal mehr den Wunsch, dass er ein guter Sohn sein möge und sich an der Hausarbeit beteiligte. Aber auch jetzt, wo das neue Jahr anbrach und sie durch die zusätzliche Arbeit an den Rand ihrer Kräfte getrieben wurde, verhielt sich ihr dreißigjähriger Sohn wie ein kleiner Junge. Beziehungsweise schien es so, als wollte er um jeden Preis in die aufmüpfigen Jahre seiner Jugend zurückkehren, vielleicht weil ihm in seiner Mittel- und Oberstufenzeit, als er noch ein Musterschüler gewesen war, nicht genügend Amüsement vergönnt gewesen war. Dass ihr Sohn, Anwärter auf die Diplomatenprüfung, sich aufführte wie ein Teenager, der im Internet-Café vor irgendwelchen Ballerspielen hockte, machte sie traurig und wütend.

Als sie nach Hause kam, hielt sie es nicht länger aus und klopfte an seine Tür, was allerdings aufgrund des Lärms, den das Computerspiel verursachte, keinerlei Wirkung zeigte. Sie griff nach der Türklinke. Es war abgeschlossen. Der Türgriff fühlte sich an wie die kalte Hand ihres Sohnes, der immer nur zu ihr kam, wenn er etwas brauchte. Nun konnte sie ihre Wut nicht länger zurückhalten. Mit voller Wucht hämmerte sie gegen die Tür.

»Mach auf! Ich muss mit dir reden!«

Offenbar war es ihr mit ihrem Gehämmere und Geschrei gelungen, die Dezibelzahl des Computerspiels zu überbieten, denn ihr Sohn öffnete und schaute ihr missmutig entgegen.

»Ich weiß schon, was du sagen willst. Lass es einfach, okay?«

Sein Tonfall stand dem Geballere aus dem Computerspiel an Aggressivität in nichts nach. Sein fettglänzendes Gesicht wirkte müde, und über den Shorts, die er trug, quoll sein Bauchspeck hervor. Shorts. Mitten im Winter. Da hockte er in der Wohnung und drehte bis zum Anschlag die Heizung auf. Es war erbärmlich. Nichts war mehr zu erkennen von dem jungen Mann, der einst in dunkelblauem Anzug und mit ordentlich geschnittenem Haar seinem ersten Tag in der großen Firma entgegengeblickt hatte. Übrig geblieben war ein Riesenbaby, das nicht einmal mehr sein Zimmer, geschweige denn das Haus verließ.

Die vorwurfsvollen Blicke seiner Mutter ignorierend, wollte er schon zurück in sein Zimmer gehen, da griff sie plötzlich nach seinem Arm und hielt ihn fest. Er verdrehte die Augen, vielleicht weil er nur ein T-Shirt trug und sich ihre Fingernägel schmerzhaft in seinen Unterarm krallten. Wennschon, dennschon. Sie packte umso fester zu.

»Lass mich los! Ich muss lernen.«

»Von wegen. Was machst du denn die ganze Zeit? Hä?«

»Du hast doch gesagt, ich soll Diplomat werden. Also pauke ich den Stoff durch, mache zwischendurch mal Pause und entspanne mich bei einem Computerspiel, na und? Schließlich bin ich kein Kind mehr. Ich habe fleißig gelernt, war auf einer guten Universität und in einem großen Unternehmen. Ich weiß, wie man lernt, also mach hier keinen Aufstand.«

»Na, du bist gut! Was soll ich denn machen? So sieht es also aus, wenn du lernst, ja? Verbarrikadierst dich in deinem Zimmer, spielst ununterbrochen Computerspiele und ernährst dich ausschließlich von Instantnudeln? Wenn du schon nicht zum Spazierengehen rausgehst, such dir lieber ein Zimmer im Wohnheim, wo du in Ruhe lernen kannst!«

»Boah, geht mir das auf den Sack! Dein ätzendes Genörgel!«, brüllte er, schüttelte ihren Arm ab und verschwand in seinem Zimmer. Peng! Er knallte die Tür zu und drückte den Knopf des Türschlosses. Seon-suk fühlte, wie irgendwo in ihr auch ein Knopf gedrückt wurde. Wieder hämmerte sie gegen die Tür. Das war ihre Antwort darauf, dass er sie so angeschnauzt hatte, als wäre sie nicht mehr bei Trost. Ihr Sohn allerdings reagierte damit, dass er den Sound des Computerspiels wieder voll aufdrehte. Bei dem jetzt umso heftigeren Geballere hatte sie das Gefühl, als würde ihr ganzer Leib von Gewehrkugeln durchsiebt.

Als ihre Hand zu schmerzen begann, fing sie an, stattdessen mit der Stirn die Tür zu rammen. Kung! Kungkung! Kungkung! Bis sich irgendwann in ihrer Stirn eine gewisse Taubheit einzustellen begann. Sie gab es auf. Ihr rannen Tränen übers Gesicht, und ihr Herz raste, aber sie hatte keinen Ehemann mehr, mit dem sie ihren Schmerz hätte teilen können. Nun blieb ihr nichts anderes übrig, als all ihren Freundinnen gegenüber lauthals zu klagen, was bloß aus ihrem Sohn geworden sei, mit dem sie doch früher immer so geprahlt hatte. Und wie ein fernes Echo klang in ihrem Ohr das neiderfüllte Getuschel hinter ihrem Rücken nach, damals, als ihr Sohn die Stelle in jenem Großunternehmen bekommen hatte.

Auch wenn sie nach dem vielen Weinen erst spät und vollkommen erschöpft in den Schlaf gesunken war, stand sie pünktlich um sieben Uhr morgens auf. Immer noch drangen die Geräusche des Computerspiels aus dem Zimmer ihres Sohnes. Es war abartig. Ohne sich um das Frühstück zu kümmern, das sie ihm für gewöhnlich hinstellte, warf sie sich nur den Mantel über und verließ fluchtartig das Haus. Am liebsten hätte sie dieses Haus und ihren Sohn für immer verlassen. Doch der einzige Ort, an den sie sonst gehen konnte, war ihr Arbeitsplatz.

Als sie die Tür öffnete und in den Laden trat, war Dokgo nicht an der Kasse. Sie drehte sich um und entdeckte ihn, wie er damit beschäftigt war, die neu eingetroffenen Bechernudeln im Verkaufsregal mit penibler Genauigkeit in Reih und Glied zu bringen. Obwohl sie einmal angedeutet hatte, ganz so akribisch müsse er dabei nicht vorgehen, hatte er sich nicht davon abbringen lassen, weiterhin ein Produkt nach dem anderen in schöner gerader Linie aufzustellen. Ihr drängte sich der Vergleich zu ihrem armseligen Sohn auf. Zum ersten Mal hatte sie das Gefühl, dass ihr Sohn mit diesem Mann mittleren Alters, der erst vor Kurzem sein Dasein als Straßenpenner hinter sich gelassen hatte, nicht mithalten konnte. Und bei diesem Gedanken fühlte sie sich selbst um so miserabler.

»Da sind Sie ja«, bemerkte er, noch immer eifrig mit der Auslage beschäftigt. Seon-suk gelang keine richtige Antwort. Wieder stiegen die Tränen in ihr auf. Schnell verdrückte sie sich in die Abstellkammer. Auch als sie sich ihre Dienstweste angezogen hatte, wollten die Tränen nicht versiegen. Ihr Sohn zog im Vergleich mit einem Straßenpenner den Kürzeren … Doch Moment, war Dok-go jetzt nicht ein solides Mitglied der Gesellschaft? Auch wie er sprach, klang viel natürlicher als früher. Im Vergleich zu ihm war ihr Sohn, der computerspielsüchtig in seinem Zimmer versumpfte, ein aus der Gesellschaft gefallener Loser, dem eine düstere Zukunft bevorstand. Er schien wirklich ganz nach seinem Vater zu kommen, und vielleicht, so dachte sie sich, würde aus ihm niemals ein erwachsener Mensch werden, sondern nach langer Zeit des Herumtrödelns schließlich auch ein Straßenpenner oder ein Gammler. Bei diesem bittern Gedanken, der ihren Kopf nicht mehr verlassen wollte, sackte sie zu Boden und ließ ihren Tränen freien Lauf.

Als sie sich wieder gesammelt hatte, blickte sie auf. Da stand Dok-go und schaute durch die offene Tür der Abstellkammer zu ihr herunter.

Schweigend reichte er ihr die Hand. Sie griff danach und stand auf. Vor ihren Augen tauchte eine Rolle Klopapier auf, die er in der Hand hielt. Sie wischte sich ihren Rotz und ihre Tränen aus dem Gesicht. Auch den Speichel, der ihr aus dem Mund tropfte. Doch noch immer fühlte es sich an, als würde in ihr ständig etwas aufplatzen, und sie holte ein paarmal tief Luft, um wieder zu Atem zu kommen.

Dok-go führte sie aus der Abstellkammer heraus in den Laden, wo das strahlende Sonnenlicht durch die Fenster hereinfiel. Er ging zum Getränkeregal und nahm eine Flasche Maisbarttee heraus.

»Mais…maisbarttee. Hilft, wenn man … betrübt ist.«

Er hielt ihr die Flasche hin. Was sollte das nun wieder heißen? Sie war irritiert. Er schenkte ihr von dem Tee ein und reichte ihr den Becher. Sie sah, dass er es gut meinte, nahm ihm schließlich den Becher ab und trank. Irgendwie musste sie dem, was da in ihr an die Oberfläche drang, Einhalt gebieten. Sie stürzte den Maisbarttee hinunter wie kühles Bier im Hochsommer.

Der Durst war verschwunden, und nun sprudelte es ungehemmt aus ihr hervor. Dok-go, als hätte er darauf gewartet, hörte zu, was sie erzählte, während sie an der Kasse stand. Alles platzte aus ihr heraus, begonnen mit der Klage über ihren Sohn, der zu einem so erbärmlichen Schuft verkommen sei und sie zum Weinen bringe. Dok-go stand ihr gegenüber, nickte immer wieder bedächtig und hörte sich an, wie sie ihrem Unmut, begleitet von manchem Seufzer, Luft machte.

»Ich verstehe das einfach nicht. Warum hat er seinen sicheren Arbeitsplatz so leichtfertig aufgegeben und verschwendet sein Leben jetzt mit so nutzlosem Kram? Aktienspekulation, Filmproduktion, das ist doch das reinste Glücksspiel, oder nicht? Das sorgt doch nicht für ein verlässliches Einkommen. Und wann hat das bloß angefangen, dass er so komisch geworden ist? Wann?«

»Er ist doch … noch jung.«

»Er ist dreißig. Dreißig! Ein dreißigjähriger Arbeitsloser, der nicht erwachsen werden will.«

»Haben Sie … denn mal mit ihm … darüber gesprochen?«

»Der hört ja sowieso nicht auf mich. Sträubt sich und rennt vor mir weg. Ich habe immer wieder versucht, mit ihm zu reden. Zuerst hat er mich ignoriert, und jetzt weicht er mir aus. Ich bin für ihn nichts anderes als eine Dienstmagd oder eine Hauswirtin.«

»Hören Sie doch erst mal, was er … zu sagen hat. Ich glaube, im Moment … will er einfach nicht zuhören … Und Sie wollen … ihm auch nicht zuhören.«

»Was?«

»Sie hören mir doch auch gerade zu … Hören Sie Ihrem Sohn auch so zu. Warum er … in der Firma aufgehört hat, warum er … das mit den Aktien … gemacht hat, warum … er Filme gemacht hat. Solche Sachen.«

»Und dann? Es ist doch nur deshalb alles schiefgegangen, weil er einfach gemacht hat, worauf er Lust hatte. Und jetzt redet er auch nicht mehr mit mir!«

»Aber er hat doch vorher mit … Ihnen geredet, oder nicht?«

»Puh … Vor drei Jahren vielleicht. Als er gesagt hat, er schmeißt in der Firma hin, hab ich natürlich vor Wut geschäumt. Wie kann er in einem so angesehenen Unternehmen einfach aufhören, wo er die Stelle doch nur mit viel Mühe bekommen hat! Ist doch wahr!«

»Also … wissen Sie, warum er da … aufgehört hat?«

»Nein, woher denn?«

»Dann fragen Sie ihn noch mal. Warum er da … aufgehört hat. Was da so anstrengend … war. Das weiß doch nur er. Und Sie müssen es doch auch wissen … Es ist schließlich die Arbeit von … Ihrem Sohn.«

»Ich hatte damals Sorge, dass er wirklich hinschmeißt, wenn ich mir anhöre, was er sagt. Deshalb habe ich stattdessen versucht, ihm Druck zu machen. Als ich gefragt habe, was er sich eigentlich einbilde, hat er nur irgendwas vor sich hin genuschelt, und ich habe ihm gesagt, er solle unbedingt durchhalten. Ich bin einfach laut geworden. Wie damals, als sein Vater von zu Hause weggegangen ist.«

Seon-suk breitete ihre gesamte Geschichte aus. Sie spürte, wie ihre Augen wieder feucht wurden. Da erst begann sie sich zu fragen, was sie wohl für einen Eindruck auf Dok-go machte, und unterdrückte ihre Tränen. Einen Augenblick lang schien er scharf nachzudenken, ein Zucken in seinem Gesicht, dann lächelte er sie still an.

»Sie hatten Angst. Dass ihr Sohn … genauso wird wie sein Vater.«

Seon-suk hörte schlagartig auf zu weinen. Dann merkte sie, wie ihr Kopf nickte.

»Ja, das stimmt … Ich hatte gehofft … mein Sohn würde anders werden … Aber nun fürchte ich, dass ich ihn falsch erzogen habe. Ich habe mein Bestes gegeben, aber er will mich nicht verstehen. Sitzt nur den ganzen Tag im Zimmer und spielt am Computer …«

Dok-go hielt ihr wieder die Taschentücher hin. Sie trocknete ihre Tränen. Da kam ein Kunde in den Laden. Dok-go ging zum Lagerraum, und Seon-suk brachte ihre Kleidung in Ordnung und begab sich an die Kasse, um den Kunden zu bedienen.

Als der Kunde gegangen war, kam Dok-go wieder zu

Seon-suk. Sie lächelte ihn etwas unbeholfen an. Inzwischen hatte sie sich ein wenig beruhigt.

»Ich habe wohl ein bisschen zu viel geredet, was? Es war einfach alles so anstrengend ... Ich habe niemanden, mit dem ich sonst darüber sprechen könnte ... Nach unserer Unterhaltung fühle ich mich etwas befreiter. Danke.«

»Es ist so.«

»Was?«

»Wenn jemand zuhört, dann befreit das.«

Seon-suk sah den Mann, der da vor ihr stand, mit großen Augen aufmerksam an.

»Hören auch Sie zu, was Ihr Sohn Ihnen sagt. Das ... befreit. Wenigstens ein bisschen.«

Tatsächlich ging es ihr da erst auf, dass sie ihrem Sohn eigentlich nie richtig zugehört hatte. Sie hatte einfach nur gewollt, dass er genauso lebte, wie sie es sich für ihn wünschte, aber sie hatte nie gefragt, welche Sorgen und Probleme denn dazu geführt hatten, dass er, der einstige Musterschüler, die von ihr vorsorglich vorgezeichnete Spur verlassen hatte. Sie war so damit beschäftigt gewesen, ihn dafür zu kritisieren, dass er vom rechten Weg abgekommen war, dass sie gar nicht auf die Idee gekommen war, ihm zuzuhören und ihn nach den Gründen zu befragen.

»Das hier ...«

Dok-go legte rasch etwas auf den Tresen. Ein 1+1-Set Samgak-gimbap. Sonderangebot. Als er Seon-suks fragenden Gesichtsausdruck sah, lachte er sie an.

»Geben Sie das Ihrem Sohn.«

»Meinem Sohn? Wieso?«

»Jjamong hat gesagt … Samgak-gimbap ist genau richtig … beim Computerspielen. Wenn Ihr Sohn Computerspiele macht, dann … geben Sie ihm das.«

Seon-suk starrte wortlos auf den Gimbap, den Dok-go auf den Kassentisch gelegt hatte. Ihr Sohn hatte Samgak-gimbap immer schon gerne gemocht. So sehr, dass er sie anfangs sogar darum gebeten hatte, ihm etwas von dem abgelaufenen Gimbap mitzubringen. Das hatte sie zunächst auch gemacht, aber dann irgendwann damit aufgehört. Weil sie es nicht länger ertragen hatte, wie er diesen Gimbap aß, in sein Zimmer verkrochen und vor dem Computer hockend.

Während sie den Samgak-gimbap weiter betrachtete, drangen Dok-gos leise dahingemurmelte Worte an ihr Ohr.

»Aber Sie sollten ihm nicht nur … den Gimbap geben. Geben Sie ihn ihm … zusammen mit einem Brief.«

Seon-suk hob den Kopf und sah Dok-go an. Er blickte ihr geradewegs in die Augen. Er hatte wirklich etwas von einem Golden Retriever, fand sie.

»Schreiben Sie in dem Brief, dass sie … ihm in der Zeit … nicht richtig zugehört haben. Und dass Sie ihm jetzt … zuhören wollen. Und bitten Sie ihn, dass er mit Ihnen redet. Und den Samgak-gimbap, den … den legen Sie obendrauf.«

Seon-suk betrachtete wieder den dreieckigen Reis-Snack auf der Ladentheke. Sie biss sich auf die Lippe. Dok-go holte drei zerknitterte Eintausend-Won-Scheine aus der Hosentasche.

»Das bezahle ich. Einmal … einscannen bitte.«

Seon-suk tat, wie ihr geheißen, als handelte es sich um

die Anweisung ihrer Chefin, und hielt das Lesegerät an den Barcode. Man hörte den Piepton und eine elektronische Stimme: »Die Bezahlung ist abgeschlossen.« Da fühlte es sich an, als wäre auch eine lange, zermürbende Phase der Angst und Unsicherheit in ihrem Kopf nun abgeschlossen. Als sie hörte, was Dok-go, der aussah wie ein lieber großer Hund, sagte, da nickte Seon-suk, die Hunden mehr vertraute als Menschen, noch einmal.

Dok-go zeigte sein strahlendes Lächeln, dann drehte er sich um und ging aus dem Laden. Klingeling! Das Geräusch der Türglocke klang zu ihr herüber, und unwillkürlich begann der Brief, den sie ihrem Sohn unter den Samgak-gimbap legen würde, in ihrem Kopf Gestalt anzunehmen.

Zwei zum Preis von einem

Gyeong-man nannte den 24-Stunden-Laden insgeheim seine »Spatzenmühle«. Auch heute ging er wieder dorthin. Der Spatz war Gyeong-man selbst. »Der Tag des Spatzen«, so hieß ein Schlager, den er als Kind gehört hatte. Dieses Lied, mit wogender Stimme gesungen von Song Chang-sik, spendete Trost gegen die Mühsal des Alltags, indem es den koreanischen Kleinbürger mit einem emsigen Spatzen verglich. »Hell bricht der Morgen an! Tag für Tag, so auch heut, muss ich hinaus, jenseits der Asche nach Körnern zu picken. Hell bricht der Morgen an.« Damals, als er, »Kind der neuen Nation«, zur sogenannten Volksschule gegangen war, hatte Gyeong-man dieses Lied voller Zustimmung vor sich hin gesummt. Er war kein guter Schüler gewesen, der Weg zur Schule war ihm schwergefallen, und in seinem Leben hatte sich ein mühseliger Tag an den anderen gereiht.

Zu der Zeit, als das Für-sich-alleine-Trinken aus verschiedenen Gründen – vielleicht weil es irgendwie etwas Romantisches hatte oder weil es halt einfach im Trend lag – in Korea ein Thema wurde, pflegte Gyeong-man nach Feierabend noch beim 24-Stunden-Laden vorbeizugehen, um sich draußen an den Tisch zu setzen, den kalten Wind um die Nase zu spüren und dabei eine Flasche Soju zu trinken, mehr nicht. Mit Romantik hatte das beim besten Willen wenig zu tun, er war schon froh, wenn die Leute ihn nicht blöd anglotzten.

Wann der grüne Tisch vor dem Laden zu dem Ort geworden war, an dem er sich regelmäßig betrank, wusste er nicht mehr. Als es draußen kalt zu werden begann, war er manchmal noch beim Laden vorbeigekommen und hatte sich, bevor er nach Hause gegangen war, einen Becher heiße Instantnudeln als spätes Abendessen gegönnt. Dazu noch eine Packung Samgak-gimbap und ein bisschen gebratenes Kimchi, und irgendwann war auch noch eine Flasche Soju – die mit dem roten Deckel – hinzugekommen, sodass der Tisch durchaus reichlich gedeckt war. Von nun an ging der Spatz nicht mehr an seiner Kornmühle vorbei, ohne sich zu mitternächtlicher Stunde für fünftausend Won Schnaps und Beilagen einzuverleiben. Die heiße Suppe belebte ihn, vom kühlen Soju wurde ihm warm, die unterschiedlichen Sorten an Bechernudeln und Samgak-gimbap, die der Laden anbot, ergaben immer wieder neue Kombinationen, und so hing es ihm nie zum Hals heraus.

Heute entschied er sich für Cham-Cham-Cham. Das hatte sich im Laufe der mehrmonatigen sorgfältigen Prüfung als besonders exquisite Mischung erwiesen. Eine Kombination aus Chamkkae-ramyeon, also Instantnudeln mit Sesamaroma, Chamchi-gimbap, eine Seetangreisrolle mit Thunfischfüllung, und Chamiseul, Soju der Marke »Echter Tautropfen«. Das war Gyeong-mans persönliche Nummer eins, ein Tagesabschluss, den er nie im Leben bereuen würde, und vom Preis-Leistungs-Verhältnis her das Beste, was einem armen Schlucker, der vorhatte, sich alleine zu besaufen, überhaupt passieren konnte.

Aber heute stand da ein Mann an der Kasse, den er noch nie gesehen hatte. Mit stämmigem Körperbau und entschlossenem Blick machte er einen ganz anderen Eindruck als der pfannkuchengesichtige Onkel, der bislang hier Dienst geschoben hatte. Ein wenig verschämt legte Gyeong-man die Instantnudeln, den Gimbap und die Sojuflasche auf den Kassentisch. Der Mann fuhr in aller Gemächlichkeit mit dem Lesegerät über die Barcodes.
»Fünftau…sendzweihu…ndert Won, bitte.«
Auch dieses Gestottere war Gyeong-man unangenehm. Schnell brachte er die Bezahlung hinter sich, nahm sich eine Packung Einweg-Essstäbchen aus der Box neben der Kasse und ging nach draußen. Er legte das Essen auf den Plastiktisch und holte einen der Pappbecher hervor, die er immer in seiner Tasche trug. Jetzt musste er sich nur noch um die Instantnudeln kümmern. Behutsam öffnete er den Deckel des Plastikbechers und warf einen Blick hinein. Verdammt! Der Mann, der da an der Kasse stand und aussah wie ein Bär, schaute zu ihm herüber. Ihre Blicke trafen sich. Gyeong-man sah schnell woandershin und riss das Tütchen mit dem Suppenpulver auf.
Als Gyeong-man wieder in den Laden ging, um heißes Wasser zu holen, musste er an den Mann denken, der bis letzte Woche hier an der Kasse gesessen hatte. Der musste wohl nach seinem Ausscheiden aus der Firma hier freiwillig auf Teilzeit gearbeitet haben. Wegen seines runden Gesichts und seiner Glatze hatte Gyeong-man ihn insgeheim den »Pfannkuchen-Onkel« getauft. Der war immer sehr freundlich zu ihm gewesen, hatte ihm, wenn er Instantnudeln gekauft hatte, immer gleich die Einwegstäbchen dazugelegt und sogar noch guten Appetit ge-

wünscht. Gyeong-man erinnerte sich daran, wie der Mann gelächelt hatte, wenn er ihm gelegentlich auch noch ein Schinkensandwich gereicht hatte, mit dem Hinweis, dass das Haltbarkeitsdatum zwar ganz leicht überschritten sei, aber wenn es ihm nichts ausmache, solle er es ruhig nehmen. Das waren Augenblicke stillschweigender Kameradschaft zwischen Männern, die, jeder für sich, an der Front des harten Lebensalltags unermüdlich ihren Dienst leisteten.

Wer aber war der Mann, der nun anstelle des Pfannkuchen-Onkels des Nachts die Kontrolle über den meist leeren Laden übernommen hatte? Während er darauf wartete, dass die Instantnudeln gar wurden, stellte Gyeong-man verschiedene Überlegungen an. Diese kurz angebundene Art, die offensichtliche Unbeholfenheit bei der Kundenbedienung, der undefinierbare, irgendwie überhebliche, schläfrige Blick, mit dem er ihm beim Trinken zusah, als wollte er ihn überwachen … Genauso sah ein Chef aus. Der Chef des 24-Stunden-Ladens. Genauso einer wie der Vorsitzende seiner Firma, der ihm die Tage zur Hölle machte. Na klar! Der hatte den Pfannkuchen-Onkel gefeuert, weil der Laden nicht ordentlich lief. Und weil er nicht gleich Ersatz gefunden hatte, hatte er erst mal ein paar Tage lang ein Großmütterchen aus der Nachbarschaft angestellt, was aber auch nicht funktioniert hatte, und da war er dann halt notgedrungen selbst eingesprungen. Vielleicht hatte der Pfannkuchen-Onkel aber auch einfach gehen müssen, weil dessen Vertrag nach einem Jahr ausgelaufen war. Weil man ja Abfindungsgeld zahlen musste, wenn jemand länger als ein Jahr angestellt gewesen war. Bei ihm in der Firma lief das so, dass alle, die nicht fest angestellt waren, sich nach elf Monaten auf ihre Kündigung einstellen konnten, ganz gleich, wie gut die Arbeit war, die sie geleistet hatten.

Kaum hatte er den Mann mit der Bärengestalt als Ladenchef identifiziert, loderte der Sojugeschmack in seinem Rachen auf. Er schluckte die Nudeln herunter, die so heiß und scharf waren, dass er hechelnd den Mund öffnen musste, und goss schnell Soju hinterher. Seit Dangun und der Gründung des ersten koreanischen Königreichs hatte die Wirtschaft keinen Aufschwung mehr erlebt, und die Firma war ständig am Herumkrebsen. Nachdem der Firmenleiter hatte verlauten lassen, dass es aufgrund der finanziellen Misere in diesem Jahr zu den Chuseok-Feiertagen keinen Gehaltsbonus gebe, hatte Gyeong-man das Auto gewechselt. Das Auto, das er bis dahin besessen hatte, war eine teure ausländische Marke gewesen, ein Wagen, dem man besser auswich, wenn er auf der Straße neben einem auftauchte. Aber über sein seit vier Jahren stagnierendes Jahresgehalt zu verhandeln, war undenkbar. Den jüngeren Mitarbeitern kamen in seiner Gegenwart nur spöttische Bemerkungen über die Lippen, eigentlich Grund genug, einfach zu gehen, aber die Firma rundweg verlassen konnte er auch nicht. Der Chef kam ihm vor wie ein Hüter der Unterwelt.

Und auch wenn er zu Hause war, konnte er der Hölle nicht so einfach entkommen. Bei seinen beiden Zwillingstöchtern, die nächstes Jahr in die Mittelstufe kommen würden, fielen immer wieder erhebliche Kosten an, und seine Frau, die sich um den Haushalt und ihren Nebenjob kümmern musste, hatte kaum Zeit für ihn. Dass er daheim so etwas wie Wärme und Geborgenheit gespürt hätte oder das Gefühl, dass ihm jemand zur Seite stand, lag lange zurück. Und dass er nach Feierabend zu Hause entsprechend seiner einstigen Gewohnheit noch Soju trank, auch. Seine Frau, besorgt um das Wohl der Kinder, hatte dafür gesorgt, dass kein Alkohol mehr ins Haus kam. Und auch sein einziges Hobby, das darin bestand, die Höhepunkte der Profi-Baseball-Liga im Fernsehen zu verfolgen, war ihm genommen worden, nachdem er im eigenen Wohnzimmer die Hoheit über die Senderauswahl verloren hatte. Weil er so viel arbeiten musste, war er kaum noch für seine Familie da, was jedoch nicht bedeutete, dass er deswegen mehr Geld nach Hause gebracht hätte, weshalb sich auch die familiäre Wertschätzung ihm gegenüber in Grenzen hielt, seine Frau unter umso größerer Erschöpfung litt und auch Gyeong-man seine Familie nicht besonders freundlich behandelte. So würde er, ohne das Ruder noch einmal herumreißen zu können, für seine Frau als quasi nicht existierender Ehemann und für seine Töchter als stinklangweiliger Vater vor sich hin altern. Na ja, obwohl … Es war ja gar nicht ausgemacht, dass sich in seinem Leben nichts mehr ändern würde, schließlich bestand immer noch Aussicht darauf, gefeuert zu werden und keine neue Anstellung mehr zu finden. Und das wäre dann doch der dramatische Wende- oder traurige Schlusspunkt, der in seinem Leben bislang noch gefehlt hatte.

    Ab wann war nur alles schiefgelaufen? Vierundvierzig Jahre lang hatte er sein Leben gewissenhaft geführt. Nach einem mittelprächtigen Fachhochschulabschluss hatte er zuerst im anerkanntermaßen komplizierten Bereich der Arzneimittelherstellung gearbeitet, dann bei einer Versicherung, dann in der Autoindustrie, in der Druckerpapierherstellung und zuletzt in der Produktion medizinischer Geräte. Jedes Mal hatte er sein Bestes gegeben und immer neue Berufserfahrung gesammelt. Er stammte aus einfachen Verhältnissen und war sich bewusst, dass er nicht sonderlich talentiert war, also versuchte er sich durch Tüchtigkeit und Freundlichkeit zu behaupten. Als er im Rahmen seiner beruflichen Tätigkeiten seine Frau kennengelernt, sie geheiratet und mit ihr die Zwillinge bekommen hatte, hatte er noch gedacht, dass sich auch mit dem Holzlöffel im Mund, in einfachen Verhältnissen, ein schönes Leben führen lasse. Ja, es hatte Zeiten gegeben, in denen er geglaubt hatte, sein Leben sei mehr wert als das derjenigen, die mit goldenem Löffel im Mund geboren worden waren.

Die Zeit machte den Unterschied. Diejenigen, die von Anfang an die Nase vorn hatten, gewannen im Laufe der Jahre immer größeren Einfluss und immer mehr Geld. Gyeong-man aber fühlte sich nun wie ein Soldat im Schützengraben, der mit bloßem Körper angreifen musste, weil ihm die Munition ausgegangen war. Er merkte, wie die Summen, die er ausgeben musste, immer größer wurden, ganz gleich, wie viel er verdiente, während seine Kräfte immer weiter schwanden. Tüchtigkeit und Umgänglichkeit, seine einzigen Qualitäten, beruhten auf seiner körperlichen Kraft, doch weil diese mit dem Alter nachließ, verwandelten sich seine Tüchtigkeit und Umgänglichkeit in Inkompetenz und Unterwürfigkeit. Seine physische Kraft bestimmte auch seine Geisteskraft, und so fand er sich nun zunehmend mental ausgelaugt und wurde von Vorgesetzten und Kollegen verachtet.

In diese bittern Gedanken versunken, stellte er fest, dass er den Soju bis auf einen halben Becher schon vollständig geleert hatte. Der Ei-Block unter den Sesam-Instantnudeln hatte sich noch nicht einmal ganz aufgelöst, und Gyeong-man war mit dem Soju schon am Ende. Das durfte doch nicht wahr sein. Aber wenn er jetzt noch eine Flasche Soju trinken würde, käme er morgen nicht über die Runden. Als er jung gewesen war, hatte er nach drei, vier Flaschen den Kater am nächsten Morgen locker weggesteckt und war zur Arbeit gegangen, mittlerweile jedoch bestand bei mehr als einer Flasche die Gefahr, dass er tags darauf in der Hölle des morgendlichen Gedränges auf den U-Bahnsteig kotzen würde.

Die Fähigkeit zur Regeneration? Besaß er schon lange nicht mehr. Als er jung war, hatte er eigene Fehler schnell wiedergutgemacht, war, wenn er betrunken war, nach einer heißen Dusche sofort wieder auf dem Damm gewesen. Nun aber ging die Resilienz in seinem Leben wie der Pegel des Energievorrats in einem Computerspiel immer mehr zur Neige. Gyeong-man schluckte das letzte Stück Thunfisch-Gimbap hinunter und schlürfte die Sesamnudeln aus dem Becher. Auch den letzten Rest Soju trank er aus. Dann ließ er das einzige bisschen Freiheit, das ihm am Tag vergönnt war, wieder hinter sich und ging nach Hause.

Auch am nächsten Abend stand mit dösigem Blick der Bär an der Ladenkasse. Offenbar hatte er sich innerhalb eines Tages mit der Arbeit im Laden vertraut machen können, denn diesmal reichte er ihm sofort die Einwegstäbchen. Er schien ein guter Schüler zu sein. Das war vermutlich auch der Grund, weshalb er Ladenchef hatte werden können, obwohl er in ähnlichem Alter war wie der Pfannkuchen-Onkel. Bestimmt hatte er in dem Alter, in dem andere zu arbeiten aufhörten, schon ein hübsches Vermögen angehäuft und nun genug Muße, um verschiedene Ladenfilialen zu leiten und zum eigenen Zeitvertreib hier und da einzuspringen, wenn eine Teilzeitkraft ausfiel.

Von einer Mischung aus Neid und Mutlosigkeit erfüllt, setzte sich Gyeong-man an den Tisch, um sich dem einzigen Vergnügen des Tages hinzugeben. Wieder schien ihn der Mann zu beobachten. Was er wohl über ihn dachte? Bestimmt betrachtete er ihn als Loser, als glückloses Familienoberhaupt eines kleinbürgerlichen Haushalts. Aber wie auch immer, er war hier schließlich Kunde. Ein vorbildlicher Kunde, der jeden Tag für fünftausend Won hier einkaufte und nach seiner Mahlzeit auch stets den Tisch wieder ordentlich aufräumte. Obgleich er die Blicke des Ladeninhabers als unangenehm empfand, war Gyeong-man doch fest entschlossen, das Feld nicht freiwillig zu räumen.

So verging ein Monat, und das Jahr 2019 kam allmählich an sein Ende. Verflucht. Wieder war es ein Jahr gewesen, in dem er von einer Beförderung nicht einmal hatte träumen und stattdessen nur froh sein können, von einer Gehaltskürzung verschont geblieben zu sein. Wenn er daran dachte, dass die Zwillinge nächstes Jahr in die Mittelstufe kommen würden, wurde ihm schon jetzt ganz anders. Seine Frau hatte bereits vorsichtig anklingen lassen, dass die beiden dann wohl auch ihr Pensum im Hagwon, der privaten Zusatzschule würden erhöhen müssen. Er wusste, dass sie recht hatte, aber diese Ausweglosigkeit war einfach unerträglich. Zum Verrücktwerden. Und an diesem kalten Winterabend hier draußen am Plastiktisch half ihm nur der Soju dabei, all diese Dinge zu verdauen.

Er wusste nicht genau, seit wann der Mann schon neben ihm saß. Vor Müdigkeit, Trunkenheit und Kälte musste er wohl eingenickt sein. Als er die Augen wieder öffnete, saß der Ladenchef in seiner weißen Jacke wie ein dicker Eisbär neben ihm und blies seinen Atem in die kalte Luft.

»Hören Sie, … wenn Sie hier draußen einschlafen, dann … erfrieren Sie am Ende noch.«

Es klang, als hielte er ihn für einen Obdachlosen. Gyeong-man war kurz vor einem Wutausbruch, aber angesichts der autoritären Ausstrahlung des Mannes, massig gebaut und immerhin Ladenchef, beschränkte er sich darauf, ein wenig Soju nachzugießen.

»Wenn Sie … Alkohol trinken … geht die Kälte auch … nicht weg.«

Der Ladenchef hatte offenbar die Angewohnheit, sehr nachlässig und abgehackt zu sprechen. Ob er damit seine Geringschätzung ihm gegenüber zum Ausdruck bringen wollte oder ob es sich einfach um bourgeoise Behäbigkeit handelte – diese Art zu sprechen empfand Gyeong-man als außerordentlich unangenehm und kränkend. Erneut leerte er seinen Becher.

»Doch. Davon geht die Kälte weg. Ich trink hier noch aus und geh dann schlafen, also lassen Sie mich«, sagte Gyeong-man, der sich nicht alles gefallen lassen wollte, und griff wieder nach der Sojuflasche. Sie war leer. Er fuhr sich mit der Zunge über die Lippen. Es war ihm peinlich. Zu trinken war jetzt allerdings nichts mehr da. So was Blödes. Vor allem ärgerte es ihn, dass er vor dem Mann ein so jämmerliches Bild abgab. Da passierte es. »Moment, bitte.« Der Geschäftsinhaber stand auf und ging in den Laden. Nanu?

Kurz darauf kam er mit zwei großen Americano-Pappbechern wieder heraus. Einen davon stellte er Gyeong-man hin, der mit großen Augen zusah, was vor sich ging. In dem Becher befand sich eine flachsfarbene Flüssigkeit mit zwei Eiswürfeln. Es sah beinahe aus wie ein Glas Whiskey. Das hier musste tatsächlich Whiskey sein. Aber was hatte das zu bedeuten? Wollte er ihn vergiften? Gyeong-man sah sein Gegenüber misstrauisch an. Der Ladenchef wies mit dem Kinn auf den Becher und bedeutete ihm zu trinken. Dann führte er den Becher, den er selbst in der Hand hielt, an den Mund und trank einen Schluck, in einer Pose, die erkennen ließ, dass er in seinem Leben sicher schon reichlich teuren Whiskey getrunken hatte. Gyeong-man musste an die Ärzte und Professoren denken, die ihn damals, als er noch in dem Pharmaunternehmen gearbeitet hatte, mit in den Salon genommen und die Cocktails heruntergekippt hatten wie Gerstentee.

Als Gyeong-man unbeweglich sitzen blieb, hob der Ladenchef wieder seinen Becher und trank ihn, bis auf die Eiswürfel, ganz aus. »Oaahhh!« Voller Zufriedenheit schürzte er die Lippen. Bei diesem Anblick wollte auch Gyeong-man nicht zurückstehen, hob seinen Becher und leerte ihn in einem Zug. Die Flüssigkeit rann ihm eiskalt die Kehle hinab und bis in die Brust hinein. Jetzt hätte eigentlich brennend heiß das Whiskeyfeuer in ihm aufsteigen müssen. Doch nichts geschah. Alles, was in ihm aufstieg, war das kalte Gefühl von eben. Nanu?

»Erfrischend, was?«

»Was war das denn?«

»Mais…barttee. Hilft, wenn man nieder…geschlagen ist.«

Eisgekühlter Maisbarttee. Na so was. Gyeong-man war so verblüfft, dass er nicht recht wusste, wie er reagieren sollte.

»Maisbarttee … Wegen der Farbe fühlt es sich … ein bisschen so an, wie wenn man Schnaps … trinkt, und … die innere … Anspannung löst sich auch.«

Was sollte das denn? Entweder dieser Typ hatte sie nicht mehr alle, oder er wollte sich über ihn lustig machen. Aber seiner Wut darüber freien Lauf lassen, dass es sich bei dem Getränk, das ihm so freundlich angeboten worden war, nicht um Whiskey gehandelt hatte, konnte Gyeong-man jetzt auch nicht. Also nickte er nur und stand auf, um zu gehen.

»Ich habe auch … jeden Tag getrunken«, hörte er es hinter sich noch, leise und beinahe so, als rezitierte jemand für sich selbst. Schon im Begriff zu gehen, blieb er nun stehen und nahm, weil auch der Ladenchef noch immer draußen war, wieder Platz.

»Und weil ich jeden Tag getrunken … hab, hab ich … irgendwann schlappgemacht. Körperlich … und geistig. Also …«

Er hielt inne und sah Gyeong-man geradewegs mit kühlen Augen an. Gyeong-man war verwirrt. Er war doch derjenige, der getrunken hatte, wieso führte sich dann der andere so auf? Er wollte hier weg. Schnell sagte er:

»Na und? Soll das heißen, dass ich hier nicht mehr herkommen soll?

Der Ladenbesitzer hob die Mundwinkel und schob seine Hand in die Jacke. Was sollte das schon wieder? Am Ende holte der noch ein Messer raus. Gyeong-man wurde unruhig. Doch was nun zum Vorschein kam, war – eine Flasche Maisbarttee.

»Trinken Sie Mais…barttee. Nehmen Sie ruhig noch … einen Becher davon.«

Und dann nahm der Ladenchef die Flasche und füllte die beiden Becher, in denen nur noch die Eiswürfel übrig waren, einfach noch einmal ganz auf, als hätte er es mit irgendeinem unzivilisierten Trinkkumpanen zu tun. Das durfte nicht wahr sein … Schon hatte er seinen eigenen Becher erhoben und prostete Gyeong-man fröhlich zu. Der schüttelte innerlich den Kopf, besann sich dann aber auf die Trinkmanieren, die damals in der Firma geherrscht hatten, und stieß mit dem eigenen Becher etwas unterhalb der Becheroberkante seines Gegenübers an. Auf ex! Oaahhh. Ganz schön kalt.

»Ich glaub, ich hab früher Sachen … getrunken, die auch so eine … ähnliche Farbe hatten«, sagte der Ladenchef und ließ den Becher sinken. Hm, schon klar. Erst mal hübsch Geld machen und ordentlich Whiskey schlürfen und jetzt ganz entspannt sein zweites Leben beginnen und schön auf die Gesundheit achten.

»Aber jetzt … trink ich nur noch so was. Man kann auch ohne … Alkohol leben.«

»Heißt das, Sie wollen mir erzählen, dass ich nicht mehr trinken soll, oder wie?«

Sein Gegenüber nickte, ohne eine Miene zu verziehen und blickte ihn an. Gyeong-man wurde pampig.

»Dann sagen Sie mir lieber, dass ich nicht mehr herkommen soll. Oder wollen Sie mir hier schlaue Ratschläge in Sachen Alkoholverzicht geben?«

»Ich möchte Ihnen ... helfen. Ich mache Ihnen jeden Tag Mais...barttee mit ... Eis. Den können Sie dann zu ... den Ramyeon-Nudeln und zum Gimbap trinken. Dann denken Sie ... nicht mehr an den Alkohol und –«

»Ist es etwa geschäftsschädigend, wenn ich hier vor dem Laden sitze und alleine trinke? Hab ich irgendwelchen Müll hinterlassen? Ich habe jedes Mal ordentlich aufgeräumt. Was wollen Sie von mir? Sagen Sie mir doch einfach, dass ich nicht mehr kommen soll!«

Gyeong-man stand auf und ging, ohne sich noch einmal umzudrehen. Sollte der Herr Ladenbesitzer, der so schlau daherschwatzte, den Tisch diesmal ruhig selbst aufräumen. Er würde nicht wieder herkommen. Da war es auch egal, was für einen letzten Eindruck er nun hinterließ. Während er sich noch fragte, ob er es der kühlen Nachtluft zu verdanken hatte, dass er nun wieder nüchtern war, oder seiner neuerlichen Nüchternheit, dass er nun die kühle Nachtluft spürte, beschleunigte er seine Schritte und versuchte, sein Bedauern darüber zu unterdrücken, dass der Spatz seine geliebte Kornmühle nun verloren hatte.

Am Ende dieses Jahres kam Gyeong-man aufgrund der vielen Firmenessen alle zwei Tage betrunken nach Hause. Seine Trinkabende vor dem 24-Stunden-Laden vermisste er gewiss nicht, und wenn er von der U-Bahn-Station auf kürzestem Weg nach Hause ging und dabei am Laden vorbeikam, schielte er nur ganz kurz mit trunkenem Auge dort hinüber. Und rief dem Plastiktisch, der nun, da sich niemand mehr an ihn setzte, einsam und verwaist dastand, innerlich zu: Selber schuld!

Neujahr 2020. Alles strahlte. Als hätten die Menschen das vergangene Jahr wie ein schmutziges Kleidungsstück neben die Waschmaschine geworfen und neue Kleider angezogen. Auch seine Frau und die Zwillinge, die nun bald in die Mittelschule kommen würden, empfingen das neue Jahr voller Elan. Die Zwillinge reichten ihrem Vater schon bis zur Schulter, es würde nicht mehr lange dauern, und er wäre der Kleinste in diesem Haushalt. (Seine Frau, vor der Heirat einen Meter achtundsechzig groß, genau wie er, hatte ihre Körpergröße behalten, er allerdings war bei der letzten Gesundheitsuntersuchung mit einem Meter sechsundsechzig gemessen worden, was möglicherweise seiner gebückten Haltung geschuldet sein mochte.)

Das Problem war, dass er nicht nur körperlich geschrumpft war. Mit dem Beginn des neuen Jahres war er – nach koreanischem Verständnis – ja auch wieder ein Jahr älter geworden, und in gleichem Maße bröckelte sein Selbstbewusstsein. Das hing ausschließlich mit den Demütigungen in der Firma und der Entfremdung von seiner Familie zusammen. Die Verletzungen, die ihm am Arbeitsplatz und im Umgang mit Geschäftspartnern zugefügt wurden, könnten vielleicht heilen, wenn er in der Firma aufhören würde, doch was er dagegen tun sollte, dass man ihn zu Hause nicht mehr ernst nahm, wusste er auch nicht. Wenn er nun gleichzeitig in der Firma aufhörte und von zu Hause wegging? Dann würde am Ende ein Straßenpenner aus ihm werden. Sein Ziel war es, in diesem Jahr auf jeden Fall der Firma, die ihn so mies behandelte, eins auszuwischen und sich eine neue Arbeitsstelle zu suchen. Auch wenn seine Frau sich Sorgen machen würde, er wollte lieber etwas weniger Geld verdienen und dafür eine Arbeit machen, bei der er menschlich behandelt würde. Wenn er allerdings weniger Geld verdiente, könnte er vielleicht auch zu Hause nicht mehr mit menschlicher Behandlung rechnen … Und so herrschte für Gyeong-man auch im neuen, genauso wie im alten Jahr, weiterhin Winter. Oder nicht? Dezember 2019 oder Januar 2020 – es war gleich kalt. Er blickte verächtlich auf alle, die das neue Jahr in freudiger Erwartung empfingen, und rümpfte die Nase beim Anblick der vielen Geschäfte, die sich eifrig dem Neujahrsmarketing widmeten.

Er hätte gerne etwas getrunken. Aber zum neuen Jahr hatten zwei seiner insgesamt drei Trinkfreunde angekündigt, dem Alkohol abschwören zu wollen, und der dritte von ihnen war in die Provinz zurückgekehrt, um in der Landwirtschaft zu arbeiten. Die Neujahrstreffen wurden weitgehend auf ein einfaches gemeinsames Mittagessen beschränkt, schließlich hatte man ja erst am Jahresende gemeinsam getrunken. Es fühlte sich an, als wollte die Welt ihn als Einzigen außen vor lassen. Zu Hause wurde er heimlich, in der Firma offen und von der Welt uneingeschränkt gedemütigt … Das war der Grund, weshalb sein Blut eine gewisse Menge an Alkohol einforderte.

Dem Opfer blieb nur das Individualbesäufnis. Aber um sich in der Kneipe allein nach Strich und Faden die Kante zu geben, fehlte es ihm am nötigen Geld sowie an innerer Antriebskraft. So blieb ihm nichts anderes übrig, als sich nach der Arbeit auf dem Nachhauseweg einen 24-Stunden-Laden zu suchen. Allerdings gab es im ganzen Viertel nur einen Laden, der im Winter den Plastiktisch im Freien nicht weggeräumt hatte. Der Laden mit dem komischen Eisbären, der Maisbarttee trank, als wäre es Whiskey. Und vermutlich weil er ein komischer Eisbär war, dachte der Ladeninhaber offenbar gar nicht daran, sich nach einem neuen Mitarbeiter für die Nachtschicht umzusehen, sondern bewachte seinen Laden nachts lieber selbst. Verdammter Mist! Als Chef muss er doch für Arbeitsbeschaffung sorgen, sonst gibt es keinen Trickle-Down-Effekt, grummelte Gyeong-man, während er am Laden vorbeiging. Da blieb er plötzlich stehen.

Was war denn das? Da draußen auf dem Plastiktisch stand ein Becher mit Sesamnudeln.

Cham-Cham-Cham. Na so was.

Er vermisste sein Cham-Cham-Cham von früher. Das wäre das Einzige, was ihn in diesem trübseligen neuen Jahr, in dem sich rein gar nichts ändern würde, ein wenig aufmuntern könnte. Das Einzige, was ihm die Tür zum neuen Jahr öffnen würde. Er hielt es einfach nicht mehr aus. Selbst wenn der Eisbär die Sesamnudeln möglicherweise als Köder dort ausgelegt hatte – Gyeong-man konnte einfach nicht widerstehen. Und durch die Mahlzeit wäre er so gestärkt, dass er dem Eisbären, sollte sich dieser wieder in sein Trinkstündchen drängen, notfalls eine maisbartmäßige Strubbelfrisur verpassen könnte.

»Oh ... Lange nicht ... gesehen!«

Immer noch genauso gemächlich wie früher. Als der Eisbär ihn an der Kasse begrüßte, nickte Gyeong-man ihm nur kurz zu und verschwand dann gleich nach draußen. Um der eisigen Kälte zu trotzen, goss er schnell heißes Wasser auf die Instantnudeln im Becher, riss die Packung mit dem Samgak-gimbap auf und öffnete den Deckel der Soju-Flasche. Mist! Er hatte keinen Becher zum Trinken.

Das Bündel von Pappbechern, das er immer mit sich herumgetragen hatte, hatte er irgendwann aus seiner Tasche geräumt. Die Becher neu zu kaufen, war nervig, und sich vor dem Eisbären die Blöße zu geben, und sich einen Becher zu leihen, wagte er auch nicht. Okay. Dann halt ohne Becher. Dann trank er halt direkt aus der Flasche.

Da kam der Eisbär zu ihm nach draußen. In der Hand trug er einen … Ventilator? Gyeong-man, der eigentlich möglichst lässig hatte auftreten wollen, wandte den Kopf und sah genauer hin. Es war kein Ventilator. Es war ein Heizlüfter. Der Eisbär schloss das Kabel an eine irgendwo verborgene Steckdose an, trug das Gerät zu Gyeong-man herüber und schaltete es ein.

Gyeong-man war verwirrt. Der Ladenchef gab ihm mit einladender Geste zu verstehen, die warme Luft zu genießen. Dann betrachtete er einen Moment lang den Tisch und ging wieder in den Laden. Gyeong-man wusste immer noch nicht so recht, was das alles zu bedeuten habe, doch im angenehmen Wind des Heizlüfters begann sein Gesicht etwas aufzutauen. War seine Miene – bedingt durch den kalten Winterwind oder durch die Verlegenheit darüber, nach so langer Zeit wieder einmal hier zu sein – eben noch steinhart gewesen, nahm sie nun wieder weichere Züge an.

»Ich hab leider … nur solche Becher.«

Der Eisbär hielt ihm einen großen Pappbecher hin, der aussah wie die, aus denen sie damals den Maisbarttee getrunken hatten. Gyeong-man nahm den Becher und stellte ihn hin. Er dachte nach. Irgendetwas musste er jetzt sagen.

»Danke.«

»Gern … geschehen …«

»Für den Becher … und den Heizlüfter.«

»Sie waren so lange nicht da … Da hätte ich es beinahe nicht mehr benutzen können … das Ding.«

»Wie bitte? Meinen Sie den Heizlüfter?«

»Sie sind doch immer so gerne hierhergekommen … Den hab ich gekauft, weil ich dachte, Sie … kommen nicht mehr, weil es draußen so kalt ist. Jedenfalls … Ein Glück, dass Sie wieder da sind.«

Nachdem der Eisbär die letzten Worte, die wärmer noch waren als der Heizlüfter, in seiner nüchternen Art ausgesprochen hatte, verschwand er wieder im Laden. Eine Weile war Gyeong-man nur damit beschäftigt, den Becher mit Soju zu leeren, ohne sich darum zu kümmern, dass die Instantnudeln schon ganz aufgequollen waren.

Es fühlte sich warm an.

Der Soju war warm, der Becher auch. Und der Heizlüfter, den der Ladenchef extra für ihn besorgt hatte und der die warme Luft verbreitete. Gyeong-man wurde überall gemobbt, aber hier nicht. Er war wieder hier, vor diesem blöden Laden, der ihn so genervt hatte. Ein Comeback als VIP.

Es dauerte nicht lange, und er war mit seinem Cham-Cham-Cham fertig. Gern hätte er noch ein wenig länger die Wärme des Heizlüfters genossen, aber er wusste, dass er jetzt aufstehen musste. In diesem Moment tauchte, als hätte er noch eine Rechnung zu begleichen, der Ladenchef wieder vor ihm auf. In der einen Hand einen – vermutlich mit Eis gefüllten – Pappbecher, in der anderen eine Flasche Maisbarttee. War das sein Ernst?

Der Ladenchef war bestimmt zehn Jahre älter als er,

also eine Respektsperson. Na schön, dann würde Gyeong-man eben wie bei einem geschäftlichen Auftraggeber noch einen Becher mit ihm trinken und sich dann verabschieden. Gyeong-man nahm den Becher, wie es sich gehörte, mit beiden Händen entgegen und ließ sich Maisbarttee einschenken. Sie stießen an.

»Alles ganz schön … anstrengend, was?«

Überflüssig zu bemerken. Gyeong-man nickte nur. Aber sein Gegenüber fuhr sich mehrmals mit der Hand übers Kinn und fragte weiter:

»Wo arbeiten Sie denn, dass Sie … abends immer so spät nach Hause gehen?«

Oh Mann! Wollte der jetzt erst mal ein paar persönliche Infos abklopfen, um sich dann als verständnisvoller Wohltäter aufzuspielen?

»Im Vertrieb.«

»Im … Vertrieb. Was … verkaufen Sie denn?«

Würdest du eh nie kaufen …

»Medizinische Geräte.«

»Also, das heißt … Sie beliefern Arztpraxen und … Krankenhäuser?«

Hä? War der jetzt etwa zusätzlich noch Besitzer eines Krankenhauses?

»Ja.«

»Krankenhäuser … Da haben Sie sicher … viel zu tun. Haben Sie Familie? Man sieht Ihnen irgendwie gleich die … Bürde … des Familienvaters an.«

Jetzt noch das Privatleben, wie? Schon mal was von Grenzen gehört? Bürde des Familienvaters? Würd mich eher mal interessieren, was du so an Körpergewicht mit dir rumschleppst …

»Sie sind doch sicher auch Familienvater, wir wissen doch alle, wie das ist.«

»Wenn Sie immer erst … so spät nach Hause … kommen, dann sehen Sie Ihre Kinder sicher kaum. Sie haben … eine Tochter, nicht wahr?«

Nanu? War der auch noch Hellseher? Na, obwohl, die Wahrscheinlichkeit lag schließlich bei fünfzig-fünfzig.

»Zwei Töchter.«

»Oh, schön. Töchter sind … toll.«

Dauernd knetete er sich mit seinen Händen, dick wie Bärentatzen, im Gesicht herum. Irgendwie wirkte er einsam und traurig. Gyeong-man begann ein wenig aufzutauen. Reflexartig holte er sein Portemonnaie hervor. Darin befand sich ein Foto seiner beiden damals gerade eingeschulten Zwillingstöchter, die dem Betrachter strahlend entgegenlächelten, in exakter Symmetrie, wie ein Abklatschbild. So hatten sie vor sechs Jahren ausgesehen, und wenn er spätabends nach Hause ging, bekam er sie in ihrem Fotoanblick öfter zu Gesicht als in natura.

Als Gyeong-man dem Eisbären das Portemonnaie mit dem Foto entgegenhielt, bestaunte dieser das Bild, als hätte er soeben eine unvorstellbare Kostbarkeit entdeckt.

»Die sind ja beide so hübsch … Da wüsste ich gar nicht … wer welche von beiden ist.«

»Es sind Zwillinge.«

»Ach … so! Für diese hübschen beiden Kinder arbeiten Sie also … so hart.«

»Das tun doch alle Eltern.«

»Für die Eltern ist das … ganz schön anstrengend, nicht wahr?«

»Sicher. Das schon.«

Es war eine rhetorische Frage gewesen, trotzdem fühlte er sich irgendwie ertappt. Als wäre ein Damm gebrochen, begann es nun aus ihm herauszusprudeln. Und er erzählte von seinen Töchtern, die bald in die Mittelstufe kamen und kaum mit ihm redeten, von der schlechten Behandlung durch seine Frau, von den zunehmenden Engpässen und der mangelnden Anerkennung in der Firma, von den Demütigungen gegenüber den Geschäftspartnern … Er redete sich den Mund fusselig, wie besessen, als wollte er eine Beichte loswerden.

Der Bär schenkte ihm noch etwas Maisbarttee ein. Gyeong-mans Hals brannte. Er trank in großen Schlucken. Einen Augenblick lang fühlte er sich erfrischt. Dann aber befiel ihn die Scham wie ein Kater nach durchzechter Nacht.

»Dann haben Sie also … zu wenig Zeit für Ihre Familie, aber können in der Firma … nicht so einfach aufhören.«

»Hmmh … Und etwas gegen diesen Stress unternehmen kann ich auch nicht.«

»Und deshalb … kommen Sie nach der Arbeit hierher und … trinken.«

»Ja.«

»Dann … trinken Sie Mais…barttee.«

»Was?«

»Trinken Sie keinen Alkohol, sondern Mais…barttee. Sie haben doch gesagt, Ihre Frau hat … Ihnen verboten, zu Hause Alkohol zu trinken. Wenn Sie Maisbarttee trinken … Dann können Sie entspannt nach Hause gehen und … da noch was essen. Mit Ihrer Familie.«

»Was sagen Sie da?«

»Ich habe auch erst vor … zwei Monaten zu trinken … aufgehört. Und das hier … hat es möglich gemacht.«

Als handelte es sich um seine höchsteigene Erfindung, wies er auf die Flasche Maisbarttee und schickte sich an, Gyeong-man bei dieser Gelegenheit gleich noch einmal nachzuschenken. Gyeong-man sprang auf und griff nach seiner Tasche.

»Danke, das genügt.«

Er verbeugte sich eilig und ging. Hinter sich hörte er ihn noch rufen:

»Wenn man nicht trinkt, dann … beginnt man den nächsten Tag frisch und … munter, und … auch in der Firma kann man mehr … Leistung bringen.«

Na klar doch. Leistung geht nach oben, Gehalt geht nach oben, Karriere geht nach oben, alles super. Logisch. Am besten mal so richtig schön in einer Wanne voll Maisbarttee baden, und schon läuft der Laden.

Nach diesem unangenehmen, absurden Gespräch machte Gyeong-man von nun an auf dem Nachhauseweg stets einen weiten Bogen um den Laden. Zwar musste er dafür etliche Treppen, dunkle Gassen und vereiste Wege in Kauf nehmen, aber wenn er so das wulstige Gesicht dieses onkelhaften Moralpredigers nicht mehr sehen musste, war es das wert. Der Laden war ohnehin schnöde und schmutzig. Dort würde er ganz sicher nicht noch einmal hingehen, nicht zum Trinken und nicht aus einem anderen Grund.

Das Merkwürdige war, dass es nun überhaupt keinen Ort mehr gab, an dem er allein hätte trinken können. Zwar fand er einige billige Kneipen in der Umgebung, aber auch dort konnte er nicht entspannt trinken, und die anderen 24-Stunden-Läden im Viertel würden erst im Frühling wieder Tische nach draußen stellen.

So ein Mist! Dann lieber sterben, echt. Gyeong-man beschloss, auf dem Nachhauseweg nichts mehr zu trinken, sondern direkt nach Hause zu gehen. Als er dort bereits vor elf Uhr und ohne die übliche Alkoholdunstwolke eintraf, wurde Vaters vermeintlicher Neujahrvorsatz, von nun an aufs Trinken zu verzichten, von Frau und Töchtern freudig begrüßt und ihm sogleich diesbezügliche Unterstützung zugesichert. Vorsatz? Das musste ein Missverständnis sein, aber dass die Familie seit so langer Zeit endlich mal wieder auf seiner Seite war, freute ihn. Und wie sagte man doch? Beim bloßen Anblick eines kleinen Reiskuchens eine große Feier veranstalten. Mit anderen Worten, wenn er ohnehin keine Möglichkeit hatte zu trinken, dann konnte er bei dieser Gelegenheit auch gleich ganz mit dem Trinken aufhören. So wollte er nun gern noch früher heimkommen, und der Gedanke an den Alkohol verschwand.

Zu Hause sah er jetzt zusammen mit seiner Frau und seinen Töchtern fern, kein Baseball zwar, aber, wie er feststellte, gab es auch eine Menge anderer interessanter Sendungen. Besonders Mittwoch abends beeilte er sich, schnell nach Hause zu kommen, um mit seinen Töchtern *Dining together* zu sehen. Die ältere der beiden Zwillingsschwestern fragte, ob die Show denn nicht auch mal nach Cheongpa-dong komme. Es wäre doch toll, wenn Kang Ho-dong als Weihnachtsmann bei ihnen aufkreuzen würde. Die jüngere der beiden, fünf Minuten später zur Welt gekommen, entgegnete, dass ihr Lee Kyunggyu besser gefalle, und wedelte mit dem Flyer der Brathähnchenkette *Don Chicken*, auf dem besagter Fernsehstar im Don-Quijote-Kostüm zu sehen war. An solchen Tagen drückte auch die Mutter ein Auge zu, und die Kinder freuten sich über die Erlaubnis, wenn Vater früh nach Hause kam, Brathähnchen bestellen zu dürfen.

Worüber freuten sie sich? Über das Brathähnchen? Über ihren Vater? Es spielte keine Rolle. Familie ist, wenn man gemeinsam ein Brathähnchen zerpflückt.

Auch zu Seollal, dem Neujahrsfest nach dem Mondkalender, trank Gyeong-man keinen Alkohol. Zwar musste er sich dafür von seinem Vater und dessen Brüdern, mit denen er an den Feiertagen sonst immer getrunken und Go-Stop gespielt hatte, bis man nicht nur die Karten auf den Tisch, sondern einander auch die Hand auf den Rücken geknallt hatte, nun als Schwächling und Spaßbremse beschimpfen lassen, seine Frau und seine Mutter aber zwinkerten ihm freundlich zu.

Einige Tage nach Seollal geriet Gyeong-man auf dem Nachhauseweg aus irgendeinem Grund auf seine alte Route und kam am 24-Stunden-Laden vorbei. Nun zog ihn nichts mehr zu seinem alten Platz dort vor dem Laden, und als ob er sich gar nicht mehr daran erinnerte, ging er einfach weiter. Einen kleinen Seitenblick aber warf er dann doch noch in den Laden, denn er war neugierig, ob der Eisbär wohl noch immer Nachtdienst schieben musste, weil er keinen Mitarbeiter gefunden hatte.

Drinnen an der Kasse war niemand zu sehen. Aber draußen, auf dem Plastiktisch stand eine Flasche Maisbarttee und verriet die Anwesenheit des Eisbären. Also, das war wirklich ein besonderer Zeitgenosse ... Und genau wie einen Monat zuvor, als ihn der Becher mit Sesamnudeln angelockt hatte, verfehlte diesmal auch der Maisbarttee seine Wirkung nicht. Gyeong-man lenkte seine Schritte in Richtung des Ladens.

Schweigend betrachtete er die Flasche Maisbarttee auf dem Plastiktisch, dann nahm er sie in die Hand und ging in den Laden.

Klingeling!

Niemand war da. Der Raum war leer und still. Gyeong-man hielt es kaum aus. Unbedingt musste er jetzt den Maisbarttee trinken. Doch weder der Eisbär noch jemand anders war an der Kasse. Es war wirklich ein nerviger Laden.

Da erschien aus der Abstellkammer der Eisbär, seinen massigen Körper räkelnd, als wäre er soeben aus dem Winterschlaf erwacht und käme nun aus seiner Höhle. Als er Gyeong-man erblickte, lächelte er und ging zur Kasse. Verlegen erwiderte Gyeong-man das Lächeln. Jetzt musste er wohl irgendetwas sagen.

»Alles klar?«

»Ja ... jaja. Und bei ... Ihnen?«

»Auch, danke.«

Es folgte betretenes Schweigen. Da erst stellte Gyeong-man den Maisbarttee auf den Kassentisch.

»Wie viel macht das?«

»Ist gratis.«

»Wieso das denn?«

»Den habe ich extra ... für Sie da hingestellt.«

»Ja, aber warum?«

»Na ja ... Ich hab Ihnen doch mal gesagt ... Maisbarttee, davon kann man genauso … süchtig werden wie … wie von Alkohol, also wenn Sie jeden Tag zwei oder drei davon trinken, … dann ist das ja gut für unser Geschäft. Das war ein Lo…ckangebot.«

Was der Bär da vor sich hin stotterte, war schwer zu glauben, aber Gyeong-man beschloss, es trotzdem zu tun.

»Danke«, sagte er und verneigte sich höflich.

»Im Gegen…zug könnten Sie vielleicht welche von denen da … kaufen.«

Gyeong-man wandte seinen Kopf. Direkt vor der Kasse befand sich die Auslage mit der Loacker-Schokolade.

»Ja, das … da. Zwei zum Preis … von einer.«

Neben der Schokolade klebte das 1+1-Schild. Gyeong-man tat, wie ihm geheißen, nahm zwei Packungen und legte sie auf den Tresen. Der Eisbär rechnete ab und meinte:

»Die beiden hübschesten … genau gleich hübschesten … Kinder von Cheongpa-dong, die … mögen das sicher.«

Das war höflich dahin gesagt, aber Gyeong-mans Herz schlug heftiger. Er gab ihm die Kreditkarte und schluckte.

»Die Kinder … die mögen diese Schokolade unheimlich gern. Aber … irgendwann haben sie sie nicht mehr … gekauft. Da haben sie nur noch Kakao … gekauft, wenn es zwei zum Preis von … einem gab. Deshalb hab ich … gefragt: Mögt ihr die Schoko…lade nicht mehr?«

»… Und?«

»Die Große … oder war es die Kleine? Na ja, jedenfalls die eine hat … gesagt: Das ist doch jetzt kein 1+1-Sonderangebot mehr.«

Gyeong-man sagte nichts. Er schaffte es gerade einmal, seine Kreditkarte entgegenzunehmen.

»Deshalb habe ich den beiden ein bisschen … auf den Zahn … gefühlt: Kinder, was kostet das denn schon? Kauft eurer Mutter mal eins davon. Wissen Sie, was die Kinder … da gesagt haben?«

Er sprach so langsam und behäbig, dass Gyeong-man es kaum aushielt.

»Was denn?«

»Die haben gesagt: Mama … hat gesagt, Papa strengt sich so an, um … Geld zu verdienen, das dürfen wir nicht … verschwenden. Wenn wir in den Laden gehen, sollen wir nur was kaufen, wenn es … zwei zum Preis von einem … gibt. Da hab ich gedacht: Mensch, die Kinder … so sparsam … das sind wirklich … so liebe Kinder.«

Gyeong-man blieb stumm.

»Aber jetzt … jetzt gibt es ja wieder das … 1+1-Doppelpack-Sonderangebot. Heute kauft der Papa zwei und … morgen sagen Sie Ihren Töchtern, dass sie Ihnen was … mitbringen sollen.«

Die Tränen in Gyeong-mans Augen hatte er bemerkt, und daher lachte er absichtlich ein bisschen und klopfte auf den Tresen. Gyeong-man wischte sich die Tränen mit dem Ärmel seines Mantels ab, nickte dem Mann an der Kasse einmal zu und steckte dann seine Bankkarte wieder ins Portemonnaie.

Und aus dem Portemonnaie lächelten seine beiden Töchter im Doppelpack.

Kein einladender Laden

Das Leben ist eine endlose Folge zu lösender Probleme. In-gyeong schob ihren Koffer laut klappernd über den schlecht gepflasterten Gehweg. Sie sah sich um. Ihre erste zu lösende Aufgabe am heutigen Tag bestand darin, die Unterkunft für diesen Winter zu finden. Zum Glück stand schon fest, wo sie wohnen würde. Aber sie hatte einen ausgesprochen schlechten Orientierungssinn, und so war es für sie eine echte Herausforderung, im Gassengewimmel dieses alten Seouler Stadtviertels ein ganz bestimmtes Haus zu finden. Vom Bahnhof Namyeong bis zur Kirche von Cheongpa-dong hatte sie es mithilfe der App auf ihrem Handy problemlos geschafft, aber als sie hinter der Kirche in eine kleine Gasse eingebogen war, hatte sich ihr iPhone aufgehängt. Winter is coming! Kaum dass es Herbst geworden war und die kalte Jahreszeit begonnen hatte, hatte ihr altes Handy immer wieder unangekündigt gestreikt. So befand sich In-gyeong nun in einer Situation, in der nicht nur der Schwierigkeitsgrad der ohnehin komplizierten Wegsuche ein unwillkommenes Upgrade erfahren hatte, sondern auch ihr letzter Rettungsanker, die Möglichkeit, sich telefonisch nach dem Weg zu erkundigen, abhandengekommen war. So ein Mist … Das Fluchen konnte sie sich sparen, stattdessen musste sie irgendwo Hilfe finden.

Als sie inmitten der engen Gässchen an einer Weggabelung den Laden entdeckte, nahm sie ihre letzte Kraft zusammen, um ihren Koffer über die Ziellinie zu bugsieren. In diesem Laden, der rund um die Uhr für Kunden da war, musste man ihr doch helfen können. Sie ließ den Koffer im Eingangsbereich stehen und griff nach einer Tafel Schokolade im Regal direkt vor ihr. Sie drehte sich um. An der Kasse stand eine groß gewachsene Frau Mitte zwanzig und beobachtete sie.

Nachdem sie die Schokolade bezahlt hatte, riss In-gyeong die Verpackung auf und biss ein Stück ab. Nun, da sie ihren Blutzuckerspiegel wieder ins Gleichgewicht gebracht hatte, hörten ihre Arme und Beine, die vom mühsamen Koffertransport erschöpft gewesen waren, auf zu zittern. Sie spürte den Blick der Ladenmitarbeiterin auf sich ruhen, bis sie die gesamte Tafel Schokolade weggeknabbert hatte. Sie zerkaute die letzten noch in ihrem Mund verbliebenen Krümel, laut schmatzend, als wäre es Kaugummi, und fragte dann laut: »Kann ich hier mal telefonieren?«

Die Ladenmitarbeiterin gab ihre Erlaubnis. In-gyeong bedankte sich mit einem Kopfnicken, legte ihren Koffer auf den Boden, öffnete ihn und holte ein Notizheft heraus. Zum Glück hatte sie die Nummer darin notiert. Diese wählte sie nun auf dem Festnetztelefon des Ladens, und kurz darauf meldete sich am anderen Ende der Leitung die Stimme einer jungen Frau. In-gyeong sagte ihren Namen und erklärte in aller Ausführlichkeit, dass sie aus einem 24-Stunden-Laden anrufe, da ihre Handybatterie aufgebraucht sei. »24-Stunden-Laden? Sind Sie vielleicht gerade im Always?« Als In-gyeong bejahte, brach die Frau in lautes Lachen aus. Die Wohnung befinde sich im Haus direkt gegenüber, im zweiten Obergeschoss. In-gyeong ließ den Hörer sinken und sah aus dem Fenster. Da öffnete sich drüben im zweiten Stock ein Fenster, und eine Frau, die lächelte und genauso aussah wie Hui-su, winkte ihr zu.

In-gyeong hatte den vergangenen Herbst im Toji-Kulturzentrum in Wonju verbracht. Bak Gyeongni, die berühmte Autorin des Monumental-Epos *Toji*, hatte dieses Zentrum zu Lebzeiten als Residenz für den künstlerischen Nachwuchs gegründet, wo jungen Literaten und Künstlern kostenlos eine Schreibstube und drei Mahlzeiten am Tag angeboten wurden. In-gyeong war, seit sie Schriftstellerin geworden war, das erste Mal hier. Und hier, im Toji-Kulturzentrum, wohin sie sich nach langem Zögern aufgemacht hatte, wollte sie ihre Schriftstellerlaufbahn auch beenden.

Ihre Mietwohnung in der Daehangno hatte sie geräumt, sämtliches Gepäck in ihr Elternhaus geschickt und nur einen Koffer mit nach Wonju genommen. Das Toji-Kulturzentrum lag am Rande der Stadt in einer ruhigen Siedlung mitten im Wald und war für Menschen, die Bücher schrieben, ein idealer Rückzugsort. Hier war man für sich und wurde von niemandem gestört. Man konnte Tag für Tag auf einem schönen Waldweg spazieren gehen, der zum Verweilen und zum Entfalten der eigenen Gedanken einlud, und man bekam gesunde Mahlzeiten. Lebten die Schreibenden sonst weitgehend jeder für sich auf ihrem jeweiligen Planeten, bestand im hiesigen Alltag die anregende Gelegenheit, einander vorsichtig zu umkreisen und mit Blicken zu begegnen. Manche vergnügten sich nach dem Mittagessen zusammen beim Tischtennis, manche gingen nach dem Abendessen an den nahe gelegenen Wasserlauf, um dort gemeinsam einen Becher Makgeolli zu trinken. Normalerweise hätte sich In-gyeong, die ein lebhaftes Naturell besaß, überall schnell dazugesellt, diesmal hatte sie jedoch beschlossen, sich Zeit für sich selbst zu nehmen. Denn wieder war ihr der Gedanke gekommen, dass sie ganz mit dem Schreiben aufhören würde, wenn sie auch hier keinen Text zustande brächte. Dass sie für sich blieb, bedeutete zwar nicht, dass ihr das Schreiben nun leicht von der Hand gegangen wäre, besondere Anspannung jedoch empfand sie deswegen nicht. Das musste sie eben aushalten. Selbst wenn sie etwas geschrieben hätte, wäre vollkommen unklar gewesen, ob und wenn ja, wann das Stück schließlich auf die Bühne käme. Die Frage, ob sie weiter als Theaterautorin würde überleben können, nahm, ebenso wie das ringsum leuchtende Herbstlaub, immer kräftigere Farben an.

 Es waren etwa drei Wochen seit ihrer Ankunft vergangen, da kam Hui-su auf sie zu. Sie war eine Schriftstellerin von mittlerem Bekanntheitsgrad, unterrichtete Literatur an einer Universität in Gwangju und hätte vom Alter her In-gyeongs Tante sein können. In-gyeong hatte ihr Sabbatjahr damit verbracht, eine Tour durchs ganze Land zu machen, um die nationale Literaturszene zu erkunden, und das Toji-Kulturzentrum war ihre letzte Station. Hui-su war auf In-gyeong aufmerksam geworden, die ihr befristetes Schriftstellerinnendasein einsam und abgesondert in ihrem Schreibzimmer verbrachte.

»Dass du dich in die Schreibstube zurückziehst, um mit dem Schreiben aufzuhören, klingt ja wirklich romanesk Als Bühnenstück käme wohl absurdes Theater dabei heraus?«

»Es ist einfach ... hoffnungslos. Ich habe meine Grenzen gespürt. Erst habe ich ganz naiv gedacht, es sei einfach das normale Auf und Ab des Lebens, aber ich glaube, ich bin einfach erschöpft.«

»Ruh dich aus. Das hat Bak Gyeongni zu Lebzeiten immer gesagt. Auch wenn man das Gefühl hat, hier überhaupt nichts zu schreiben, sondern nur herumzuhängen, ist das vollkommen in Ordnung, denn auch das gehört zum Schreibprozess. Also, nutze auch du die Zeit hier, um nachzudenken und dich innerlich von dem zu befreien, was rausmuss. Schreiben, ohne nachzudenken, bedeutet nur, dass man etwas in den Computer tippt, mit wahrer Schreibarbeit hat es aber nichts zu tun.«

»Vielen Dank für die aufmunternden Worte. Ich habe das Schreiben nie richtig gelernt. Da sind Ihre Hinweise für mich wirklich eine große Hilfe, Frau Professor.«

»Nenn mich einfach Hui-su. Und wenn du einen Spaziergang machst, geh nicht immer allein, sondern lass uns ab und zu zusammen gehen.«

Auf ihrem ersten gemeinsamen Spaziergang spendete Hui-su ihr herzerwärmenden Trost. Von da an gingen sie immer gemeinsam spazieren. Sie machten Spaziergänge am Ufer des Sees, auf dem in der Nähe gelegenen Campus der Yonsei-Universität und auf den Waldwegen der Umgebung, und als sich ihr Aufenthalt dem Ende entgegenneigte, stiegen sie zusammen auf den Berg Chiaksan. Beide spürten, dass sie einander feste Wegbegleiterinnen geworden waren und ihnen der Abschied nicht leichtfallen würde.

Eine Woche vor ihrem Auszug fragte Hui-su sie nach ihrem nächsten Reiseziel. Zwar hatte In-gyeong hier nicht viel aufs Papier gebracht, aber sie hatte Energie getankt und wollte sich, nach Seoul zurückgekehrt, wieder eine Schreibstube suchen. Ihren Traum, der sich in Seoul zu entfalten begonnen hatte, wollte sie auch in Seoul zu Ende bringen. Hui-su nickte zustimmend.

»Und wo willst du dir eine Schreibstube suchen?«

In-gyeong dachte an ein Zimmer in einem Gosiwon, einem eigens zur Examensvorbereitung vorgesehenen Wohnheim. Ihr mangelte es an Geld, und ihr mangelte es an Willen, und wenn sie in einem Gosiwon wohnte, würde sie sich in völlige Isolation begeben. Sie würde dort überwintern, und wenn es ihr nicht gelänge, ein Stück zustande zu bringen, würde sie ihren Traum begraben und in ihre Heimatstadt Busan zurückkehren.

In Busan gäbe es einiges, was sie tun könnte. Sie könnte im familieneigenen Betrieb auf dem Kkangtong-Markt in Nampodong arbeiten oder auch in einem der Läden, die von Freunden geführt wurden. Außerdem würden ihre Eltern sich nach einem geeigneten Ehemann für sie umsehen, und wenn sie sich nicht widersetzte, würde es dazu kommen, dass sie heiratete und Kinder bekam.

»Wenn ich wieder nach Hause gehe, kann ich, abgesehen vom Schreiben, alles Mögliche machen«, sagte sie und lächelte schüchtern. Hui-su zog zur Antwort etwas bemüht die Mundwinkel nach oben.

Am nächsten Tag fragte Hui-su sie, ob sie sich vielleicht vorstellen könne, anstelle des Gosiwon ein anderes

Quartier zu beziehen. Ihre Tochter sei Studentin und werde die Semesterferien zu Hause in Gwangju verbringen, sodass ihr Zimmer, das in der Nähe der Sookmyung-Frauen-Universität liege, in dieser Zeit frei sei. Hui-su schlug vor, dass In-gyeong sich doch dorthin zum Schreiben zurückziehen könne. Als sie die Mischung aus Erstaunen und Zögern in In-gyeongs Gesicht sah, meinte Hui-su, es wäre ja ohnehin nur für drei Monate, weil ihre Tochter dann wieder nach Seoul komme, da könne In-gyeong sich in dieser Zeit doch ganz entspannt dem Schreiben widmen. In-gyeong wären beinahe die Tränen gekommen, darüber, wie rücksichtsvoll Hui-su ihr gegenüber war und wie freundlich sie geradezu darum bat, das Angebot eines kostenlosen Zimmers anzunehmen. Obwohl sonst eher von der forschen Art und nicht nahe am Wasser gebaut, musste In-gyeong doch schlucken, und anstatt mit Worten dankte sie Hui-su mit einem strahlenden Lächeln.

So hatte sie nun also gewissermaßen ein weiteres Mal für befristete Dauer eine Schreibstube gefunden, die möglicherweise die Endstation ihrer Schreibtätigkeit sein würde. Der Ort, wo sie vielleicht zum letzten Mal ihr Leben in Seoul, ihr Leben als Schriftstellerin, ihr Leben als Theaterschaffende würde führen können: ein Zimmer im zweiten Obergeschoss eines kleinen Miethauses im Viertel Cheongpa-dong im Bezirk Yongsan-gu.

»Meine Mutter hat gesagt, ich soll dir unbedingt mal das Viertel zeigen, wenn du kommst … Aber wie machen wir das? Ich muss gleich zusammen mit meinem Freund nach Gwangju runterfahren …«

»Das ist schon okay. Ich sehe mich einfach allein ein

wenig um. Und das Zimmer werde ich den Winter über schon sauber halten.«

»Du bist ja cool. Meine Mutter ist ja eher von der strengen Sorte ... Aber du bist ganz locker drauf, hab ich das Gefühl, gar nicht, wie man sich eine Schriftstellerin vorstellt, na, vielleicht, weil du auch Schauspielerin bist.«

»Damit hab ich aufgehört. Ich bin eine gar gestrenge Schriftstellerin.«

Als In-gyeong auch noch die Stirn in Falten und eine verbiesterte Miene zog, brach Hui-sus Tochter in schallendes Gelächter aus. Gute Menschen brachten offenbar auch gute Kinder hervor. In-gyeong erinnerte sich daran, was Hui-su ihr am letzten Tag im Toji-Kulturzentrum noch mit auf den Weg gegeben hatte. In-gyeong hatte gesagt: »Ich hatte hier wirklich eine schöne Zeit, und das habe ich Ihnen zu verdanken. Aber ... warum sind Sie eigentlich so freundlich zu mir?« Eine nutzlose, unbeholfene Frage, aber irgendwie wollte sie ausdrücken, was sie empfand. Hui-su dachte einen Moment lang nach. Dann antwortete sie:

»Bob Dylans Großmutter soll zu ihm einmal gesagt haben: ›Das Glück liegt nicht auf der Straße, die man irgendwohin geht, sondern es ist die Straße selbst. Und sei freundlich zu allen, die dir begegnen, denn sie alle haben hart zu kämpfen.‹«

Und sie sagte, als sie In-gyeong getroffen habe, sei ihr irgendwie Bob Dylan in den Sinn gekommen. Diese Antwort reichte ihr aus, und so konnte In-gyeong lediglich erwidern, dass sie auch Bob-Dylan-Fan sei.

Ein Jahr, nachdem Bob Dylan den Literaturnobelpreis erhalten hatte, hatte In-gyeong zu schreiben begonnen.

So wie er als Sänger einen Literaturpreis gewonnen hatte, war sie als Schauspielerin Stückeschreiberin geworden, und deshalb hatte er für sie eine gewisse Bedeutung. Zu der Zeit, als er zum Nobelpreisträger gekürt worden war, hatte In-gyeong gerade eine Menge Kritik einzustecken, weil sie sich negativ über das Theaterstück eines Dramaturgen geäußert hatte, der älter war als sie. Der Vorwurf, dass eine Schauspielerin, die vom Schreiben keine Ahnung hatte, sich nicht anmaßen solle, über Dinge zu urteilen, von denen sie nichts verstand, war für sie nicht leicht zu schlucken. Deshalb reichte sie ein Theaterstück, an dem sie, immer geschrieben hatte, wenn sie gerade etwas Zeit gehabt hatte, beim großen literarischen Frühlingswettbewerb ein und trug tatsächlich den Sieg davon.

Das Problem war die Zeit danach. Nachdem sie sich dem Stückeschreiben zugewandt hatte, trat sie seltener auf und bekam kaum Gelegenheit, die selbst geschriebenen Stücke auf die Bühne zu bringen. Manche Regisseure fühlten sich unwohl bei dem Gedanken, dass eine Schauspielerin sich zur Theaterautorin gewandelt hatte, und manche Programmplaner nahmen die Stücke einer ehemaligen Schauspielerin von vornherein nicht ernst. In-gyeong hatte das Gefühl, nicht anerkannt zu werden, und wurde unruhig. So gab es eine Zeit, in der sie beim geringsten Anlass gereizt reagierte, sich auch den einen oder anderen Wutausbruch erlaubte und dann selbst Kritik einstecken musste.

Der Entschluss, das Theaterviertel an der Daehangno zu verlassen, fiel mit ihrem Rückzug aus dem Bühnenbetrieb zusammen. Fünf Jahre lang hatte sie im Sommer in einem Stück die Hauptrolle gespielt: »Binna, die Braut, die abhaut«, eine Siebenundzwanzigjährige, die zwei Tage vor ihrer eigenen Hochzeit von zu Hause ausreißt. Die Rolle war gewissermaßen ihr zweites Ich und ihre Visitenkarte. Im vorletzten Jahr jedoch, im Frühling, rief der Produzent sie zu sich und verkündete das Ende ihrer Zusammenarbeit. Er sagte, sie habe ihre Sache in all den Jahren gut gemacht, aber schließlich sei sie mittlerweile schon siebenunddreißig, und so sei es nun an der Zeit, einer jüngeren Kollegin die Rolle der Binna zu überlassen. Bis dahin war es noch keine Katastrophe, und sie war einverstanden. Doch dann fügte er noch hinzu, dass er sie in Zukunft gern in etwas reiferen Rollen auftreten lassen würde. Sie gab ein verächtliches Lachen von sich, verließ den Raum und knallte die Tür hinter sich zu. Auch zu Hause war ihr Ärger noch nicht verflogen. Reifere Rollen! Musste man dafür ein bestimmtes Alter erreicht haben? Sie schrie ihre Wut heraus: »Deine reifen Rollen kannst du dir sonst wohin stecken!« Und dann nahm sie sich vor, stattdessen ein reifes Bühnenwerk zu schreiben.

Seitdem waren zwei Jahre vergangen, aber die Zahl der Stücke, die sie in dieser Zeit vollendet hatte, hielt sich in Grenzen. Ihre Dramen, in Aktenordner geklemmt, waren alles andere als reif, vielmehr reiften sie vor sich hin bis zum Verschimmeln, und In-gyeong geisterte durch das Daehangno-Viertel, um als Hilfspersonal an Theaterprojekten von Kollegen mitzuwirken, oder hing in der Kneipe herum, um sich das alberne Gerede anderer Bühnenautoren anzuhören. Zwar war sie durch die unverhoffte Auszeichnung zur Autorin geworden, ihre Schreibfähigkeit jedoch war zu untrainiert, als dass sie sich im Autorenbetrieb hätte durchsetzen können. Sie schrieb und schrieb, um sich weiter zu verbessern, aber die von ihr eingereichten Stücke wurden zurückgeschickt oder gar nicht erst angenommen. Am Ende dieser Leidenszeit in diesem Sommer war es ihr schließlich gelungen, im Rahmen eines von einem älteren Kollegen geleiteten Projekts ihr erstes Werk auf die Bühne zu bringen. Was Besucherzahlen und Theaterkritiken anging, sollte ihr dieses Debüt allerdings als Desaster in Erinnerung bleiben.

Das Leben war nun mal eine endlose Folge zu lösender Probleme, und es schien, als hätte sie ihre Fähigkeiten als Problemlöserin komplett eingebüßt. Dass sie das für eine Jeonse-Kaution angesparte Geld, das sie mitgebracht hatte, als sie vor zehn Jahren nach Seoul gekommen war, um Schauspielerin zu werden, für monatliche Mietzahlungen benutzen musste, lag schon lange zurück, und nun war davon nichts mehr übrig. In-gyeong spürte, wie sich ein schwarzer Vorhang über ihren lang gehegten Traum vom Theater senkte. Es gab keine Bühne mehr, auf der sie hätte stehen können, und die Bühne, die sie sich erschreiben wollte, öffnete sich nicht. Ihre Ideen waren versiegt und ihre Schreibkraft so schnell aufgebraucht wie die Batterie ihres alten Handys.

Nachdem sie das für sie frei gehaltene Zimmer bezogen und ihr Gepäck ausgepackt hatte, setzte sie sich an den Schreibtisch und atmete einen Moment tief durch. Sie konnte nicht wissen, wie sich ihr Leben in den kommenden drei Monaten vielleicht verändern würde. Zum Glück befand sich der Seouler Hauptbahnhof in der Nähe. Wenn sie innerhalb von drei Monaten kein Stück zustande brächte, würde sie geradewegs zum Bahnhof gehen und in den Zug nach Busan steigen. In dem Moment klopfte Hui-sus Tochter an die Zimmertür. Sie lächelte und sagte, ihr Freund sei jetzt da, um sie abzuholen.

Man verabschiedete sich, dann war In-gyeong allein. Sie versuchte, ein wenig zu schlafen, und obwohl es noch früh am Abend war, fielen ihr bald die Augen zu.

Als sie aufwachte, war es Mitternacht. Sie musste wirklich müde gewesen sein. Ihr T-Shirt war durchgeschwitzt, und sie hatte Hunger. Sie erinnerte sich an ihren Vorsatz, die im Haus befindlichen Lebensmittel nicht anzurühren, und so schlüpfte sie schnell in ihre Jacke und verließ das Haus.

Atemwölkchen in die kalte Luft ausstoßend, ging sie hinüber zu dem Laden, wo sie tags zuvor schon gewesen war und wo sie nun von einer Baritonstimme begrüßt wurde. An der Kasse stand ein stämmiger Mann in mittlerem Alter, der sie an den Typ Schauspieler erinnerte, der im Theater immer die Rolle des Dicken übernahm. Auch sein Gesicht hatte etwas von einem Schauspieler. Von einem Schauspieler, der weniger durch sein attraktives Äußeres als vielmehr durch seine darstellerischen Qualitäten überzeugen musste. Einbrecher würden sich nachts nicht in diesen Laden wagen, so viel stand jedenfalls fest. Sie ging auf das Regal zu.

Die Wahl fiel ihr nicht leicht. Ihre Lieblingskekse gab es nicht, und in der Ecke mit den gekühlten Lebensmitteln sah es noch trostloser aus. Das Gimbap- und Sandwichangebot entsprach nicht ihrem Geschmack, und auch von den Lunchboxen waren nur noch zwei der wenig verlockenden Sorte übrig.

Ohne große Begeisterung griff sie nach einer Tiefkühlpackung Mandu-Teigtaschen und einer Tüte Dörrfleisch und ging dann zum Getränkeregal, um nach Bier zu suchen. Die Sorten, von denen man vier Dosen für zehntausend Won bekam, waren alle nicht ihr Fall, und so gab sie das mit der Viererpackung auf und entschied sich schließlich für zwei Dosen Heineken.

»An Lunchboxen haben Sie nicht so viele da, oder?«

»Wir ... wollen nicht, dass wir am Ende so viel davon ... wegwerfen müssen«, stotterte der Mann an der Kasse. Offenbar war er von ihrer Frage etwas überrascht worden. Das mangelnde Angebot an Lunchboxen war für sie insofern bedauerlich, als sie immer gern darauf zurückgriff, weil es bei der Arbeit für sie lästig war, ihren Schreibfluss eigens unterbrechen zu müssen, nur um sich etwas zu kochen. Als sie die Tiefkühlteigtaschen einpackte, fiel ihr ein, dass sie gar nicht nachgesehen hatte, ob in ihrem Quartier eine Mikrowelle vorhanden war. Sie sah sich im Laden nach der obligatorischen Mikrowelle um, konnte aber nichts dergleichen entdecken. Als sie den Mann danach fragte, meinte er, nach wie vor stotternd und unter vielfachem Bedauern, die Mikrowelle sei leider kaputtgegangen und heute zur Reparatur gebracht worden.

»Also, Sie müssen sich da nicht extra entschuldigen. Ohne Mikrowelle ist es halt einfach etwas ... unbequem.«

»Ja, irgendwie ... ist unser Laden etwas ... unbequem ... geworden ...«

Sein ehrliches Eingeständnis war von einem gequälten Lächeln begleitet. Was sollte denn diese krampfige Selbstironie? Was hatte dieser Mann, der den Laden, in dem er arbeitete, selbst als unbequem bezeichnete, wohl gemacht, bevor er hier angefangen hatte? Sie sah ihm direkt ins Gesicht. Eine ausgeprägte untere Gesichtshälfte, eine klobige Nase, halb geschlossene Augen, dazu dieser massige Körperbau – all das hatte etwas von einem schläfrigen Bären oder einem erschöpften Orang-Utan. Aber davon ahnte der Mann wohl nichts, so unverhohlen wie er sie angrinste. Dann fragte er aus heiterem Himmel:

»Mögen Sie … die Lunchbox de luxe?«

In-gyeong sah ihn mit großen Augen an.

»Die ist besonders … beliebt. Ist immer gleich aus… verkauft. Soll ich Ihnen nächstes Mal … eine aufheben?«

»Nein, nicht nötig.«

In-gyeong schnappte ihre Sachen und flüchtete in Richtung Ausgang. »Auf Wiedersehen!«, hörte sie die sanfte, ölige Stimme noch hinter sich. Oh Mann … Ein Laden mit einem Warenangebot wie ein Mund voller Zahnlücken und als Krönung noch dieser unausstehliche Typ. Sie nahm sich vor, nur dann in den Laden zu kommen, wenn die weibliche Teilzeitkraft Dienst hatte, die ihr gestern Nachmittag erlaubt hatte zu telefonieren.

Als sie aufwachte, war es ein Uhr nachts. Verdammt! Sie bekam kaum noch auf die Reihe, wie der Tag eigentlich vorübergegangen war. Gestern hatte sie mitten in der Nacht Dörrfleisch gegessen und Bier getrunken und dann bis am Morgen versucht, ihr Zimmer in eine Schreibstube zu verwandeln. Dann war sie nach draußen gegangen, im Strom der Leute, die auf dem Weg zur Arbeit waren, an der Sookmyung-Frauenuniversität vorbei, über den Hügel und bis zum Hyochang-Park. Dort hatte sie fünf Runden gedreht und sich dann mit neuer Energie ein wenig im Viertel umgesehen und erkundet, wo es schöne Spazierwege, den Markt, Einkaufsläden und Restaurants gab. Anschließend war sie in ihre Unterkunft zurückgekehrt und hatte eine Dusche genommen. Zur Mittagszeit hatte sie sich trotz drückender Müdigkeit ein Nickerchen verkniffen, stattdessen Informationen über Schreibwettbewerbe gesucht und sich über aktuelle Trends der Theaterszene informiert. Wenn sie ein Manuskript schreiben wollte, dann brauchte sie eine Motivation und am besten ein Unternehmen, das eine exakte Deadline vorgab. Da sie allerdings nichts dergleichen gefunden hatte, hatte sie einmal mehr darüber gebrütet, dass ihr nur die selbst auferlegte Frist blieb. Am späten Nachmittag war sie in ein Restaurant gegangen, das sie am Morgen auf ihrem Spaziergang entdeckt hatte, und hatte dort Sundubujjigae, scharfe Suppe mit weißem Tofu gegessen. Sie sehnte sich nach dem gesunden Gratismenü im Toji-Kulturzentrum, aber nun war sie in Seoul und hatte beschlossen, aus Kostengründen nur einmal pro Tag essen zu gehen.

Zurück in ihrem Zimmer, hatte sie sich eine amerikanische Serie angesehen. *Breaking Bad*. Immer wenn sie verzweifelt war, hatte ihr diese Serie als Hausapotheke gedient, und immer wenn der Titel auf dem Bildschirm erschien, hatte sie zu sich selbst gesagt: »Das Schlechte zerbrechen!« Dass die tatsächliche Bedeutung des Titels eine ganz andere war, hatte sie erst später erfahren, aber die falsche Übersetzung auf der illegalen Datei, die ihr zu Beginn als Quelle gedient hatte, hatte bei ihr tieferen Eindruck hinterlassen. Denn das Leben der Hauptfigur namens Walter bestand darin, dass er, um all das Übel, das sich ihm in verschiedenster Weise entgegenstellte, zu zerschlagen und weiter voranzukommen, Drogen herstellte und verkaufte. Vielleicht griff In-gyeong deshalb immer auf diese Geschichte zurück, wenn ihr ihre eigene Zukunft unsicher und trüb erschien. Natürlich gab es auch jedes Mal wieder Interessantes zu sehen und Neues zu lernen. Und nun, wo sie die Serie schon so gut kannte, war sie auch eine gute Einschlafhilfe.

Jetzt, um ein Uhr morgens, machte ihr das Rumoren in ihrem Bauch unmissverständlich klar, dass ein neuer Tag begonnen hatte. Sie hätte tagsüber etwas einkaufen gehen sollen. Sie musste ihren Schlafrhythmus dringend wieder ins Lot bringen, sie musste die wertvolle Zeit, die sie hier verbringen durfte, sinnvoll nutzen … Aber erst einmal musste sie etwas gegen ihren leeren Magen tun.

Sie warf sich ihre Jacke über, um zum 24-Stunden-Shop zu gehen, da fiel ihr der dicke Mann von gestern ein, dessen pure Präsenz den Laden schon so wenig einladend erscheinen ließ. Kurz überlegte sie, ob sie vielleicht einen anderen 24-Stunden-Laden suchen sollte, kam dann aber zu dem Schluss, dass es besser sei, mal eben über die Straße nach drüben zu gehen und einen kurzen Moment der Unbehaglichkeit zu ertragen, als mitten in dieser bitterkalten Nacht in den Straßen umherzuirren.

Klingeling! Im Laden war es ruhig. Der Mann war nicht zu sehen, stattdessen aber in der Ecke am Fenster die nun offenbar reparierte Mikrowelle. Das Sortiment allerdings war genauso miserabel wie gestern. Ein Laden mit geringem Umsatz konnte sich kein breites Warenangebot leisten, was wiederum dazu führte, das die Zahl der

Kunden weiter zurückging. Ein eindeutiger Teufelskreis. Bei dem Gedanken, dass ihre eigene Situation im Grunde ganz ähnlich war, fühlte In-gyeong ein Stechen in der Magengegend. Aber gleich darauf spürte sie umso deutlicher, dass ihr Magen noch immer leer war, und so steuerte sie rasch auf die gekühlten Waren zu.

Auch heute waren nur noch die beiden unappetitlichen Lunchboxen übrig. Es sah alles genauso unerquicklich aus wie gestern. Bei genauerem Hinsehen jedoch bemerkte sie, dass unter den beiden Lunchboxen noch eine weitere versteckt war. Sie schob die beiden oberen beiseite und griff nach der, die darunterlag. Die sah richtig gut aus. Zwölf verschiedene Beilagen, davon etliche mit Fleisch. Ihr lief das Wasser im Mund zusammen. Sie nahm die Lunchbox und ging damit zur Kasse. Aber der Mann tauchte nicht auf. Vielleicht war er gerade im Lager? Oder war er einfach irgendwoanders hingegangen und hatte den Laden unbeaufsichtigt zurückgelassen, mitten in der Nacht? In jedem Fall bedeutete das auch heute wieder Unannehmlichkeiten. In-gyeong war genervt. Was sollte sie tun? Sie sah sich um. Da entdeckte sie auf dem Tresen einen A4-Zettel. Darauf stand mit dickem schwarzem Filzschrift geschrieben:

FLOTTER OTTO! BIN GLEICH WIEDER DA.

Echt jetzt? In-gyeong musste laut lachen. Flotter Otto … Na gut, so etwas konnte vorkommen. Aber dann hätte er doch den Zettel an die Tür kleben und den Laden abschließen müssen. Wieso legte er seine Mitteilung denn hier auf den Tresen? Was, wenn jemand die Situation ausnutzte und einfach Geld oder Ware mitgehen ließ? Hieß das, dass sich hier jeder einfach nach Lust und Laune bedienen konnte? Klar, es gab die Überwachungskamera, aber sicher war das nicht. In so einer Situation würde es doch manchen in den Fingern jucken. In-gyeong, die anderen gern erklärte, was richtig sei und was nicht, war niemand, der das hier so einfach hinnehmen konnte.

Klingeling! Die Türglocke bimmelte, und herein kam er, mit erleichterter Miene, die unmissverständlich erkennen ließ, dass die Sache mit dem flotten Otto inzwischen geregelt war. Er sah sie an, murmelte irgendetwas und eilte an die Kasse. Sie ließ ihn vorbei und warf ihm einen scharfen Blick zu.

»Ja, die hier … ist gut«, sagte er, während er die Lunchbox abrechnete. Tatsächlich handelte es sich um die Sorte »Lunchbox de luxe«, die er gestern erwähnt hatte.

»Die hatte ich … versteckt. Gut, dass Sie sie … gefunden haben …«

»Was?«

»Gestern … Weil Sie doch nach einer … guten Lunchbox gesucht haben. Da hab ich die unter die anderen druntergelegt. Ja.«

Aha. Und? Sollte sie ihm dafür jetzt dankbar sein? Sie fühlte sich durch seine nebulöse Freundlichkeit irgendwie unter Druck gesetzt und wusste nicht, wie sie damit umgehen sollte. Nachdem sie bezahlt hatte, nahm sie die Lunchbox und ging zur Mikrowelle. In ihrer Unterkunft gab es keine, und so blieb ihr nichts anderes übrig, als das Essen hier aufzuwärmen. Sie entfernte die Plastikfolie, schob die Box in die Mikrowelle und wartete … Dabei fiel ihr Blick auf den Mann an der Kasse. Der nickte ihr zu und hielt den Daumen in die Höhe. Boah, war der nervig. Sie machte ein paar Schritte in seine Richtung.

»Hören Sie mal. Als ich vorhin reinkam, war der Laden völlig unbeaufsichtigt. Das geht doch nicht.«

»Ja, es war einfach … sehr dringend. Hier … Das hier.« Hilflos hielt er das A4-Blatt hoch.

»Ja, eben. Den Zettel können Sie doch nicht einfach hier hinlegen. Den müssen Sie doch an die Tür kleben und dann müssen Sie abschließen, wenn Sie gehen. Wenn hier irgendein Jugendlicher reinkommt und Lust bekommt, einfach dies und das mitzunehmen, was machen Sie dann? Es gibt die Theorie der zerbrochenen Fensterscheibe. Demnach steigt die Zahl der Diebstähle und Verbrechen in einem Stadtteil, wenn man zerbrochene Fensterscheiben nicht repariert. Und wenn man einen Laden einfach unbeaufsichtigt lässt, kommt es häufiger zu Zwischenfällen. Außerdem gefällt es sicher keinem Ladenchef, wenn seine Mitarbeiter sich so verhalten, und Sie sind hier doch Mitarbeiter, oder? Da sollten Sie doch aufpassen, dass Sie Ihre Arbeit hier behalten.«

In-gyeong neigte von Natur aus zu Belehrungen, aber diesem nervigen Onkel mal ordentlich die Meinung zu sagen, war ihr ein ganz besonderes Anliegen. Normalerweise fanden die Männer das dann so unausstehlich, dass sie sich nicht länger aufdrängten. Und auch er senkte nun, nachdem er alles stillschweigend angehört hatte, verlegen den Kopf.

»Ja, also … Da haben Sie schon recht … Aber darf ich das Ganze vielleicht kurz … aus meiner Sicht … schildern?«

»Bitte.«

»Ich leide an einem Reizdarm…syndrom, das heißt … ich habe oft Durchfall und kann … es nicht gut zurück…halten. Vorhin, da … da wollte ich den Zettel eigentlich … noch an die Tür kleben und hab extra noch … nach dem Klebeband gesucht. Ich hab mich gebückt, und dabei ist schon … ein bisschen was … in die Hose gegangen. Deshalb hab ich das mit dem Klebeband nicht mehr … hingekriegt und den Zettel einfach hier liegen lassen. Ich musste rennen, da konnte ich nicht mehr ab…schließen. Und genau in dem Moment, wo ich die Hose runtergezogen hab, da …«

»Schon gut!«

Okay, es war was in die Hose gegangen, er hatte schnell aufs Klo gemusst und nicht mehr abschließen können, aber genauer brauchte sie es nun wirklich nicht zu wissen. Irgendwie hatte sie plötzlich das Gefühl, als kröche ihr der Geruch seiner Exkremente in diesem Augenblick in die Nase. Unangemessener und ekelhafter ging es nun wirklich nicht mehr.

»Ich habe schon verstanden. Passen Sie in Zukunft besser auf.«

Er nickte. Sie ging zur Mikrowelle, um ihre Lunchbox herauszunehmen. In-gyeong wollte den Laden schnell verlassen, da rief ihr der Mann an der Kasse mit schuldbewusst gesenktem Kopf noch hinterher:

»Und noch mal Entschuldigung … wegen des flotten Ottos!«

»Sag mal, geht's noch? Ich hab mir hier gerade was zu essen gekauft! Hör endlich auf, die ganze Zeit von deiner Scheißerei zu reden!«

Wenn der seinem Dünnpfiff freien Lauf ließ, dann

würde sie jetzt mal ihrer Wut freien Lauf lassen. Die Ladentür schon halb geöffnet, drehte sie sich noch einmal um und brüllte ihn aus vollem Hals an. Sie ertrug es einfach nicht länger. Und sie war schließlich nicht umsonst als die »feurige Furie der Daehangno« bekannt. Nun also offenbarte sich ihm ihr wahrer Charakter. Einen Augenblick stand er nur mit erschrockenem Blick wie benommen da, dann stotterte er in einem fort: »Ent…schuldigung …« Allein dieses Gestammel war unerträglich. In-gyeong drückte die Tür auf, ging nach draußen und sagte zu sich selbst: »Das war das letzte Mal, dass ich hierhergekommen bin …«

Es war eine Woche vergangen, seit sie in die Unterkunft in Cheongpa-dong eingezogen war, die Hui-su ihr angeboten hatte, und noch immer ging die Arbeit an ihrem Manuskript nur im Schneckentempo voran. Was sie im Toji-Kulturzentrum zu schreiben begonnen hatte, war inzwischen wieder verworfen, und stattdessen jonglierte sie nun mit ein paar neuen Ideen herum. Sie wollte ein Stück schreiben, dass sich nicht mit irgendwelchen abstrakten Ideen befasste, sondern eine realistische Geschichte erzählte, andererseits aber auch nicht in erster Linie auf kommerziellen Erfolg abzielte. Es sollte ein herzerwärmendes Drama sein, das in einem lebendigen Raum spielte, in dem verschiedenartige Charaktere aufeinandertrafen. Ein Stück, bei dem sich das Publikum nicht ausgeschlossen fühlte, sondern sich mit den Figuren auf der Bühne identifizieren und unmittelbar ins Geschehen eintauchen konnte. Ein Stück, das den Zuschauenden ununterbrochen Spaß und Spannung bot und das auch anschließend, wenn der Vorhang gefallen war, noch zum Nachdenken anregte.

Den ganzen Tag angestrengt zitternd am Schreibtisch zu sitzen, hatte etwas ausgesprochen Bedrückendes. Aber draußen wurde es allmählich immer kälter, und auch um Geld zu sparen, ging sie nun dazu über, seltener auswärts zu essen und sich öfter zu Hause etwas warm zu machen. Abends, am Ende ihres Arbeitstages, saß sie oft auf der Fensterbank, trank einen Tee und betrachtete verstohlen die Leute da draußen, die um diese Zeit von der Arbeit heimkamen.

In letzter Zeit war ihr immer wieder ein Mann mittleren Alters aufgefallen, der gegen elf Uhr abends am Plastiktisch vor dem 24-Stunden-Laden saß, um dort Instantnudeln zu essen und Soju zu trinken. Vielleicht sah das Ganze von oben betrachtet noch erbärmlicher aus, jedenfalls saß der Mann mit dem schütteren Scheitel, dem billigen Anzug und dem übergeworfenen Parka dort am Tisch, schlürfte seinen Soju und löffelte die Instantnudeln wie Reissuppe in sich hinein, indem er Gimbap hineintunkte. Offenbar hatte er Freude daran, auch bei diesem kalten Wetter abends hier noch einen Happen zu sich zu nehmen, bevor er nach Hause ging. Wie sie ihn dort unten so sah, dachte sie darüber nach, was er als Berufstätiger vielleicht für ein Leben führte und welche Art Freud und Leid wohl mitschwangen, wenn er sich betrank, so einsam, in winterlicher Nacht, unter freiem Himmel.

Aber an diesem Abend saß ihm doch tatsächlich der Dicke aus dem Laden gegenüber. Und der hielt in einer Hand einen großen Pappbecher, aus dem er irgendetwas trank. Wie Kaffee sah das nicht aus, eher wie Whiskey. Ach du meine Güte! Alkohol im Dienst? Hatte er deshalb so stockend gesprochen, als er sich mit ihr unterhalten hatte? Weil er schon hackevoll gewesen war? Das konnte sie so genau nicht wissen, aber dass er in vieler Hinsicht absonderlich war, stand fest. Womit er den Becher jetzt von Neuem füllte, war allerdings kein Alkohol. Eine PET-Flasche. War das Haneulbori-Gerstentee? Oder 17-Kräuter-Tee? Vielleicht auch Rosinentee … Das war wirklich merkwürdig. In-gyeong versuchte, die Szenerie noch genauer zu erkennen.

Da saßen der Ladenmitarbeiter und der berufstätige Mann zusammen, teilten sich ein dunkelbraunes Getränk und unterhielten sich mit leiser Stimme. Dann sprang der Kunde, ein paar heftige Worte von sich gebend, plötzlich auf und verschwand. Der Dicke zuckte mit den Schultern, machte den Tisch sauber und ging wieder in den Laden. Was war da los? Mit einem Mal war sie neugierig geworden. Die Neugierde war so unerträglich wie ein juckender Eiterpickel, der kurz davor war zu platzen. In-gyeong zog ihren Parka über und verließ das Haus.

»Kennen Sie den Mann von eben?«

Ohne zu zögern, hatte sie den Laden betreten und ihre Frage abgefeuert. Der Mann an der Kasse legte den Kopf schief.

»Ein St…ammkunde.«

»Was arbeitet der denn?«

»Weiß ich … auch nicht. Er mag gerne … Cham-Cham-Cham.«

»Cham-Cham-Cham?«

»Chamkkae-ramyeon, also Instantnudeln mit … Sesamaroma, Chamchi-gimbap, also Gimbap mit Thunfisch und ... Chamiseul, also Soju-Schnaps der Marke ›Echter Tautropfen‹.«

»Deshalb heißt das Cham-Cham-Cham?«

»Genau. Cham-Cham-Cham.«

»Aber vorhin hat er doch was zu Ihnen gesagt und ist dann einfach weggegangen, oder? Er sah ziemlich wütend aus ...«

»Das war, weil ... ich ihm gesagt hab, er soll ... aufhören, Alkohol zu trinken und stattdessen ... was anderes trinken. Das hat ihm wohl ... nicht gefallen.«

»Was anderes? Was denn?«

»Das hier.«

Er zeigte leichthin auf die PET-Flasche, die neben ihm stand. Maisbarttee.

»Das? Aber ... wieso?«

»Das ist gut anstelle von ... Alkohol. Wenn ich das ... trinke, denke ich auch ... nicht mehr an Alkohol.«

In-gyeong war sprachlos. Der war ja noch merkwürdiger, als sie gedacht hatte. Aber diesmal fand sie ihn nicht unbedingt nervig, sondern irgendwie ganz interessant. Einen Stammkunden mit Maisbarttee vom Trinken abbringen zu wollen, darauf musste man erst mal kommen ... Und dann dieses Cham-Cham-Cham. Das könnte man direkt als Set verkaufen. In-gyeong wollte nun mehr wissen über diesen skurrilen Kerl, der so sonderbare Ideen hatte.

»Was haben Sie denn früher gemacht?«

»Sind Sie ... gekommen, um mich das zu fragen?«

Oha! Mit anderen Worten: Wollen Sie denn gar nichts kaufen? In-gyeong nickte, wandte sich dann dem Regal zu, griff nach Chamkkae-ramyeon, Chamchi-gimbap, Chamiseul-Soju und Maisbarttee und legte die Sachen auf den Kassentisch. Während er sich um die Abrechnung kümmerte, stellte sie ihm die Frage noch einmal. Aber er legte nur den Kopf schief und gab keine Antwort.

»Waren Sie in irgendeiner kriminellen Bande?«

»N…ein.«

»Oder waren Sie im Gefängnis und haben nun ein neues Leben begonnen?«

»So einer … bin ich nicht.«

»Oder sind Sie ein Gänsevater? Ihre Frau ist mit den Kindern ins Ausland gegangen, damit die da die Schule besuchen können?«

»Das … auch nicht.«

»Ah, ich hab's. Sie sind Frührentner! Heutzutage wollen doch viele gerne früher aufhören zu arbeiten. Stimmt doch, oder?«

Mit sichtlichem Unbehagen schüttelte er den Kopf und hielt ihr die Plastiktüte mit ihren Einkäufen hin. Ingyeong nahm sie nicht. Sie starrte ihn weiter an, offenbar fest entschlossen, nicht lockerzulassen, ehe sie seine Identität enthüllt hätte.

»Was waren Sie denn dann bloß? Das würde mich wirklich interessieren. Also?«

»Straßenpenner.«

»Wie? Etwa hier am Hauptbahnhof?«

»Ähm … ja.«

»Und davor?«

»Davor … weiß ich nicht. Gedächtnis…verlust. Ich hab zu viel getrunken …«

»Alkoholbedingte Demenz … Mhm, das kann schon sein. Wie lange waren Sie denn obdachlos?«

»Das … weiß ich auch nicht.«

»Aber wie sind Sie dann dazu gekommen, hier zu arbeiten? Wie haben Sie hier angefangen?«

»Das … Die Chefin hat gesagt, … ich soll bei der Kälte nicht draußen … am Bahnhof überwintern, … sondern hier. Da hab ich … hier angefangen.«

»Wow! Woooowww!«

In-gyeong war begeistert und betrachtete den Mann, der von sich sagte, er sei Straßenpenner gewesen, von allen Seiten. Und noch einmal fragte sie ihn, ob er sich denn wirklich nicht an seine frühere Vergangenheit erinnern könne, und wieder antwortete er, dass er beim besten Willen keine Erinnerung mehr daran habe. In-gyeong schlug vor, dass sie sich doch von nun an jede Nacht miteinander unterhalten könnten, je mehr er rede, desto mehr werde er auch sein Gedächtnis reaktivieren können. Widerwillig stimmte er zu. Bevor sie ging, fragte sie ihn noch nach seinem Namen.

Als sie wieder in ihrem Zimmer war und das Cham-Cham-Cham verzehrte, murmelte sie vor sich hin: »Dokgo … Vor- oder Familienname? Keine Ahnung.« Und als sie so bei sich dachte, was für einen spannenden Charakter sie da doch entdeckt habe, schmeckte der Soju mit einem Mal süßer. Auch diese nächtliche Mahlzeit, diese Ein-Personen-Trinktafel namens Cham-Cham-Cham, hatte etwas Erfrischendes. Der Maisbarttee passte zwar nicht recht dazu, ergab aber als Spirituosenersatz für jemanden, der unter alkoholbedingter Demenz gelitten hatte, durchaus Sinn. In-gyeong beschloss, den Mann im

24-Stunden-Laden in Zukunft noch genauer zu beobachten.

Und so blieb In-gyeong bei ihrem umgedrehten Tag-Nacht-Rhythmus. Sie stand mitten in der Nacht auf und ging dann, wie andere Leute zur Arbeit gehen, in den 24-Stunden-Laden, um ihre Lunchbox de luxe zu verzehren und mit Dok-go zu reden. Er war intelligenter und von schnellerer Auffassungsgabe, als sie gedacht hatte. Nachdem sie sich einige Tage mit ihm unterhalten hatte, ging sie dazu über, ein Notizheft mitzunehmen und Teile ihres Gesprächs zu notieren. Durch diese zunächst ganz absichtslose Recherche fühlte sie sich ermutigt, später vielleicht einmal eine Geschichte daraus zu machen.

Dok-gos Alkoholdemenz wirkte so, als wäre ein Teil seiner Erinnerungen durch ein psychisches Trauma gelöscht worden. In-gyeong hatte, seit sie mit dem Schreiben begonnen hatte, einige psychologische Studien gelesen und ihr Hauptaugenmerk dabei auf das Problemfeld emotionaler Verletzungen gerichtet. Die Figuren in den Theaterstücken hatten oftmals schlimme psychische Verletzungen erlitten, eine Erfahrung, die ihre gesamte Zukunft prägen sollte, weil sie stets darauf bedacht waren, solche Erfahrungen fortan zu vermeiden. Dok-go hatte diesen Erfahrungen gegenüber die Augen verschlossen und ihnen den Rücken zugewandt. Aber er war auf dem Weg der Genesung und gewann durch die Kommunikation mit anderen Menschen allmählich wieder an Kraft und Mut.

Die Bemühung und der Wille, auf die eigenen Verletzungen zu blicken und sie zu überwinden, werden zu einem inneren Motor, und daraus entsteht der Charakter einer Figur. Um einen Charakter zu zeigen, muss man deutlich machen, welche Entscheidungen die Figur in ihrem Leben getroffen und welchen Weg sie eingeschlagen hat. Dok-go hatte mithilfe der Chefin den Seouler Hauptbahnhof verlassen können und versuchte nun, in die Gesellschaft zurückzukehren und sich seinem Trauma zu stellen.

»Fest steht … dass ich ursprünglich nicht so gelebt habe. Ich glaube, ich hatte eigentlich nichts, das ich mit anderen … hätte teilen können. Freundliche Erinnerungen habe ich kaum.«

»Freundliche Erinnerungen … Was meinen Sie damit?«

»Dass ich mich … mit jemandem vertraulich … unterhalten kann, so wie jetzt mit Ihnen.«

»Aber mit dem Kunden, der immer das Cham-Cham-Cham gegessen hat, waren Sie doch auch ganz gut befreundet, oder nicht?«

»Ja, eben … Ich glaube … durch den Umgang mit … den Kunden, bin ich … den Menschen näher gekommen. Ich habe das Gefühl … selbst wenn man nur freundlich tut und es vielleicht gar nicht … ganz aufrichtig meint, wird man trotzdem freundlich.«

»Das klingt wirklich gut. Darf ich ein paar Sachen davon verwenden?«, fragte In-gyeong und notierte den Satz, den Dok-go gerade gesagt hatte, in ihrem Heft.

»Sie schreiben ja sowieso schon … da in Ihren … Notizblock …«

»Nein, ich meine, für das Theaterstück. Ich habe Ihnen doch erzählt, dass ich Stücke schreibe.«

»Ach ja ... Stimmt. Sie schreiben an einem Theater... manuskript, nicht wahr? Komme ... komme ich da auch vor?«

»Wo und wie ich was einbaue, weiß ich noch nicht. Es sind ja erst mal nur Skizzen ... Auf jeden Fall sind Sie für mich eine große Hilfe. Ich stand schon kurz davor, ganz mit dem Schreiben aufzuhören, aber dank Ihnen habe ich neue Kraft geschöpft.«

»Hilfe? Na, dann ... ist ja gut. Wollen Sie dann vielleicht ... in diesem Sinne ... hier etwas kaufen?«

»Ich hab das Gefühl, Sie haben früher mal Geschäfte gemacht.«

In-gyeong gab ein schnaubendes Lachen von sich und erschien kurz darauf mit vier Dosen Bier und einem Sandwich wieder an der Kasse. Mit dem zufriedenen Lächeln eines Fahrzeughändlers, der soeben ein Auto an den Mann gebracht hat, nahm Dok-go die Abrechnung vor. Das Zusammenspiel von Rechercheurin und Quelle lief bestens.

Nun, am Jahresende, wurde In-gyeongs Handy mit unzähligen trivialen Grußbotschaften vollgetextet. Massen-SMS ignorierte sie geflissentlich, und auch unter den Namen derer, die vergeblich versucht hatten, sie anzurufen, waren kaum welche, über die sich sich gefreut hätte. Sie musste zugeben, dass sie sich ihre soziale Verkümmerung selbst zuzuschreiben hatte. Da klingelte ihr Handy. Ganz so, als ahnte es etwas von ihrem einsamen und traurigen Herzen. Sie sah den Namen auf dem Display und zögerte.

Es war Intendant Kim vom »Theatre Q«. Er war es gewesen, der vor zwei Jahren mit dem Hinweis auf ihr biologisches Alter infragegestellt hatte, dass sie weiterhin Rollen von Frauen in den Zwanzigern übernehmen könne. Und der sie auf diese Weise dazu gebracht hatte, den Schauspielberuf an den Nagel zu hängen. Eine Zeit lang war er ihre wichtigste Stütze gewesen, indem er ihr ihren Lebensunterhalt ermöglicht hatte, aber in den letzten zwei Jahren war zwischen ihnen keine einzige SMS ausgetauscht worden.

In-gyeong hatte sich vom Schreibtisch erhoben und ging mit dem Handy zum Sessel am Fenster hinüber. Unschlüssig, ob sie den Anruf annehmen sollte oder nicht, fühlte sie in sich ein Zittern, das der Vibration des Handys in nichts nachstand. Wenn das Handy nun gleich aufhören würde zu vibrieren und alles wieder still wäre, dann wäre ihre Verbindung zu Intendant Kim ein für alle Mal beendet. Jiiiiing! Jiiiiing! Sie erinnerte sich daran, wie sie den armen Dok-go vor ein paar Tagen damit traktiert hatte, er solle sich seinem Trauma stellen. Sie sollte sich selbst mal sehen. Jiiiiing! Jiiiiing! Sie drückte auf die grüne Annahmetaste.

Intendant Kim meinte, jetzt, zum Jahresende, habe er an sie denken müssen und einfach mal nachfragen wollen, wie es ihr so gehe. In-gyeong hielt sich nicht zurück. »Letztes Jahr war es Ihnen also egal, oder was?« Er zog sich mit der Begründung aus der Affäre, dass er im vergangenen Jahr auf einen Anruf verzichtet habe, weil er das Gefühl gehabt habe, sie werde ohnehin nicht ans Telefon gehen, nun aber in der Hoffnung angerufen habe, dass ihr Ärger jetzt, nach zwei Jahren, vielleicht ein wenig verflogen sei. Als er das sagte, meinte In-gyeong, die nun auch das letzte bisschen Groll beiseiteschieben konnte, freiheraus, er sei doch niemand, der anrufe, nur um kurz zu fragen, wie es denn so gehe, es gebe doch bestimmt noch einen anderen Grund für seinen Anruf. Kim bemerkte, sie sei ja noch genauso unbändig wie früher, und fügte dann hinzu, dass er ihr die Bühnenbearbeitung eines Manuskripts vorschlagen wolle. Er habe die Rechte für einen Roman gekauft, der nun als Theaterstück auf die Bühne kommen solle. Eine Bühnenbearbeitung also, hm. Das vielleicht letzte Stück, dass sie schreiben würde, sollte eine Bearbeitung sein? Als er merkte, dass sie zögerte, setzte er nach.

»Wenn du dir unsicher bist, lies doch erst mal den Roman. Der ist im Sommer rausgekommen, liest sich ganz leicht und unkompliziert. Mit vielen Dialogen, wie für die Bühne gemacht. Für dich ein Kinderspiel.«

»Nee, lese ich nicht. Am Ende bekomme ich noch Lust, das zu machen.«

»Ach komm, ich ruf nach all der Zeit an, um dir das vorzuschlagen ... Wenn du mich jetzt einfach so abblitzen lässt, bin ich echt betrübt ...«

»Hören Sie, es könnte sein, dass ich bald ganz mit dem Schreiben aufhöre. Da sollte mein letztes Stück wenigstens ein Originalstück sein.«

»Na, hör mal, In-gyeong! Erst schmeißt du den Schauspielberuf und jetzt noch die Autorenkarriere hin ... Du kommst an der Daehangno noch ganz groß raus, sag ich dir! Was soll das ewige Genörgel von wegen ›Ich mach Schluss‹?«

»Meiner Schauspiellaufbahn haben schließlich Sie den Arschtritt gegeben!«

»Deshalb geb ich dir jetzt doch Arbeit als Stückeschreiberin.«

»Jedenfalls meine ich es ernst. Ich habe mich seit vier Monaten in mein stilles Kämmerchen zurückgezogen und bin dabei, mein letztes Werk zu schreiben.«

»Und? Ist was halbwegs Brauchbares dabei rausgekommen? Oder nur irgend so 'n absurdes Palaver?«

Absurdes Palaver … In-gyeong griff nach der am Fenster stehenden Flasche mit Maisbarttee, nahm einen großen Schluck und erklärte dann mit energischer Stimme:

»Der Plot steht. Muss nur noch aufgeschrieben werden.«

»So? Lass mal hören.«

»Nein, danke. Wenn man vorher schon alles ausplappert, geht es am Ende noch schief.«

»Ach komm. Würd mich echt interessieren. Na los, nun erzähl schon. Wenn es gut ist, nehmen wir das zuerst und die Romanbearbeitung danach.«

Dass sie dabei sei, ein eigenes Stück zu schreiben, hatte sie eigentlich nur gesagt, um der Sache mit der Romanadaption einen Riegel vorzuschieben. Festgelegt hatte sie allerdings im Grunde noch gar nichts, sie war lediglich dabei, den seltsamen Ladenmitarbeiter zu interviewen und so etwas wie einen roten Faden zu spinnen. Während sie überlegte, was sie sich jetzt aus den Fingern saugen sollte, sah sie weiter aus dem Fenster und blickte erneut auf den Laden.

»So besonders überzeugt von deinem Projekt scheinst du ja selber nicht zu sein. Pass auf, dann schieben wir das noch ein bisschen auf und machen lieber erst mal die

Adaption. Dafür sind auch die Produktionskosten schon gesichert. Du bekommst von mir sofort die Anzahlung, und dann –«

»Ein 24-Stunden-Laden. Das Ganze spielt in einem 24-Stunden-Laden.«

»In einem Laden?«

»Die Bühne ist der Laden. Ein Laden, in den alle möglichen Leute kommen. Die Hauptfigur ist der Mitarbeiter, der die Nachtschicht macht und von dem keiner genau weiß, wer er eigentlich ist.«

»Hm …«

»Ein Mann im mittleren Alter, der seine eigene Vergangenheit vergessen hat. Alkoholbedingte Demenz. Und die Leute, die in den Laden kommen, die stellen alle ihre Vermutungen über den Mann an. Krimineller, Ex-Knacki, Nordkorea-Flüchtling, Frührentner, Außerirdischer … Und der Mann empfiehlt den Kunden immer ganz ungerührt irgendwelche Sachen aus dem Laden, die sie überhaupt nicht kennen … Aber … merkwürdigerweise ist es dann so: Wenn die Leute die Sachen kaufen, die er ihnen empfohlen hat, dann lösen sich plötzlich ihre Probleme.«

»Das wäre ja ganz ähnlich wie *Midnight Diner*, oder?«

»*Midnight Diner*? Na ja, das ist auch nicht schlecht, aber wie gesagt, mein Stück spielt in einem 24-Stunden-Laden! Die Hauptfigur kocht auch nichts. Und in *Midnight Diner* fragt ja auch niemand den Imbissinhaber nach seiner Vergangenheit. Aber bei mir dreht sich alles darum, die Identität des Mannes an der Kasse aufzudecken. Dessen Vergangenheit wird auch in Rückblenden dargestellt, und es wird im Verlauf des Stücks auch klar, warum er in dem Laden arbeiten muss. Und er sitzt jede Nacht da an der Kasse und wartet. Auf irgendwas.«

»Darauf, dass die Ware geliefert wird, vermutlich.«

»Ach, jetzt machen Sie doch nicht alles kaputt ... Das ist vom Stil her so ein bisschen wie *Warten auf Godot*. Der Mann unterhält sich jeden Abend mit einem Stammkunden, der immer zum Trinken vorbeikommt. So wie Vladimir und Estragon. Es gibt sehr viele Dialoge. Und zwischendurch auch Cham-Cham-Cham.«

»Cham-Cham-Cham? Ist das ein Spiel?«

»Na ja, das ist eine Art Set-Menü. Chamkkae-ramyeon, Chamchi-gimbap und Chamiseul.«

»Klingt nicht schlecht. Könnte man für Product Placement verwenden. So, dass die Zuschauer das selbst auch probieren können.«

»Stimmt, wenn die Zuschauer mitmachen und man denen so ein Paket als Geschenk mitgibt und die das als Foto auf Instagram hochladen, könnte man Werbegeld dafür bekommen. Also, jedenfalls ist dieses Cham-Cham-Cham so ein Set-Menü, das der Mann aus dem Laden dem Stammkunden empfiehlt, und so übernehmen die beiden dann den Dialogpart. Und dann gibt es da noch eine kratzbürstige Frau, die in dem Viertel wohnt und Schriftstellerin ist. Die unausstehliche Horrorkundin. Die arbeitet immer nachts und kommt immer nachts in den Laden und trifft dann auf den Mann, und daraus entwickelt sich dann auch noch eine Story ...«

»Diese Schriftstellerin, das klingt irgendwie nach dir.«

»Nein, nein, die Frau findet den Laden nämlich total schrecklich. Weil der Mann an der Kasse einen so miserablen Eindruck macht und das Sortiment so mickrig ist.

Aber es ist Winter und kalt draußen, und da hat sie keine Lust, extra weit zu laufen, um irgendwo Essen zu besorgen, und deshalb geht sie wohl oder übel immer in diesen Laden … Obwohl das für sie total nervig ist.«

»In-gyeong, hör mal.«

»Was?«

»Das machen wir.«

»Was, echt? Ich hab das doch noch gar nicht fertig geschrieben.«

»Klar hast du das. Im Kopf. Nächstes Jahr kommt das auf die Bühne. Und ich garantiere dir, das wird nicht dein letztes Stück sein. Nach diesem Stück kannst du gleich das nächste schreiben.«

»Meinen Sie wirklich?«

»Mhm.«

»Also so was … Ich stand hier bis eben eigentlich einen Schritt vorm Abgrund. Und jetzt geben Sie mir so einfach Ihr Okay. Wie gesagt, ich habe das alles noch gar nicht geschrieben.«

»Schreib mir bis morgen erst mal nur den Titel auf. Erst muss sowieso der Vertrag geschrieben werden und danach das Manuskript.«

»Herr Kim?«

»Was?«

»Danke. Echt!«

»Ich bin kein Idiot. Der Inhalt ist gut. Und man spürt, dass du voll dabei bist. Ich bin sicher, das wird gut.«

»Na logisch wird das gut!«

»Oh Mann, ein kleines Lob, und schon wirst du übermütig … Sag mal, wie ist überhaupt der Titel?«

»Der Titel?«

»Der Titel von dem Stück.«

»Hm … Der Laden … Ein sehr unbequemer, nerviger … ähm … Laden, also … Kein einladender Laden. So ist der Titel.«

Kaum war das Gespräch beendet, nahm In-gyeong ihr Notebook, öffnete das Schreibprogramm und fing an zu tippen. Den Titel, dann zwei Leerzeilen, und dann begann sie das Werk zu schreiben, von dem sie nicht wusste, ob es nicht vielleicht ihr letztes sein würde. Sie tippte ununterbrochen. Manchmal ist das Schreiben nicht mehr als bloßes Tippen. Wenn du dir über eine lange Zeit hinweg den Kopf zerbrochen hast und einen Haufen Gedanken in deinem Kopf hast wachsen lassen, so viele, dass du sie nur anzuticken brauchst, damit sie herausschwappen, dann ist das Einzige, das dir noch zu tun bleibt, die Finger fleißig auf der Tastatur tanzen zu lassen. Und wenn die Gedanken so schnell fließen, dass die Finger nicht nachkommen, dann machst du deine Sache gut. Während sie tippte, sprach In-gyeong die Dialoge, als stünde sie selbst auf der Bühne. Es war, als führten ihre linke und ihre rechte Hand ein Gespräch miteinander, als wäre sämtliche bis dahin in ihr versiegelte Schreibkraft nun vollkommen befreit. So schrieb In-gyeong, ohne auch nur einmal innezuhalten, ihre Geschichte. Sie hatte am Abend begonnen, bald schon war es nach zwölf Uhr, und je tiefer in der Winternacht, desto mehr Details kamen ihr in den Sinn.

In dieser Nacht gab es im ganzen Viertel nur zwei Orte, wo zu dieser Zeit noch Licht brannte: Dok-gos Laden und In-gyeongs Schreibzimmer.

Vier Dosen für zehntausend Won

Min-sik dachte über sein Unglück nach. Sein Leben war insgesamt weitgehend unglücklich verlaufen, doch nun grübelte er darüber, wann dieses Unglück eigentlich begonnen hatte. Vielleicht war es in der Grundschule gewesen, als er nicht in die Baseballgruppe hatte gehen dürfen. Er war groß, kräftig und bewegungsbegabt gewesen, und der Baseballtrainer hatte sogar schon eine Aufnahmezeremonie für ihn veranstaltet, aber seine Eltern hatten anders entschieden und ihn auf die Lernspur geschubst. Das war das erste Unglück gewesen. Jeder Mensch hatte doch andere Begabungen und Interessen, warum bloß fanden sie es so wichtig, dass er, statt sich um Dinge zu kümmern, die er gern hatte, immer nur fleißig lernte und dass aus ihm ein gewöhnlicher Erwachsener wurde? So hatte ihr eigenes Leben ausgesehen, so sah auch das Leben seiner älteren Schwester aus, und deshalb waren sie der Auffassung, dass auch Min-sik, der Jüngste, der einzige Sohn, selbstverständlich diesem Weg folgen müsse.

Das zweite Unglück war vermutlich die Entscheidung gewesen, zum Studieren in die Provinz zu gehen. Seine Eltern hätten ihn gern an die renommierte Seouler Universität geschickt, an der sie auch selbst studiert hatten, aber leider reichten Min-siks Noten nicht aus, und so bestand der Plan B seiner Eltern darin, dass er statt des Seouler Hauptcampus den Provinzableger jener großen Universität besuchen solle. Während sie vermutlich überall damit prahlten, dass ihr Sohn an derselbenUniversität studiere wie sie früher auch, verwandte Min-sik auf dem auswärtigen Campus im Studentenwohnviertel der Provinzstadt fleißig all seine Energie auf Dinge wie Saufen, Billiard, *Starcraft* und die Aktivitäten der Baseball-AG. Mit anderen Worten, er war gut darin, Spaß zu haben. Zwar gelang ihm mit Ach und Krach der Uni-Abschluss, doch bekam er im Folgenden die traurige Realität eines Provinzcampusabsolventen hautnah zu spüren und fand schließlich – nach nicht unerheblichen Verletzungen seines Selbstwertgefühls und seiner Antriebskraft – an der Front des Arbeitsmarktes einen heldenhaften Tod.

Das dritte Unglück war der sogenannte Erfolg. Im Gegensatz zu dem sicheren Leben, das seine Eltern im Beamtenstatus und im Lehramt geführt hatten, und zu dem seiner älteren Schwester, die um ihre Tätigkeit in einem Fachberuf von allen beneidet wurde, war Min-siks Leben ein Dschungel, durch den er sich mit bloßen Händen kämpfen musste. Er war nicht besonders clever und sein Hochschulabschluss nicht grandios, aber er war körperlich gesund und konnte gut reden, also beschloss er, jede Arbeit zu machen, die ihm Geld einbringen würde. Geld war das Einzige, das ihm in der Familie zu einer gewissen Anerkennung verhelfen würde, und das Einzige, das er selbst zum Leben brauchte. Geld war das Einzige, das ihn zu dem machen würde, der er war, alles andere würde sich dann schon von selbst ergeben.

Um Geld zu verdienen, war ihm so gut wie jedes Mittel recht, und so bewegte er sich in den Tätigkeiten, die er ausübte, geschickt auf der Grenze zwischen Legalität und Illegalität. Es gab nichts zu bereuen. Er verdiente nicht schlecht, und noch vor seinem dreißigsten Lebensjahr konnte er sich eine eigene Apartmentwohnung und einen Importwagen leisten. Nun, da er zu Geld gekommen war, hielten sich auch seine Eltern, seine Schwester und ihr Ehemann, dieser Klugscheißer, mit schlauen Ratschlägen zurück. Gut so. All diese Besserwisser waren eingeschüchtert durch die Macht des Geldes, das er nun besaß. Wenn er noch ein wenig mehr verdiente, würde die gesamte Familie vor ihm angekrochen kommen. Wenn er seinem Vater, der gerade in Rente gegangen war, ein üppiges Taschengeld und seiner Mutter reichlich Opfergeld für die Kirchenkollekte spendierte, würden sie ihm zu Füßen liegen. Und ganz sicher würden seine Schwester und ihr Mann ihn unwahrscheinlich umschmeicheln, um ihn dazu zu bewegen, in die Arztpraxis zu investieren, die sie beide gemeinsam führten. Es fehlte nicht mehr viel, und er hätte es geschafft. Aber dann war es schiefgegangen. Angetrieben von dem Drang, nur noch ein klein wenig mehr zu verdienen, um sich anschließend wie ein König aufführen zu können, hatte er sich bei seinen Geschäften zu weit aus dem Fenster gelehnt und Tribut zahlen müssen.

Das vierte Unglück schmerzte ihn bis in die Knochen. Es bestand darin, der Frau begegnet zu sein, die er später heiraten sollte. Er traf sie in seinem neu gegründeten Unternehmen, das ihm das große Comeback bescheren sollte. Sie war nicht weniger geschäftstüchtig als er. Er galt als jemand, der sich nicht so leicht übers Ohr hauen ließ, aber dieser Frau war er so verfallen, dass seine Großzügigkeit ihr gegenüber nach nur sechs Monaten keine Grenzen mehr kannte. Irgendjemand hatte zwar gesagt, so sehe wahre Liebe aus, er allerdings sah nun, dass es sich nur um eine zeitweilige Verrücktheit gehandelt hatte. Im gleichen Zug war es dann auch zur Heirat gekommen, und nachdem sie zwei Jahre lang versucht hatten, einander auszutricksen, und seine Frau dabei die Oberhand gewonnen hatte, endete ihre Beziehung damit, dass er ihr schließlich die Apartmentwohnung überließ, sein einziges noch verbliebenes Vermögen. Nun, da die Scheidung zwei Jahre zurücklag, dachte er, dass nicht nur sie großes Unglück über ihn gebracht habe, sondern auch er über sie. Zwei herzlose Menschen hatten einander fleißig mit Bomben beworfen und sich dabei simultan selbst in die Luft gesprengt, so konnte man es wohl bezeichnen. Dass sie die Sache schließlich beendet hatten, um noch Schlimmeres zu vermeiden, war einzig ihrem im Geschäftsleben geschulten strategischen Gespür dafür zu verdanken, im richtigen Zeitpunkt einen Rückzieher zu machen.

Doch das Unglück hatte trotzdem noch kein Ende genommen. Bitcoin. Er war sofort Feuer und Flamme gewesen. Das war DIE Gelegenheit. Er spürte es. Diese Einschätzung jedoch war das Ergebnis einer durch wiederholte Fehlschläge getrübten Wahrnehmung. Bitcoin war nicht nur kein greifbares, sondern auch ein geldfressendes Geld.

Nachdem er also sein fünftes Unglück erlitten hatte, hielt er alleine nicht länger durch und musste in der Wohnung seiner Mutter in Cheongpa-dong unterkriechen. Mit dem Erbe, das sein Vater, der ein paar Jahre zuvor verstorben war, hinterlassen hatte, hatte seine Mutter, wie er nun erfuhr, einen 24-Stunden-Laden eröffnet. Ganz sicher hatte auch ihm ein Teil der Erbschaft zugestanden, aber seine Mutter und seine Schwester hatten das Geld, ohne ihn davon in Kenntnis zu setzen, komplett in den Laden gesteckt. Es musste zu der Zeit gewesen sein, als er wegen seiner Scheidung und der Geschäftspleite ohnehin nicht mehr gewusst hatte, wo ihm der Kopf stand, und er jeglichen Kontakt zu seiner Familie abgebrochen hatte. Trotzdem fühlte er sich ungerecht behandelt, und nachdem er eines Tages seine Mutter in betrunkenem Zustand bedrängt hatte, den ihm zustehenden Anteil der Erbschaft herauszurücken, und es heftigen Streit gegeben hatte, war er Hals über Kopf ausgezogen und nacheinander bei verschiedenen ehemaligen Studienkollegen untergekommen.

An diesem Punkt kamen die Grübeleien über seine Vergangenheit zu einem Ende. Die unbedeutenderen Unglückshürden, die er in der Folge noch hatte nehmen müssen, lohnten nicht mehr, gezählt zu werden. Was er nun brauchte, war Geld für eine neue Geschäftsgründung. Dieses Geld lag im Laden seiner Mutter, genauer gesagt, in dem Laden, den seine Mutter, ohne seine Billigung unter Verwendung des ihm zustehenden Anteils der Erbschaft seines Vaters führte. Er würde sich seinen Anteil zurückholen, zu seinen Geschäftsaktivitäten zurückkehren und wieder viel Geld verdienen. Dann würde er seiner Mutter locker zwei Läden schenken können und dem nervigen Exkommilitonen, der ständig herumquengelte, wann Min-sik denn endlich ausziehe, einen ordentlichen Arschtritt verpassen.

Heute wollte sich Min-sik mit Gi-yong treffen. Gi-yong, der sich selber in Anlehnung an G-Dragon (den Sänger und Musikproduzenten Gwon Ji-yong) abwegigerweise Gi-Dragon nannte, ging ihm mit seinem übertriebenen Gehabe und seiner maßlosen Art zwar gründlich auf die Nerven, war aber durchaus ein cleverer Kerl. Seit einigen Jahren hatte Min-sik, wenn er wichtige Entscheidungen treffen musste, stets Gi-yong um seine Meinung gefragt. Dieser hatte, im Gegensatz zu ihm, Min-sik, die Gabe, seinen Kopf zu benutzen und Min-sik dazu zu bringen, noch einmal gründlich über seine Entscheidungen nachzudenken. Wenn Min-sik auf das hörte, was Gi-yong ihm sagte, hieß das nicht, dass er dann unbedingt Erfolg haben würde, aber das Risiko zu scheitern ließ sich dadurch reduzieren. »Wenn das Gerücht aufkommt, dass sich mit einer Sache Geld machen lässt, und man dann sofort einsteigt, ist es schon zu spät, sag ich dir. Komm da schnell wieder raus, ehe du komplett abgebrannt bist.« Auch dass er aus dem Bitcoin-Sumpf mit Müh und Not wieder herausgefunden hatte, verdankte er Gi-yong, ebenso wie den Umstand, dass er letztlich die Finger von einem Solarenergiegeschäft gelassen hatte.

Als ihm ein älterer Kumpel erzählt hatte, er treibe Geschäfte im Bereich der Sonnenenergie, und ihm eine Zusammenarbeit vorgeschlagen hatte, war ein befreiendes Gefühl wie ein Stromschlag durch seinen Körper gegangen, und es war ihm so vorgekommen, als würde nun endlich auch in seinem Leben die Sonne wieder scheinen. Das Geschäft mit der Sonnenenergie stieß im Zuge der staatlichen Förderung erneuerbarer Energien jenseits der Atomkraft bei zahlreichen Investoren auf Interesse, vor allem aber hatte Min-sik diesmal das Gefühl gehabt, sich seinen Anteil sichern zu können, ehe die Sache in aller Munde war. Nach einigen Monaten jedoch war ihm der unheilvolle Gedanke gekommen, dass es sich hier um einen Betrug handelte. Das große Geschäft bestand lediglich darin, ein paar Bagger auf ödem Gelände herumbuddeln zu lassen, um Investoren für einen Solarpark zu ködern, dessen Bau offenbar niemals geplant gewesen war. Auch dieses Mal hatte Min-sik Gi-yong am Telefon von seinen Sorgen berichtet und es anschließend geschafft, wieder aus dem Geschäft auszusteigen.

Der miese Schuft, der ihn für seine Machenschaften hatte gewinnen wollen, ging, nachdem Min-sik seinen Hals aus der Schlinge gezogen hatte, regelrecht an die Decke und warnte ihn, in Zukunft nachts auf der Straße aufzupassen. Was er selbst allerdings offenbar nicht tat, insofern er eines Nachts auf der Straße von der Polizei geschnappt wurde und seine Mahlzeiten seitdem vom Justizministerium gestellt bekam. Mit anderen Worten, wenn Gi-yong nicht gewesen wäre, hätte Min-sik seiner windigen Karriere als Geschäftsmann um ein Haar noch ein paar Knast-Anekdoten hinzufügen können.

Gi-yong, der also hier und da die Rolle von Min-siks Gehirn übernommen hatte, wollte heute über ein bestimmtes Projekt mit ihm sprechen, und Min-sik hatte sich die Entendaunen-Jacke seines Zimmergenossen geschnappt und sich mit dem Auto zur Gyeongnidan-Straße aufgemacht.

Anders als gewöhnlich war hier zu Neujahr nicht viel los. Es war nicht nur nicht viel los, die Straße lag geradezu ausgestorben und verlassen da. Wenn ein Ladenviertel nach oben strebte, hob sich – zack! – auch die Laune der Hausbesitzer, und schon stiegen überall wie einem Naturgesetz folgend auch die Mietpreise. Hier war es nun so, dass die Läden, die diesen Preisen nicht mehr gewachsen waren, einer nach dem anderen dichtmachten und das Geschäftsviertel langsam abzusterben begann. Man konnte davon ausgehen, dass die Gyeongnidan-Straße bald verschwinden und nur ihre kleinen Geschwister, die Mangnidan-Straße, die Songnidan-Straße und die Hwangnidan-Straße, zurücklassen würde. Min-sik fragte sich, weshalb Gi-yong, der doch ein gutes Gespür für Veränderungen hatte, ihn ausgerechnet hier treffen wollte.

Als er bei der Adresse ankam, die Gi-yong ihm genannt hatte, sah er in einer Ecke der leeren Gasse ein kleines Bierlokal. Er parkte den Wagen vor dem Eingang.

»Dein Ernst? Ich hab dir doch gesagt, du sollst nicht mit dem Auto kommen!«

Kaum hatte er das Lokal betreten, fing Gi-yong an, ihn zu bekritteln. Min-sik bekam augenblicklich schlechte Laune.

»Willst du damit sagen, ich soll bei dieser Kälte mit dem Bus fahren, oder was?«

»Taxi! Es gibt doch Taxis!«

»Drauf geschissen. Ich fahr doch nicht Taxi, wenn ich ein Auto hab.«

»Das hat schon alles seinen Grund. Ich sag dir nicht umsonst, dass du nicht mit dem Auto kommen sollst. Du musst heute ein bisschen was trinken.«

»Was, hier? Bier ist mir zu lasch, das rühr ich nicht an. Jetzt sag nicht, du wusstest das nicht.«

Gi-yong, offenbar ungewillt, weiter auf Min-siks Genörgel einzugehen, drehte sich um und steuerte direkt auf die Theke zu. Min-sik ließ sich auf einen metallenen Stuhl plumpsen, stützte die Arme auf den schmalen Tisch vor sich und sah sich um. Der Raum war funzelig beleuchtet, aus einem Lautsprecher hörte man die E-Gitarren-Klänge von lauter Rockmusik, und hier und da standen westliche Möbel im antiken Stil, die wohl nach dem Geschmack der hier einkehrenden amerikanischen Soldaten sein mochten. Im hinteren Teil des Lokals hing ein altes Plakat mit der Aufschrift »Drink Beer, Save Water«, und wenn man ausatmete, kamen einem die Nebelschwaden aus dem Mund, ganz so, als würde hier absichtlich nicht geheizt, um den Alkoholkonsum der Gäste anzukurbeln.

Min-sik war genervt. Bier war für ihn gewöhnlich nur mit Soju oder Whiskey gemischt genießbar, und nun hatte Gi-yong ihn in diesem Bierlokal antanzen lassen. Über welche geschäftliche Angelegenheit er auch mit ihm sprechen wollte, Min-siks Vertrauen war bereits schwer erschüttert. Ob Gi-yong seinen Missmut wahrnahm oder nicht, war nicht erkennbar, jedenfalls ließ er sich von dem langhaarigen Barkeeper irgendetwas servieren und kam damit zu Min-sik herüber. Er trug ein Holzbrett, in das kleine Vertiefungen gebohrt waren, und in jeder dieser Mulden befanden sich kleine Gläschen, etwas größer als Schnapsgläser, jeweils mit verschiedenfarbigen Flüssigkeiten gefüllt, dunkel kürbisfarben oder beinahe schwarz. Die sojasoßenfarbene Flüssigkeit wirkte ein wenig wie dunkles Bier, die kürbisfarbene Flüssigkeit erinnerte eher an Cognac.

»Ist das Bier?«, fragte Min-sik.

»Probier mal«, antwortete Gi-yong, die Mundwinkel leicht nach oben gezogen und mit der Hand eine Trinkbewegung andeutend. Allein die Tatsache, Bier aus Sojugläsern zu trinken, war Min-sik schon zuwider, aber schließlich musste er es nicht bezahlen, sondern konnte sich kostenlos betrinken, und so griff er nach einem kürbisfarben gefüllten Glas und trank es in einem Zug aus.

Ziemlich stark. Intensives Aroma, am Ende leicht bitter, durchaus speziell. War das Kognak? Oder Bier? Es schmeckte ganz anders als das lasche Bier, das er oft getrunken hatte. Wenn man einen Whiskey-Cocktail sehr gut mixte, dann käme vielleicht so etwas Besonderes heraus.

Ohne sich noch einmal bitten zu lassen, wählte Min-sik nun ein Getränk von etwas dunklerer Färbung. Oh ja! Das war noch voller im Geschmack. In faszinierender Weise überlagerten sich das leicht Bittere und das Erfrischende. Nun eines mit gelblicher Tönung und viel Schaum. Min-sik fühlte sich an Hoegaarden-Bier erinnert, das er früher manchmal getrunken hatte. Aber das hier war viel stärker und herber, ganz nach seinem Geschmack. Auch das letzte noch verbliebene dunkle Bier trank Min-sik, nachdem er nur daran geschnuppert hatte, in einem Zug aus. Na, so was, so mild und weich konnte Bier schmecken? Oder hatte er gerade mit Sesamöl vermischten schwarzen Bohnensaft getrunken?

»Wie kann Bier denn bitte so schmecken?«

»Gut, was?«

»Jetzt räum diese Kostproben hier mal weg und schenk mir richtig ein, dass es schäumt!«

»Von welchem?«

»Von dem ganz dunklen da.«

Gi-yong nahm das Holzbrett und verschwand, um kurz darauf mit zwei hohen, frisch mit Bier gefüllten Gläsern zurückzukommen. Min-sik prostete Gi-yong zu und trank weiter. Leicht bitter und erfrischend, das hier war besser als ein aus 30-jährigem Ballantine's gemixter Cocktail. Wahnsinn! Dabei hatte er schon lange kein Bier mehr getrunken, weil es ihm zu fad und unbefriedigend gewesen war … Wo um alles in der Welt war ein Bier mit so überwältigendem Geschmack entstanden?

»Das nennt sich Ale und wird in Europa gerne getrunken.«

»Ale? Und das Cass-Bier, das wir trinken, was ist das denn dann?«

»Das ist Lager. Steht doch auch auf den Bierdosen drauf.«

»Was? Das, was da neben ›Cass‹ draufsteht, heißt Lager? Nicht Läidschor?«

»Boah … Ich kann zwar auch kaum Englisch, aber du bist ja echt ein Knaller.«

»Das war ein Dad-Joke, Alter. Glaubst du echt, ich weiß das nicht?«

»Ach komm. Auf jeden Fall, bei uns und in Amerika trinkt man hauptsächlich Lager und in Europa Ale. Seit ein paar Jahren ist hier in Gyeongnidan und auch in Itaewon der Ale-Frühling angebrochen. Die Hipster trinken nur noch so was.«

»Aber ich könnte mir vorstellen, das ist auch was für Durchschnittsheinis. Wirklich ganz mein Fall. Intensiver Geschmack, vom Aroma her auch, da braucht man mir mit Kognak gar nicht kommen. Hey, das könnte man doch bestimmt auch in Roomsalons vertreiben.«

»Och, was kommst du denn jetzt mit so was? Wenn man sich auf das Geschäft mit den Roomsalons einlässt, hat man dauernd mit schmutzigen Kerlen zu tun. Wir bleiben schön sauber.«

»Hey, Geschäfte machen heißt, davon leben, dass man anderen was wegnimmt. Leicht verdient sich da gar nichts.«

»Was ich meine, ist, dass wir das Risiko minimieren. Der Punkt ist: Der Markt für Ale wächst. Und die Gesetzeslage ist mittlerweile so, dass man eine kleine Brauerei, die solches Ale herstellt, auch privat führen darf.«

»Echt?«

»Schlappe zweihundert bis dreihundert Millionen Won, und du kannst in Gyeonggi-do, irgendwo, wo es reichlich Wasser gibt, deine eigene Brauerei aufmachen. In Gapyeong oder Cheongpyeong oder so. Wie wäre es, wenn wir so was da herstellen und dann hier in Seoul verkaufen? Du hast doch letztens gesagt, du würdest gerne eine Kneipe führen? Dann wirst du jetzt nicht Kneipen-, sondern Brauereibesitzer. Um so ein fabelhaftes Bier werden sich die Läden reißen, sag ich dir. Das wird der absolute Renner.«

»Heißt das, man kann so ein Bier auch in einer kleinen Brauerei herstellen?«

»Ja, sag ich doch.«

»Und wer macht das?«

In diesem Moment erschien, umhüllt von feinem Bratöldunst, der langhaarige Barkeeper und brachte einen Teller mit Chicken Wings und Pommes frites. Gi-yong wies auf den jungen Mann, als wollte er Min-sik ein neues Produkt vorstellen. Der Barkeeper begrüßte Min-sik und setzte sich zu ihnen an den Tisch.

»Der Schwager von meinem Freund hier ist Brew Master. Brew heißt Bierbrauen und Master heißt ... ähm ... Meister. Also, jedenfalls ... Er ist so etwas wie ein Küchenchef, der Bier herstellt. Er heißt Steve, kommt aus Portland und führt in Paju eine kleine Brauerei.«

Min-sik schaute etwas verwirrt zwischen Gi-yong und dem Barkeeper hin und her. Dann übernahm freundlicherweise Letzterer das Erklären. Seine große Schwester habe in Portland, der hippsten Stadt Amerikas, studiert, und Steve habe dort das hippste Bier gebraut. Die beiden hätten sich dort getroffen, und Steve sei vor vier Jahren mit ihr nach Korea zu Besuch gekommen. Als er das koreanische Bier getrunken habe, sei ihm der Gedanke gekommen, dass man hier mit selbst gebrautem Bier ein großes Geschäft machen könnte, und so seien die beiden nach ihrer Heirat vor zwei Jahren nach Korea gezogen, hätten in Paju eine kleine Brauerei gegründet und würden seitdem Bier vertreiben. Steve und seine Schwester kümmerten sich um die Brauerei und er, der Barkeeper, würde diese und auch andere Kneipen mit dem Bier beliefern und Werbung für die Bierproduktion seines Schwagers machen.

»Aber was hat das denn alles mit Amerika zu tun, wenn Ale in Europa getrunken wird?«

»Ach komm. Schon mal was von Globalisierung gehört? Und wenn es in Europa was Neues gibt, übernehmen die Amerikaner das doch sofort und machen damit riesige Geschäfte. Wusstest du das nicht? Na ja, jedenfalls läuft die Brauerei von seinem Schwager wie geschmiert, und die wollen expandieren. Deshalb brauchen die jetzt noch einen Unternehmer, der da mitmacht. Und Mitarbeiter. Und an dieser Stelle kommen wir ins Spiel.«

»Hm … Ein bisschen plötzlich zwar, aber … Brauereichef … Schon ein komisches Gefühl, dass mir nach so langer Zeit endlich mal wieder vernünftige Arbeit angeboten wird … Aber wenn das alles so gut läuft, dann müsste es doch massenweise Investoren geben? Wieso bekommen denn ausgerechnet wir beide diese Chance?«

»Okay, okay, du kannst jetzt gerne anfangen, hier an irgendwelchen Kleinigkeiten herumzumosern …«

»Nee, ich meine, du hast doch damals bei den Solaranlagen selbst gesagt: Warum anderen Leuten den Arsch abputzen, wenn der Kuchen schon gegessen ist?«

»Oh Mann. Ich bin eben Gi-Dragon, klar? Der Steve, der ist total wählerisch, was Leute angeht. Als ich ihn getroffen hab, da hat der sich erst mal über mein Konglisch total kaputtgelacht. Hat aber natürlich auch gleich gecheckt, dass ich ein zuverlässiger Kerl bin. Und irgendwann hat er auch zu meinem Kumpel hier gesagt: Bei den Koreanern, da weiß man ja nie so genau, woran man ist, aber der Gi-Dragon hier, der ist total nice, dem würde er absolut vertrauen, und Beziehungen sind schließlich superwichtig, wenn man ein Geschäft vergrößern will.«

Gi-yong warf dem Barkeeper einen Zustimmung heischenden Blick zu, und dieser reckte prompt den Daumen in die Höhe und versicherte, sein Schwager sei zwar extrem pingelig, von Gi-yong habe er aus irgendeinem Grund aber eine sehr hohe Meinung. Min-sik hatte

Gi-yong immer schon als albernen Lackaffen betrachtet, aber wenn er sich auch bei diesem Amerikaner zunächst so lächerlich gemacht hatte, dann war es schon sehr eigenartig und ziemlich zweifelhaft, dass ihm nun diese große Gelegenheit gegeben wurde. Und nur weil einer aus Amerika kam, hieß das ja nicht, dass er kein ausgemachter Betrüger sein könnte.

Da Min-siks Skepsis nicht weichen wollte, stand der Barkeeper auf, um etwas zu holen. Es war eine unbedruckte 500-Milliliter-Bierdose. Der Barkeeper öffnete die Dose, goss deren Inhalt in ein frisches Glas und reichte es Min-sik. Der trank einen Schluck, nicht ohne auch diesmal wieder begeistert zu sein.

»Man kann das auch in Dosen verkaufen. Das ist der Grund, weshalb der Betrieb vergrößert werden soll.«

Min-siks Kopf nickte wie von selbst.

»Min-sik, hör mal, Steves Bier wird von nun an auch in Supermärkten und 24-Stunden-Läden verkauft. In manchen 24-Stunden-Läden gibt es wohl schon Bier aus anderen Brauereien. Wir müssen uns beeilen. Wir machen das Bier mit dem besten Geschmack, und wenn jetzt noch du als Mann mit langjähriger logistischer Erfahrung zu unserem Team dazustößt, dann läuft die Sache.«

Min-sik nahm noch einen Schluck und dachte nach. Er spürte, wie sich süßlicher Malz- und bitterer Hopfengeschmack in seinem Mund ausbreiteten. Und schließlich war er sich sicher: Das war der Geschmack des Erfolgs. Gi-yong setzte nach, um die Sache endgültig festzuklopfen.

»Du weißt schon, dass im Sommer das Bier aus Japan komplett ausfällt? Deine Mutter hat doch einen 24-Stunden-Laden, oder? Geh da mal hin. Asahi, Kirin, Sapporo, die hatten alle das Viererpack für zehntausend im Angebot. Und? Alle weg. Der Boykott japanischer Erzeugnisse im Moment, das ist für uns DIE Chance. Überleg doch mal. Die Lücke, die entsteht, wenn das japanische Bier wegfällt. Wer wird die füllen? Cass? Hite? Nee, mein Lieber, Steves selbst gebrautes Ale!«

»Aber der Japanboykott … Ob der so lange anhält?«, versuchte Min-sik noch, seinen letzten Zweifeln Ausdruck zu verleihen. Sichtlich genervt leerte Gi-yong sein Glas und knalle es auf den Tisch.

»Na hör mal! Hast du vergessen, zu welchem Volk wir gehören? Die Unabhängigkeitsbewegung haben wir damals zwar noch nicht mitmachen können, dafür aber die Sache mit dem Japanboykott! Deswegen ist doch auch gerade die Hölle los! Wir sind Koreaner! Dae-han-min-guk! Im Baseball und im Fußball, da sind Korea und Japan doch die absoluten Feinde, oder ist dir das neu? Wer da verliert, der kann sich zu Hause aber auf was gefasst machen. Japanisches Bier? Trinkt kein Mensch mehr, sag ich dir! Du hast ja nicht einen Funken Nationalstolz, echt. Hätte ich gar nicht von dir gedacht.«

»Was hat denn das mit Nationalstolz zu tun … Ich boykottiere Japan doch auch. Ich hab schon lange keine Mevius mehr geraucht.«

»Also, machst du nun mit oder nicht? Ich biete dir hier ein Sprungbrett, und nur weil du zurzeit Probleme hast, machst du hier einen auf pingelig, echt. Weißt du eigentlich, wie genau ich das alles nehme? Als du damals diesen ganzen Kram machen wolltest, der so grandios aussah, da war doch ich derjenige, der dir abgeraten hat. Und was ich dir jetzt empfehle, willst du nicht? Dass du so ein Hasenfuß bist, hätte ich wirklich nicht gedacht.«

Min-sik antwortete nicht. Stattdessen zeigte er auf sein leeres Glas. Der Barkeeper sprang auf und füllte ein neues Glas. Min-sik nahm es und kostete noch einmal von dem selig machenden kürbisfarbenen Trank. Dann stellte er das Glas ab und klopfte Gi-yong, der zusammenzuckte und das Gesicht verzog, einmal auf den Hinterkopf und sagte feierlich:

»Du kannst dich auf mich verlassen. Wie viel braucht ihr?«

Min-sik hatte den Chauffeurservice gerufen und sich in seinem Wagen zum Haus seiner Mutter in Cheongpadong fahren lassen. Er war schon im Begriff, die Wohnung zu betreten, doch dann zögerte er. Zum einen war es ihm unangenehm, sich nach so langer Zeit wieder bei seiner Mutter blicken zu lassen, vor allem aber brauchte er irgendwas, um sie von seinem neuen Vorhaben zu überzeugen. Seiner Mutter, die ja keinen Alkohol trank, eine Bierprobe aufzuschwatzen, um ihr die Qualität des neuen Produktes begreiflich zu machen, wäre vermutlich keine gute Idee. Da kam ihm schlagartig ein Gedanke. Er machte kehrt und lenkte seine Schritte nun in eine andere Richtung.

Der Laden. Der 24-Stunden-Laden seiner Mutter, der zur Hälfte von dem ihm zustehenden Erbteil seines Vaters finanziert worden war. Gi-yong hatte gesagt, das Dosen-Ale sei in manchen 24-Stunden-Läden bereits im Angebot. Wenn dem so war, dann könnte er seiner Mutter mit einem in ihrem Laden gekauften Ale-Bier doch anschaulich das Expansionspotenzial dieser Branche vor Augen führen!

Jetzt, um elf Uhr abends, gab es keine Kunden, der Laden lag leer und öde da, und am Eingang blinkte noch immer trostlos die Weihnachtsbeleuchtung vom vergangenen Jahr. Mit bitterer Miene öffnete er die Tür und trat ein.

»'n Abend!«, begrüßte ihn mit voluminöser, tiefer Stimme ein Mann im mittleren Alter. Min-sik ging an ihm vorbei und auf das Kühlregal zu. Er hatte nicht so genau hingesehen, aber die Aushilfe für die Nachtschicht schien gewechselt zu haben. Von ziemlich rundlich zu irgendwie viereckig. Ihm fiel ein, dass seine Mutter ihn vor zwei Monaten gebeten hatte, für die Nachtschicht einzuspringen, bis sie einen neuen Mitarbeiter gefunden habe. Ein hirnverbrannter Vorschlag. Dass sie ihn offenbar noch immer für jemanden hielt, der mal eben Aushilfe spielen konnte, hatte ihn damals zur Weißglut gebracht. Nicht, dass er es nicht irgendwie auch bedauert hätte. Vielleicht wäre es ganz vernünftig gewesen, ein wenig auf seine Mutter zu hören, bevor er seinen Anteil einforderte. Aber nicht eine Sekunde wollte er so leben wie runde oder viereckige Typen, die sich an den Rand der Gesellschaft hatten drängen lassen und nun nachts auf irgendeinen Laden aufpassen mussten. Er mit seinen vierzig Jahren befand sich schließlich im besten Alter, oder etwa nicht? Wer in dieser Welt nicht mithalten konnte, fiel doch sofort auf die Schnauze. Er aber würde nun auf einem Chefposten sein zweites Leben beginnen, sei es als Kneipen- oder als Brauereibesitzer.

Er stand vor dem Bierregal und überlegte, was er kaufen solle. Dort, wo sonst das japanische Bier gestanden hatte, befanden sich nun irgendwelche unbekannten einheimischen Marken. Von den Sorten aus eigener kleiner Produktion, die Gi-yong erwähnt hatte, fielen ihm allerdings keine auf. Er öffnete die Tür des Getränkeschranks, ließ seinen Blick über die in Reih und Glied stehenden Dosen wandern und machte mit knapper Not zwei Dosen mit etwas unprofessionell wirkendem koreanischsprachigem Markenaufdruck ausfindig. »Bierberg Sobaeksan – Pale Ale« und »Bierberg Taebaeksan – Golden Ale«. Min-sik nahm jeweils eine Dose davon und als Vergleichsprobe noch zwei Dosen Tsingtao und ging zur Kasse.

Der viereckige Mann hinter dem Tresen sah von Nahem noch bulliger aus. Er hatte etwas von einem Bären und gleichzeitig auch etwas von einem Urmenschen, der gerade unterwegs war, um Bären zu jagen. Min-sik betrachtete ihn mit einer gewissen Faszination. Bei so einem Ladenmitarbeiter brauchte man sich keine Sorgen machen, dass sich in der Nacht ein Dieb hier hereinwagen könnte. Beim Anblick des Urmenschen, der in behäbiger Weise das Lesegerät über den Barcode gleiten ließ, musste Min-sik schmunzeln.

»Dieses Bier hier, verkauft sich das gut?«, fragte Min-sik und zeigte auf das Sobaeksan.

»Hm … eher nicht.«

»Haben Sie das mal probiert? Wie schmeckt das denn so?«

Nachdem er alles eingescannt hatte, hob der Mann an der Kasse den Kopf und sah Min-sik an.

»Weiß ich … nicht. Ich trinke … keinen Alkohol.«

Hm, klar. Sieht selber aus wie zwei Kisten Bier, trinkt aber nichts, wer's glaubt … Der Kerl wollte ihn wohl zum Narren halten.

»Ach so? Sie machen den Eindruck, als würden Sie ab und an gern einen trinken, deshalb frag ich.«

»Macht vierzehntausend … Won.«

»Was denn. Vier Dosen, das sind doch zehntausend Won.«

»Das hier … das koreanische Bier, da gibt es keinen Rabatt.«

»Was? Bei vier für zehntausend würde sich das doch viel besser verkaufen?«

»Hm … das … weiß ich nicht.«

»Tja, stimmt. Darüber können Sie ja nicht Bescheid wissen. Na dann, eine Tüte bitte.«

Der Mann stand unbeweglich da, den Blick auf ihn gerichtet. Wieso das denn? War der jetzt schlecht gelaunt, weil er sich nicht ausreichend respektiert fühlte? Der kleine Aushilfsarbeiter … Aber als er ihn immer weiter anstarrte, wurde es Min-sik doch ein wenig mulmig. Dieses viereckige Gesicht und diese schmalen Schlitzaugen machten ihn ein wenig nervös, aber auch fuchtig.

»Na, was ist? Sie sollen mir das in eine Tüte packen!«

»Sie müssen das noch bezahlen.«

»Ach so, bezahlen. Ich bin der Sohn der Chefin. Packen Sie es einfach ein.«

Da erst fiel ihm ein, dass er bisher gar nicht gesagt hatte, wer er war. Trotzdem stand der Mann an der Kasse noch immer da und starrte ihn an. Hatte der schon Altersbeschwerden, oder was?

»Was ist? Keine Lust zu arbeiten?«

Da war jetzt wohl ein anderer Ton vonnöten. Aber der Mann an der Kasse rührte sich noch immer nicht.

»Ich hab gesagt, ich bin der Sohn der Chefin. Kapierst du das nicht?«

»Beweis ... mir das.«

»Was?«

»Du sollst mir das ... beweisen. Dass du der Sohn von ... der Chefin bist.«

»Hast du mich etwa gerade geduzt?«

»Ja. So wie du mich auch.«

»Ich fass es nicht. Weißt du nicht, wie die Chefin aussieht? Wir sind uns doch ähnlich! Die gleichen Augen, die gleiche Adlernase, oder etwa nicht?«

»Nee ... Find ich nicht. Ihr seid euch ... nicht ähnlich.«

Min-sik stand hilflos da. Es war nicht nur dieser spöttische, nervtötend schwerfällige Tonfall, der ihn verunsicherte, der stechende Blick, den der stattlich gebaute Kerl auf ihn herabwarf, wirkte regelrecht bedrohlich. Mit einer so komplizierten Lage hatte er nicht gerechnet, doch es dauerte nicht lange und seine Sprachlosigkeit wich der in ihm aufsteigenden Wut und dem Verlangen, hier mal ordentlich auf den Putz zu hauen.

»Du blödes Arschloch! Wenn du demnächst gefeuert wirst, würde dir das als Beweis genügen? Wenn ich das meiner Mutter sage, dann ... Wobei, eigentlich gehört der Laden nämlich mir! Schon gewusst? Ich könnte dich auf der Stelle feuern! Klar?«

»Du ... kannst mich nicht feuern.«

»Ich werd noch wahnsinnig. Was sagst du da, du Spinner?«

»Wenn du mich jetzt sofort … feuerst, wer macht dann … die Nachtschicht?«

»Gibt doch jede Menge Leute, muss man halt wen finden, da brauchst du dich nicht weiter drum zu kümmern, wenn du deinen Job los bist!«

»Du kannst mich … nicht feuern. Du findest keinen … für die Nachtschicht. Du selber … kommst dafür nicht infrage und … die Chefin ist … im Moment krank.«

»Was?«

»Ja. Die Chefin hat mir … das gesagt. Dass sie einen Sohn hat. Und dass der sie vollkommen ignoriert, obwohl … sie krank ist.«

»Das hat meine Mutter gesagt? Tsss, na so was …«

»Du weißt das … noch gar nicht, was? Dass die Chefin seit ein paar … Tagen regelmäßig zum Arzt muss?«

»Was?«

»Deine Mutter ist seit ein paar Tagen … ziemlich krank. Kannst nicht … für deine kranke Mutter sorgen … aber willst mich feuern. Und die Nachtschicht? Die soll dann … deine Mama … machen, was? So verhält sich doch … kein Mensch …«

Min-sik spürte, wie irgendetwas in seinem Körper in die Tiefe stürzte. Es fühlte sich an, als ob ein ungeheurer Schmerz seine Gedärme durchbohrte und seinen ganzen Körper zu Boden drückte. Weder hatte er gewusst, dass seine Mutter krank war, noch, dass sie anderen Leuten gegenüber so über ihn sprach. Als hätte der Mann an der Kasse soeben das Gerichtsurteil über ihn verkündet, schnappte Min-sik nach Luft, die noch im Raum hängenden Worte wurden zu einem bleiernen Gewicht und zogen ihn immer weiter in die Tiefen eines dunklen Ozeans hinab.

»Wenn du der Sohn … bist, dann … darfst du das … doch nicht machen.«

»Hm … Ähm …«

»Jedenfalls … kann ich dir das Bier … und die Tüte nicht … so einfach geben. Weil ich keinen Beweis habe, dass du … der Sohn bist.«

Min-siks Gesicht war puterrot. Er ballte die Fäuste.

»Verdammte Scheiße! Ich pfeif drauf!«

Nachdem er dem Mann an der Kasse diese letzten Worte hingespuckt hatte, stürmte er aus dem Laden. Nicht weil er vor dem stämmigen Mann Angst gehabt hätte. Sondern weil er sich schämte.

Min-sik ging geradewegs zum Haus seiner Mutter, gab den Geheimcode an der Eingangstür ein und betrat die Wohnung. Das einzige Licht im dunklen Raum stammte vom Bildschirm des Fernsehers, auf dem eine Unterhaltungssendung mit alten Trot-Schlagern lief. Ungeachtet der lauten Musik lag seine Mutter zusammengekauert auf dem Sofa und war eingeschlafen.

Min-sik seufzte. Dann schaltete er das Wohnzimmerlicht an und weckte seine Mutter. Als er sie an der Schulter rüttelte, öffnete sie die Augen, sah ihn benebelt an und richtete sich mühsam auf.

»Was'n los …«

»Ich hab gehört, du bist krank. Da bin ich schnell hergekommen.«

»Krank … Eher mache ich mir Sorgen um dich. Wo hast du denn bloß die ganze Zeit gesteckt?«

»Och, komm. Immer musst du meckern … Ich war bei einem Freund. Aber sag mal, was hast du denn?«

»Irgendeine Erkältung, Gliederschmerzen, so was.«

»Deshalb habe ich dir doch gesagt, du sollst die Grippeimpfung machen. Im Krankencenter gibt es die für Senioren gratis.«

Frau Yeom erhob sich ächzend, ging, ohne noch etwas zu erwidern, in die Küche und setzte eine Kanne mit Gerstentee auf. Min-sik wuselte um sie herum, eifrig bemüht, die krampfige Atmosphäre irgendwie aufzulockern.

»Mensch, warum ist es denn hier drinnen so kalt? Kein Wunder, dass du dich erkältest. Dreh doch mal die Heizung richtig auf.«

»Schon gut. Jetzt, wo du da bist, ist es hier schon nicht mehr so kalt. Der Körpertemperatur nach zu urteilen, bist du ja möglicherweise noch ein Mensch.«

»Was soll das denn heißen? Wie haben deine Schüler bloß eine Lehrerin ertragen, die ständig so bissige Bemerkungen macht?«

»Willst du Gerstentee?«

»Mhm.«

Min-sik setzte sich an den Esstisch und zog die Socken aus. Frau Yeom brachte zwei Becher mit heißem Gerstentee, schnalzte beim Anblick der auf den Boden geworfenen Socken verächtlich mit der Zunge und nahm Platz. So saßen sie schweigend da, tranken Tee und spürten die nächtliche Stille, nun, da es auf zwölf Uhr zuging. Min-sik war sich unschlüssig, wie er das Gespräch beginnen sollte. Wenn er das Ale-Bier aus dem Laden mitgebracht hätte und es ihr nun zeigen könnte, wäre es nicht so kompliziert gewesen, ihr seine Geschäftspläne zu erklären, aber der Idiot im Laden hatte ihm mit seinen Sperenzchen einen Strich durch die Rechnung gemacht. Was immer das für ein dahergelaufener Spinner gewesen sein mochte, der Kerl war verdammt nervig gewesen, und beim bloßen Gedanken an ihn fühlte Min-sik von Neuem die Wut in sich aufsteigen.

»Was machst du denn für ein Gesicht?«

Seine Mutter sah ihn an.

»Mama, ich habe gerade im Laden vorbeigeschaut, sag mal, wer ist denn bitte dieser Brocken mit dem Schurkengesicht?«

»Meinst du Dok-go? Der macht die Nachtschicht.«

»Der ist ja irgendwie nicht normal … Total arrogant und unverschämt.«

»Na ja, ein Ladenmitarbeiter ist natürlich keine Kaufhausbedienung. Aber unverschämt, wieso?«

»Erst mal weiß der überhaupt nicht, wie man mit Kunden umzugehen hat. Ich habe mir nicht gleich anmerken lassen, dass ich der Sohn der Chefin bin, und als ich ihm an der Kasse gesagt habe, er soll mir die Sachen einfach so geben, meint der doch glatt, ich soll ihm beweisen, dass ich dein Sohn bin.«

Frau Yeom brach in schnaubendes Gelächter aus. Das brachte Min-sik umso mehr auf die Palme. Er griff nach dem Becher und kippte den Tee hinunter.

»Dok-go überprüft halt alles ganz genau. Er ist einfach sehr gründlich.«

»Was soll das? Das ist für mich doch entwürdigend! Mama, kannst du den nicht einfach feuern?«

»Soll ich?«

»Ja. Der gefällt mir nicht. Hundert Pro, dass wegen dem noch gewaltig was schiefgeht. Ich habe mich ja zusammengerissen, aber lass da mal einen Betrunkenen in den Laden kommen. Das kann ganz böse ausgehen. Am Ende musst du noch Entschädigung zahlen oder so was.«

»Ich habe gehört, dass er mit betrunkenen Kunden schon ganz gut zurechtgekommen ist. Und am Vormittag begegnet er den alten Damen aus dem Viertel auch immer sehr zuvorkommend. Seitdem steigt auch unser Umsatz.«

»Und wenn schon. Das bisschen Umsatz, das der Laden macht! Es geht im Grunde auch gar nicht darum, ob du den feuerst oder nicht, lass uns einfach den Laden endlich verkaufen.«

»Abgelehnt.«

»Wieso?«

»Wenn ich den Laden schließe, verlieren Frau Oh und Dok-go ihre Arbeit. Die beiden leben davon.«

»Puh … Bist du Jesus, oder was? Hängt sich jeder, der in die Kirche geht, so am hehren Ideal der Nächstenliebe auf?«

»Das hat nichts damit zu tun, ob man Christ ist oder nicht. Das ist einfach ganz gewöhnlicher Anstand. Als Chefin muss ich natürlich an den Lebensunterhalt meiner Mitarbeiter denken.«

»Als Ladenchefin? Was ist denn das für eine Chefin?«

»Das ist genau der Grund, weshalb du, mein Sohn, es niemals bis zum Chef bringen, sondern immer mit kleinen Jobs herumkrebsen wirst. Verstanden?«

»Oh Mann! Schon wieder eine Predigt … Na gut, stellen wir den Verkauf des Ladens mal zurück. Als Erstes feuerst du diesen Typen.«

»Kommt nicht infrage.«

»Und warum nicht?«

»Ich brauche jemanden für die Nachtschicht. Falls du einspringen willst, überleg ich es mir.«

»Mama, warum willst du mir ständig so eine billige Arbeit aufhalsen? Fändest du es gut, wenn dein Sohn im 24-Stunden-Laden jobbt?«

»Es gibt keine guten oder schlechten Berufe. Der Mindeststundenlohn ist mittlerweile so hoch, dass man in einem Monat mehr als zwei Millionen Won verdienen kann, wenn man fleißig Nachtschicht macht.«

»Alles klar. Lass mal gut sein.«

Min-sik leerte erneut seinen Becher mit Gerstentee. Aber seine Wut legte sich nicht, das Gespräch verlief dafür schlichtweg zu unerfreulich. Vielleicht sollte er einfach wieder nach Hause gehen. Er sprang auf. Es war frustrierend. Nicht nur, dass er die Sache mit dem Verkauf des Ladens und der Investition in seine Geschäfte bisher nicht hatte regeln können, nun musste er nach dem Gemeckere seiner Mutter möglicherweise unverrichteter Dinge wieder abziehen wie ein auf dem Schlachtfeld verirrter Kämpfer. Vielleicht sollte er erst mal einen Schluck kühles Wasser trinken, bevor er ihr seine Pläne unterbreitete. Er ging zum Kühlschrank.

Nanu? Als er die Kühlschranktür öffnete, um sich eine Flasche Wasser zu nehmen, erblickte er etwas, das sich im Hause seiner Mutter nie und nimmer hätte befinden dürfen. Vier Dosen Bier, noch dazu genau die Sorte, die er vorhin aus dem Laden mitbringen und ihr hatte zeigen wollen, um ihr sein Projekt schmackhaft zu machen.

Er nahm eine Dose »Bierberg Sobaeksan« und kehrte an den Esstisch zurück. Als seine Mutter sah, was er da in der Hand hielt, schien sie leicht zusammenzuzucken, brachte ihre Gesichtszüge aber sofort wieder unter Kontrolle. Min-sik öffnete die Dose und goss sich Bier in den nun leeren Gerstenteebecher ein. Der aromatische Ale-Geruch kitzelte seine Nase. Nun ging es darum, diese glänzende Gelegenheit nicht ungenutzt verstreichen zu lassen.

Min-sik trank den Becher in einem Zug aus. Ah, wie erfrischend! Zwar nicht ganz so gut wie das Bier von Steve, das er am Abend getrunken hatte, aber das reiche Aroma und der kräftige Geschmack waren eindeutig anders als bei herkömmlichem Bier.

»Ah, lecker. Wusste gar nicht, dass du Bier im Haus hast.«

»Die Firma hat mir das empfohlen, die Marke ist neu … Da hab ich das mal ausprobiert. Schmeckt nicht schlecht.«

»Was denn, heißt das, du hast das Bier selbst getrunken? Darfst du das denn?«

»Erzähl das nicht rum. Ich trinke das nur wegen der Arbeit. Ich muss doch über die Sachen Bescheid wissen, die ich in meinem Laden verkaufe.«

»Verstehe. Dann testest du sicher auch alle Zigarettenmarken gewissenhaft durch, was? Alles andere wäre ja unverantwortlich.«

Min-siks Sticheleien trieben Frau Yeom missmutige Falten auf die Stirn, während sie ihren Tee austrank und den Becher abstellte.

»Quatsch nicht rum und schenk mir was ein.«

Na bitte! Frohlockend goss Min-sik seiner Mutter Bier in den Becher, dass es bis zum Rand schäumte.

Eine Stunde saßen sie beisammen und tranken Bier. Sie leerten alle vier Dosen, die im Kühlschrank waren. Es war das erste Mal überhaupt in Min-siks Leben, dass er seiner Mutter gegenübersaß, mit ihr trank und sich mit ihr unterhielt. Es war sehr ungewohnt, dass seine Mutter Alkohol trank, und es war eigenartig, so lange mit ihr zu reden. In den vergangenen Jahren war es immer so gewesen, dass Min-sik irgendetwas von ihr gefordert und sie alles ausnahmslos abgelehnt hatte und das Gespräch damit jedes Mal beendet gewesen war. Nun aber waren sie beide hinreichend beschwipst, um miteinander über dies und das zu plaudern. Sie erinnerten sich – nicht ohne Spott – an Min-siks Vater, diesen Sturkopf, der nun nicht mehr lebte, und zogen gemeinsam über Min-siks große Schwester und ihren Mann her, die sich beide so unausstehlich aufführten, außerdem hörte Min-sik sich an, wie es den Leuten aus der Kirche ging, in die auch er eine Weile zum Gottesdienst gegangen war, und dass manche Mieter hier im Haus zuweilen so laut waren, dass die Nachbarn sogar schon die Polizei gerufen hätten. Frau Yeom schüttete ihrem Sohn ihr Herz aus, die Worte sprudelten aus ihr heraus, als wäre ein Damm gebrochen. Für Min-sik war es ganz neu, zu hören, was seine Mutter über die Menschen in ihrem Umfeld dachte. So waren sie in Bezug auf seinen Vater, seine Schwester und deren Mann hundertprozentig einer Meinung, was die Leute in der Kirche und in der Nachbarschaft anging, allerdings meist uneinig.

Seine Mutter berichtete ihm auch von einer seiner früheren Mitschülerinnen aus der Kirchenschule, die sich kürzlich habe scheiden lassen und nun wieder zur Kirche gehe. Nach zwei Jahren kinderloser Ehe sei sie nun wieder alleine, genauso wie er auch, ob er nicht diesen Sonntag mal in die Kirche mitkommen wolle, um Hallo zu sagen. Ein Vorschlag, den Min-sik schroff zurückwies. Er werde weder in die Kirche gehen noch diese Frau treffen. Seine Mutter schmatzte bedauernd mit den Lippen und leerte ihren Becher.

»Weißt du, warum ich die ganze Zeit keinen Alkohol getrunken habe?«

»Weil du in die Kirche gehst.«

»Hältst du mich wirklich für so verklemmt? Das erste Wunder, das Jesus vollbracht hat, bestand darin, dass er bei einem Fest, wo es nicht genug zu trinken gab, Wasser zu Wein hat werden lassen. Alkohol zu trinken, ist nicht das Problem. Das Problem ist, dass man Sachen falsch macht, wenn man getrunken hat.«

»Ja, eben. Dann wird Alkohol doch zum Problem. Na egal.«

»Bei mir nicht. Deine Mutter kann ordentlich was ab. Vor meiner Heirat haben die männlichen Kollegen aus der Schule ordentlich versucht, mich abzufüllen. So schnell werde ich nicht betrunken. Aber es schmeckt mir halt einfach nicht. Soju ist mir zu bitter, Bier zu lasch, Wein zu süß … Aber dieses Bier hier, das hat mir geschmeckt. Gutes Aroma, leicht bitter, irgendwie bekömmlich, wirklich nicht schlecht.«

Sie griff nach dem Teller mit den Knabbereien und steckte sich ein knuspriges Blatt getrockneten Seetang in den Mund. Min-siks Augen blitzten auf. Der Augenblick war gekommen. Der Augenblick, sie um den Finger zu wickeln. Sein routiniertes Gefühl für Timing sagte ihm, dass nun die Zeit reif war, um die Katze aus dem Sack zu lassen und seiner Mutter von seinem Brauereiprojekt zu erzählen. Ihr schmeckte das Ale sehr gut. Und auch wenn sie ihre Trinkfestigkeit betonte, machte sich der Alkohol bei ihr doch inzwischen bemerkbar. Vielleicht ließe sie sich, wenn er ihr noch einen Becher aufschwatzte, am Ende tatsächlich dazu bewegen, den Laden zu verkaufen und in sein Projekt einzusteigen.

Nur: Es war kein Alkohol mehr da. Min-sik sah die eingedrückten leeren Bierdosen auf dem Tisch und beschloss, noch einmal in den Laden zu gehen, um Nachschub zu besorgen. Er nahm sein Handy und setzte sich neben seine Mutter.

In aller Eile lief er zum Laden, steuerte dort sofort den Glaskühlschrank mit den Getränken an und ging mit vier Dosen Ale zur Kasse. Dok… oder wie auch immer er hieß, war nicht zu sehen. Wo war der Kerl bloß hin? So etwas Nerviges … Min-sik nahm eine Plastiktüte aus dem Kassentisch, in die er die Dosen hineinlegte. Da sah er den klotzigen Kerl aus dem Lagerraum kommen, über und über mit Instantnudel-Packungen beladen. Min-sik tat noch etwas genervter als nötig. Der Kerl hatte inzwischen mitbekommen, dass außer ihm noch jemand im Laden war, stellte die Nudelboxen auf dem Tisch am Fenster ab und kam auf Min-sik zu. Der holte sein Handy hervor und hielt dem Kerl, der ihn offenbar für einen Betrüger hielt, das Foto auf dem Display entgegen.

»Da. Reicht das als Beweis?«

Es war das Foto, das er fünf Minuten zuvor mit seiner Mutter gemacht hatte. Bierselig drückten sie darauf ihre

Wangen aneinander und bildeten mit den Fingern ein Herzchen. Der Kerl sah das Foto eine Weile an, dann nickte er. Min-sik lächelte zufrieden und wollte schon gehen, als er plötzlich innehielt.

»Wie oft wurde das hier heute verkauft?«

»Das ist heute … das erste Mal. Ich wollte der Chefin sagen, dass sie … das nicht mehr bestellen soll.«

»Na hör mal! Das sagst du nur, weil du das noch nie getrunken hast. Die Chefin hat gesagt, ich soll noch mehr davon besorgen, weil ihr das so gut schmeckt.«

»Das Geschäft funktioniert nicht so, dass man … Sachen verkauft, weil man sie … selber mag. Man verkauft Sachen, die … andere mögen.«

»Andere mögen das doch auch!«

»Die Verkaufszahlen … lügen nicht.«

»Hm. Das werden wir ja sehen.«

Schnaubend stieß Min-sik die Tür auf und verließ den Laden.

Als er zu Hause ankam, hatte seine Mutter ihr rosiges Gesicht auf den Esstisch gedrückt und schnarchte leise vor sich hin. Eine Weile stand Min-sik da und betrachtete stumm seine schlafende Mutter, die kleine Frau, die mittlerweile mehr graue als schwarze Haare hatte. Dann trug er sie ins Schlafzimmer hinüber. Der Körper der Mutter war leicht, das Herz des Sohnes schwer.

Nachdem er sie aufs Bett gelegt hatte, kam er an den Esstisch zurück und öffnete noch eine Dose Bier. Allerlei Bilder und bittere Erinnerungen hinunterspülend, trank er in großen Schlucken das Bier, das er bald selbst herstellen und verkaufen wollte, diesen ersten Alkohol, den er mit seiner Mutter zusammen getrunken hatte, diesen goldenen Trank, der ihm wieder auf die Beine helfen würde.

Es war ein schöner Abend gewesen. Sie hatten zusammen angestoßen, sich lange unterhalten und ein gemeinsames Foto gemacht. Seit Langem hatte er wieder einmal so etwas wie familiäre Wärme gespürt, und das genügte ihm. Über die Ladenauflösung und die Geldanlage konnte er auch morgen mit ihr sprechen. Schließlich mochte seine Mutter das Bier. Und auch wenn sie sich Sorgen darum machte, um ihren Lebensunterhalt sollten sich Frau Oh und Dok-go oder Dok-geo oder wie auch immer gefälligst selbst kümmern. Frau Oh musste man nur ein bisschen einschüchtern, dann machte sie sicher einen Rückzieher. Über den anderen wusste er zu wenig, da würde er noch etwas forschen müssen. Fest stand, dass jemand, der behauptete, die Verkaufszahlen würden nicht lügen, und der eindeutig etwas gegen Ale-Bier hatte, hier nicht bleiben durfte. Wenn der anfing, unliebsame Bemerkungen darüber zu machen, was bestellt werden sollte und was nicht, würde es sehr schwierig werden, seine Mutter zu überzeugen. Eile war geboten.

Min-sik beschloss, genauer in Erfahrung zu bringen, wer dieser Typ eigentlich war. Als er seine Mutter gefragt hatte, wie sie dazu gekommen sei, ihn einzustellen, hatte sie nur gelacht und keine richtige Antwort gegeben. Das hatte die Sache nur noch verdächtiger gemacht. Dem Kerl war nicht zu trauen, und er war ein eindeutiges Hindernis. Er musste aus dem Weg geräumt werden, und dafür brauchte Min-sik Hintergrundinformationen. Wenn bei den Nachforschungen etwas herauskam und er seiner Mutter davon berichtete, würde sie bei ihrem ausgepräten Moralbewusstsein sicher nicht zögern, den Kerl in die Wüste zu schicken. Min-sik nahm sich vor, gleich an diesem Morgen bei Gwak anzurufen, einem alten Bekannten, der als Privatdetektiv arbeitete und zu dem er seit seiner Arbeit in Yongsan einen guten Draht hatte.

Er trank das Bier aus und versuchte, auch den Gedanken an seine Mutter zu Ende zu bringen. Er nahm sein Handy heraus und installierte das Foto, das er vorhin gemeinsam mit ihr gemacht hatte, als Hintergrundbild auf dem Startbildschirm.

Das Herzchen, das Mutter und Sohn etwas wackelig mit Daumen und Zeigefinger gebildet hatten, sah doch irgendwie liebenswürdig aus.

*Abgelaufen,
aber noch gut*

Oh Mann, da jobbe ich doch lieber selbst im 24-Stunden-Laden, sagte Gwak leise zu sich, während er dem Verdächtigen folgte, der soeben den Laden verlassen hatte und sich nun in Richtung Hauptbahnhof bewegte. In seinem weißen Parka und mit den rudernden Armbewegungen wirkte er wie ein Polarbär, dessen Eisberg weggeschmolzen war und der nun nicht mehr wusste, wo er hinsollte. Und Gwak selbst fühlte sich wie ein uralter Schneemensch, der am Nordpol sein Augenlicht verloren hatte und nun orientierungslos herumirrte. Drei Tage war er dem Verdächtigen nun schon auf der Spur, ohne dass seine Bemühungen sich in irgendeiner Weise ausgezahlt hätten. Und allmählich hätte er es vorgezogen, für den Mindeststundenlohn von 8590 Won in einem beheizten Laden eingepfercht zu sein, anstatt den Kerl hier zu beschatten, der bei dieser Kälte ununterbrochen draußen herumlief. Einmal mehr empfand er Reue und Frust darüber, Gang Min-siks Auftrag angenommen zu haben. Er schob seine Atemschutzmaske ein wenig nach unten. Eine Maske vom Typ KF94, in der er sich so beengt fühlte, dass er sie selbst bei Smog nicht hätte aufsetzen mögen, doch nun liefen plötzlich alle mit solchen Masken herum. Wo sollte das nur enden? Der alte Gwak seufzte. Aber unter seiner Maske kam selbst dieser Seufzer ihm

nur als Mundgeruch wieder entgegen. Entschlossen zog
er seinen Schal etwas fester und erinnerte sich an die Vereinbarung
mit Gang. »Bring seine Identität und seine
verdächtige Vergangenheit in Erfahrung. Dann überweise
ich dir auf der Stelle zwei Millionen.« Gang hatte gemeint,
er solle sich beeilen, denn der plötzlich aufgetauchte
Verdächtige stehe dem Umsatz im Laden seiner
Mutter und dem Aufbau seines eigenen Geschäfts im
Wege. Gwak hatte eine Million Anzahlung gefordert,
aber Gang hatte abgelehnt, woraufhin sie weiterverhandelt
und sich schließlich auf eine einmalige Zahlung von
zwei Millionen und eine Anzahlung von zweihunderttausend
geeinigt hatten. Gang war gleich zum nächsten
Geldautomaten gegangen und hatte zweihunderttausend
Won auf Kredit abgehoben. Als er ihm das Geld reichte,
hatte er gesagt:

»Beeil dich. Wenn ich erst mal schlechte Laune hab,
interessiert mich die Vergangenheit von dem Kerl auch
nicht mehr, dann lass ich einfach ein paar gute Kumpels
auf ihn los, damit er sich von hier verkrümelt.«

Trotz dieser großspurigen Worte machte Gang eigentlich
nicht den Eindruck, als wäre es tatsächlich so einfach,
schließlich hatte er ihn, Gwak, ja engagieren müssen.
Gwak kannte Gang schon seit geraumer Zeit und
war in der Lage, seine Bluffs zu durchschauen und hinter
seinem Rücken über ihn zu lachen. Zwar war es eine
ziemlich entwürdigende Arbeit, aber weil er einst derjenige
gewesen war, der am meisten von Gangs Getöse
profitiert hatte, hatte er schließlich zugesagt. Immerhin
war es besser, als nur herumzuhängen, denn auch er
musste ja Geld verdienen und eine gewisse Summe zu-

rücklegen. Kein Geld für die Unabhängigkeitsbewegung, kein Schwarzgeld, sondern Geld für die Altersvorsorge. Erst jetzt, da er schon über sechzig war, hatte er angefangen, sich darum zu kümmern. Denn jetzt lebte er allein und das Einzige, worauf er sich in seinem restlichen Leben würde stützen können, war das, was er von nun an zusammensparte.

Alles, was ihm Gang an Informationen über die Zielperson mitgeteilt hatte, war, dass er in einem 24-Stunden-Laden Nachtdienst schob und »Dok-go« genannt wurde. Dok-go … Auch das noch. Allein der Name klang ja schon wie der reinste Hohn. Als Erstes musste er herausfinden, ob es sich dabei um den Vor- oder Familiennamen handelte. Diesem Kerl, der bummelig wie ein Bär durch die Gegend tappte, hinterherzuspionieren, würde für ihn, der seit dreißig Jahren seinen Lebensunterhalt mit dieser Art von Arbeit verdient hatte, ein Leichtes sein, so hatte Gwak gedacht. Aber der Verdächtige stromerte die ganze Zeit nur in der Gegend herum. Wenn er aus dem Laden kam, ging er zu seinem Zimmer in Dongja-dong, aber so, dass er entweder erst am Westausgang des Hauptbahnhofs vorbeikam, dann links abbog, den Hügel von Malli-dong überquerte, an Aeogae und Chungcheongno vorbeikam und am Ende in Richtung Dongja-dong umdrehte, oder aber so, dass er erst nach Huam-dong ging, an der Yongsan-Oberschule vorbei, bis zum Haebangchon und nach Bogwang-dong, danach Ichon-dong und die Gegend um den Bahnhof von Yongsan durchkämmte und schließlich nach Dongja-dong zurückkehrte, oder aber indem er … Nun, jedenfalls lief er die gesamte Gegend zwischen Hauptbahnhof und Namsan ab, so unermüdlich wie die Puppe aus der Werbung für langlebige Batterien. Mit seinen endlosen Streifzügen trieb er Gwak, dem noch dazu die lästige Maske zu schaffen machte, die es aufgrund der derzeit grassierenden bösartigen Infektionskrankheit zu tragen galt, zur völligen Erschöpfung. So ging das nun schon seit drei Tagen, wobei Gwak jedes Mal nach einem halben Tag aufgegeben hatte und in seine Einzimmerwohnung an der Wonhyoro zurückgekehrt war.

Aber jetzt konnte er die Sache nicht weiter aufschieben. Er nahm sich vor, den Verdächtigen heute – nach einem kräftigen Frühstück – um jeden Preis bis zum Ende zu folgen. Zwei Leute zwischen sich und dem Verdächtigen, schlich er ihm in der typisch gebückten Haltung eines älteren Herrn langsam hinterher. Es war nun schon der vierte Tag, und trotzdem hatte der Kerl seine Anwesenheit bislang nicht bemerkt und zockelte in für Gwak äußerst ermüdender Weise unbeirrt durch die Gegend. Gerade als Gwak schon die Befürchtung hatte, dass heute die nächste Nullnummer folgen würde, bog der Verdächtige ab und betrat das Bahnhofsgebäude. Gwak beschleunigte seine Schritte, verringerte den Abstand und erreichte die Rolltreppe, auf welcher der Kerl nun nach oben fuhr. In der Bahnhofshalle angekommen, sah sich Gwak unverzüglich nach dem weißen Parka um. Aber heute herrschte hier ein so großes Gewimmel von Leuten in dicken Anoraks und Mänteln, dass auch ein derart stämmiger Mann nicht leicht zu entdecken war. Dass der Kerl in das Bahnhofsgebäude gekommen war, musste einen besonderen Grund haben, wo er doch ansonsten nur ziellos umherlief. Es war daher sehr unwahrscheinlich, dass er schon wieder draußen war. Ganz bestimmt war er noch hier. Gwak sah sich in der Bahnhofshalle um und suchte die Orte ab, die der Kerl vielleicht angesteuert haben könnte. Die Filiale einer großen Hamburger-Kette, einen 24-Stunden-Laden, die öffentlichen Toiletten, aber nirgends war er zu sehen. Vielleicht wollte er mit dem Zug wegfahren und kaufte sich gerade ein Ticket. Gwak ging in Richtung Fahrkartenschalter.

Über den großen Fernsehbildschirm, der sich in der Mitte der Wartehalle befand, lief gerade die Meldung, dass in der Region von Daegu das Coronavirus ausgebrochen sei. Gwak blieb einen Moment lang stehen. Bei der anschließenden Meldung, die besagte, dass es infolge des sprunghaften Anstiegs von Infektionen dieses Virus, von dem man zunächst gedacht hatte, dass es nach kurzer Zeit wieder verschwinden würde, zu Panikkäufen von Atemschutzmasken gekommen sei, fragte sich Gwak, wie viele Masken er eigentlich noch vorrätig hatte. Er schauderte. Für ihn als Diabetiker mit schwachem Immunsystem waren Nachrichten über diese neuartige Infektionskrankheit, von der es hieß, für ältere Menschen und Personen mit Vorerkrankungen könne sie tödlich sein, nicht weniger wichtig als sein jetziger Auftrag.

Nachdem er die Nachrichten eine Weile verfolgt hatte, fiel ihm plötzlich inmitten einer Gruppe von Obdachlosen, die hinter dem Fernsehbildschirm saßen und sich lautstark unterhielten, ein Mann auf, der seinen weißen Parka als Sitzunterlage benutzte. Bingo! Gwak holte sein Handy heraus, tat so, als telefonierte er, und fotografierte den Verdächtigen, der zwischen den Obdachlosen saß und angeregt mit ihnen plauderte. Das alte Handy machte beim Fotografieren kein Klickgeräusch und würde ihm bestimmt den entscheidenden Hinweis auf die Identität des Verdächtigen liefern. Ermutigend war auch, dass sein Verdacht, der Kerl, der schließlich immer in der Nähe des Seouler Hauptbahnhofs herumgewandert war, könne vielleicht ein ehemaliger Obdachloser sein, sich nun zu bestätigen schien.

Langsam näherte er sich der Gruppe. Ein vorsichtiger Blick verriet ihm, dass die Obdachlosen, während sie sich mit dem Verdächtigen unterhielten, Lunch-Pakete aus dem 24-Stunden-Laden verzehrten. Das Ganze wirkte ein wenig wie eine Szene aus einem Räubernest, hatte aber durchaus etwas Warmherziges, und so war Gwak ganz in den Anblick versunken. Da stand der Verdächtige plötzlich auf, zog seinen weißen Parka an, winkte den Obdachlosen noch einmal zu und ging. Offenbar in Richtung Bahnhofsvorplatz. Gwak eilte in geduckter Haltung auf die Gruppe zu und setzte sich auf einen freien Platz in der Nähe. Die Straßenpenner, die sich gerade wieder ihren Lunchboxen hatten zuwenden wollen, bemerkten seine Anwesenheit und warfen ihm wachsame Blicke zu. Gwak ahmte den Gesichtsausdruck nach, den er zu seiner Zeit als Kriminalbeamter aufzusetzen pflegte, wenn er Verhöre geführt hatte, und zog den gefälschten Polizeiausweis hervor.

»Ihr antwortet nur auf meine Fragen und quatscht nicht unnötig rum, verstanden?«, begann er sie anzuschnauzen und versuchte, den stechenden Gestank, der durch die Maske hindurch an seine Nase drang, zu ignorieren. Sie starrten ihn mit fragendem Gesicht an, wobei unklar war, ob sie eingeschüchtert waren oder immer so guckten, und stocherten weiter mit den Stäbchen in ihrem Essen herum.

»Wer war der Mann gerade eben, der im weißen Parka? War das ein Freund von euch?«

»Freund? Äh, nein«, sagte einer.

»Sondern?«

»Ein ... Kollege«, meinte ein zweiter.

»Aber jetzt ist er doch kein Obdachloser mehr, oder? War er früher obdachlos?«

»Weiß nicht. Der ist einfach gekommen und ... hat uns was zu essen gekauft«, sagte nun ein dritter.

»Ihr kennt den nicht? Aber wieso kauft er euch dann was zu essen?«

»Der ist ein Halunke«, meinte der Dritte.

»Was? Wieso ist der ein Halunke, wenn er euch was zu essen kauft?«

»Nicht der. Du!«, sagte der Zweite.

»Ihr Mistkerle wollt mich hier hinhalten, was?«, knurrte Gwak.

Der Zweite zuckte zusammen.

»Die Lunchbox ... ist gut«, sagte nun der Erste und nahm sich mit den Stäbchen einen Happen Reis. Verdammt! Das Gespräch mit denen war reine Zeitverschwendung gewesen. Jetzt musste er sich beeilen. Zerknirscht gestand sich Gwak seinen Fehlschlag ein und erhob sich. Da spitzte der dritte Obdachlose seine Lippen und öffnete eine Flasche. Es war kein Soju. Daraufhin machten auch der erste und der zweite jeweils eine Flasche auf. Bei genauerem Hinsehen konnte man erkennen, was es war. Maisbarttee. Die drei stießen an und tranken aus der Flasche. Sachen gab's ... Er ließ die eigenartige

Szene hinter sich und hastete nun wieder dem Verdächtigen hinterher.

Eilig durchquerte er die Bahnhofshalle, stieg auf die Rolltreppe, die zum Bahnhofsvorplatz führte, und erblickte dort den weißen Parka, der gerade in einer Untergrundpassage verschwand. Während Gwak die Treppe hinunterhetzte, zog sich der Verdächtige am Fahrkartenautomaten ein Ticket und begab sich zum Bahnsteig der U-Bahn-Linie 1. Gwak preschte hinterher.

Der Verdächtige war in die U-Bahn Richtung Cheongnyangni eingestiegen, stand neben der Tür und blickte durch das Fenster in die schwarze Finsternis. Gwak hatte auf der gegenüberliegenden Seite Platz genommen und ließ den Verdächtigen, bereit, ihm gegebenenfalls sofort hinterherzustürmen, nicht aus den Augen. Die U-Bahn war vergleichsweise leer, nur der für Linie 1 charakteristische, leicht schimmlige Geruch lag im Raum, und die warme Luft der aufgedrehten Heizung hatte etwas Ermattendes. Die meisten Fahrgäste atmeten unter ihrer Maske nur flach, und auch diejenigen, die keine Maske trugen, hielten den Mund geschlossen und den Kopf gesenkt. Gwak kam sich vor wie auf einer Krankenstation, und bei jedem Ausatmen nahm er immer wieder aufs Neue seinen eigenen Mundgeruch wahr.

Als die Bahn an der Station am Rathaus hielt, stieg ein Mann zu, der gerade mit seinem Handy telefonierte. Mitte fünfzig, dicker Mantel, keine Maske, puterrotes Gesicht, hervorquellender Speckbauch. Der Mann setzte sich auf den Platz gegenüber und redete nun ungeniert drauflos.

»Also, in Namyangju legst du fünfzig an, und in Hoeng-seong den Rest, schön aufgeteilt … Nee, jetzt hör doch mal zu! Fünfzig Millionen in Namyangju, und in Hoengseong checkst du alle Adressen, die ich dir gestern geschickt hab. Ja. Ich sag dir, da gibt es lohnende Objekte … Hm. Hm …«

Der Mann schien die U-Bahn mit seinem Büro zu verwechseln und bellte so laut ins Telefon wie ein ausgewachsener Schäferhund, weshalb sich sogar Gwak dafür zu interessieren begann, um was für »Objekte« in Hoengseong es sich da wohl handelte. Als der Typ mit seiner aufdringlichen Stimme schließlich dafür gesorgt hatte, dass so ziemlich jeder im Abteil genervt das Gesicht verzog, endete das Telefonat. Allerdings drückte er gleich darauf erneut auf der Tastatur seines Handys herum, um jemand anderen anzurufen. Und nachdem er halb vor sich hin summend, halb vor sich hin schnaubend gewartet hatte, kam die Verbindung zustande, und er röhrte wieder los:

»Ja? Direktor Oh! Wie sieht's aus? … Soso, mhm … Dieses Wochenende ins Field, ne? Ach so, Lake Park? Nee, komm! New Country, okay? Ja, nee, weil ich muss da noch unbedingt was … Mhm … Sag ich doch, Lake Park dann im Frühling, lass mal so machen. Also diesmal New Country? … Essen zahl ich und das andere auch, jaja … Chchchch!!!«

Er redete und redete und brachte mit seinem endlosen Geschwatze, dem sich niemand entziehen konnte, auch Gwak an den Rand der Verzweiflung. Dieser richtete seinen zwischenzeitlich abgeschweiften Blick nun wieder auf den Verdächtigen, der weiterhin dastand und seinerseits auf den lauten Menschen neben sich herabblickte.

Der Mann hatte sein Telefongespräch mit lautem Gelächter beendet und war schon im Begriff, die nächste Nummer zu wählen, da ließ sich der Verdächtige plötzlich auf dem freien Sitzplatz neben ihm nieder. Der Mann drehte sich zur Seite. Zwei kleine, zusammengekniffene Augen sahen ihn an.

»Also … welchen Ort haben Sie jetzt … vereinbart?«

»Was?« Der Mann, verwirrt über die Frage, machte große Augen.

»Wollen Sie zum … Lake Park? Oder zum … New Country?«, fragte der Verdächtige und imitierte einen Golfschwung.

»Bitte? Wer sind Sie denn? Was soll das?«, polterte der Mann zurück, als wollte er die absurde Frage mit seinem durchdringenden Organ wegpusten. »Geht's noch? Andere Leute belauschen und anschließend dumme Fragen stellen?«

»Man hört halt alles.«

Die knallharte, trockene Replik ließ den Mann einen Moment lang verdattert zurück. Nicht nur Gwak, alle im Abteil hatten nun ihre Augen auf die beiden gerichtet. Es herrschte Stille wie in einem luftleeren Raum. Der Verdächtige fixierte den Mann mit scharfem Blick und zitternden Wangenknochen und fuhr dann fort:

»Es interessiert mich … eigentlich überhaupt nicht, in welchem Club du am Wochenende … Golf spielst, aber … du redest so laut, da wird man halt neugierig. Ich würd sagen … ähm … der Lake Park ist eher was … für den Frühling. Geh da mal lieber … im Frühling hin. Und ähm … das mit halbe-halbe in Hoengseong, wo … war das genau? Seit die für die … Olympiade in Pyeongchang die neuen Tunnel … gebaut haben, sind da die … die Preise da ganz schön nach oben gegangen, hast du ... doch vorhin gesagt. Stimmt doch?«

Mit ruhiger Stimme brachte er einen Punkt nach dem nächsten vor, wie ein Schüler, der das Ergebnis einer Hörverständnisübung einreicht. Der Mann saß mit hochrotem Kopf und verkrampften Händen da und wusste nicht, wie er reagieren sollte. Offenbar war es ihm äußerst unangenehm, dass dieser stämmige Typ ihm so dicht auf die Pelle rückte. Hilfe suchend sah er sich um. Aber keiner der Anwesenden, auch Gwak nicht, dachte daran, ihm beizuspringen. Er konnte es von ihren Gesichtern ablesen: Selber schuld. Als der Mann begriffen hatte, dass er hier wohl keinen Verbündeten finden würde, schnalzte er missmutig mit der Zunge. Die Lautsprecheransage verkündete den nächsten Halt: Jongno 3(sam)-ga.

»Da fahr ich das erste Mal seit Langem mal wieder mit der U-Bahn und gerate gleich an so einen durchgeknallten Spinner.«

Nachdem der Mann diese Bemerkung hatte fallen lassen, erhob er sich und ging Richtung Tür. In diesem Moment stand auch der Verdächtige auf und drängte sich an seine Seite.

»Was ... äh ... soll das?« Der Mann schauderte.

»Ich steig ... auch aus. Dann kannst du mir das mit dem Grundstück ... in Hoengseong noch ein bisschen genauer erklären. Ich glaub, ich kann sonst ... heute Nacht nicht schlafen, so neugierig ... hast du mich gemacht!«

»Also echt ...«

»Ja! *Echt!* Ich sag dir doch ... Wir steigen ... zusammen aus, du und ich.«

»Verdammte Scheiße, mach doch, was du willst!«

»Du, sag mal … warum trägst du eigentlich keine Maske? Stört dich dann vielleicht … dein eigener Mundgeruch?«

Unter den Masken der anwesenden Fahrgäste brach lautes Gelächter hervor. Der Mann errötete, zog eine zerknitterte Maske aus seiner Manteltasche hervor und blickte mit übelwollendem Blick um sich.

»Verfluchter Mist! Tut mir leid, dass ich so laut geredet hab, okay? Gut jetzt?«

Die Tür öffnete sich, und er sprang nach draußen, doch der Verdächtige ließ nicht locker und folgte ihm. Auch Gwak stand auf und ging zur Tür, das Gekicher der U-Bahn-Passagiere hinter sich lassend. Den Rücken des Verdächtigen vor sich, ging er mit langsamen Schritten vorwärts. Er sah, wie der Mann, der vorausging, sich umdrehte, den Verdächtigen hinter sich erblickte und erschrocken weiterlief. Ein erfreulicher Anblick. Dieser Idiot, schließlich hatte ihn wirklich niemand darum gebeten, seine Privatangelegenheiten in aller Öffentlichkeit herumzuposaunen. Da hatte er sich auf sein Alter und seine imposante Figur verlassen, und dann war plötzlich einer aufgetaucht, der sich noch unverschämter aufführte, und hatte ihn in die Flucht geschlagen.

Als der Mann die Treppe zum Ausgang hinaufging, ließ der Verdächtige von ihm ab und schlug eine andere Richtung ein, offenbar um in die Linie 3 umzusteigen. Gwak wartete ab, bis der Verdächtige an ihm vorübergegangen war, und schlich ihm weiter hinterher. Der Mann in der U-Bahn hatte den Verdächtigen zwar als »durchgeknallten Spinner« bezeichnet, in Gwaks Augen war er aber vielmehr ein sehr vernünftiger Mann von anständiger Gesinnung, heutzutage eine Seltenheit. Auch schien er etwas über Golf zu wissen und sich für Immobilien zu interessieren. Wobei seine Kenntnisse über die Golfplätze und sein Interesse an den Grundstücken in Hoengseong möglicherweise auch nur gespielt gewesen waren, in der Absicht, seinem Gegenüber auf den Zahn zu fühlen. Nach Gwaks Empfinden jedoch hätten Ton und Auftreten des Verdächtigen ohne Weiteres zu jemandem gepasst, der regelmäßig auf dem Golfplatz anzutreffen und mit Immobiliengeschäften vertraut war. Obwohl der Verdächtige sich mit den Pennern vom Hauptbahnhof traf und lediglich als nächtliche Aushilfe in einem 24-Stunden-Laden arbeitete, war es, so schlussfolgerte Gwak, durchaus möglich, dass er in seiner Vergangenheit eine Zeit lang über recht viel Geld verfügt hatte. Und schließlich führte die Linie 3 nach Gangnam, ins wohlhabendste Viertel von Seoul … Wenn der Verdächtige an seinem Zielbahnhof ankam, würde er sicher eine weitere Schicht seiner Identität enthüllen. Aufgeregt folgte Gwak ihm auf den Bahnsteig der Linie 3 und stieg mit ihm in die Bahn in Richtung Ogeum.

Der Verdächtige stieg in Apgujeong aus. Gwak sah, wie er den U-Bahnhof in Richtung der Hyeondae-Oberschule verließ. Ein plötzlicher kalter Windstoß ließ Gwak seinen Schal fest umklammern. Wenn er sich jetzt erkälten und ernsthaft krank werden würde, wäre möglicherweise alles umsonst gewesen … Als Gwak unwillkürlich ein leichtes Murren entfuhr, blieb der Verdächtige, wie als Reaktion darauf, plötzlich stehen. Er hob den Kopf, blickte auf ein bestimmtes Gebäude und stand regungslos da, offenbar in Gedanken versunken. Dann drehte er den Kopf mit einem Mal in Gwaks Richtung. Dieser bückte sich flink und tat, als bände er seine Schuhe. Den Kopf gesenkt haltend, riskierte Gwak einen vorsichtigen Blick und konnte gerade noch den Zipfel des weißen Parkas im Gebäude verschwinden sehen.

Schnell näherte er sich dem Eingang und blieb davor stehen. Der fünfstöckige Bau aus elegantem Sichtbeton war ein Krankenhaus, eine Klinik für plastische Chirurgie, wo man Geld damit verdiente, dass Leute sich ihre Augenlider, ihre Nase, ihren Mund oder ihr Kinn ändern ließen. Gwak frohlockte. Dass der Verdächtige hierhergekommen war, um eine Schönheitsoperation an sich durchführen zu lassen, war mehr als unwahrscheinlich. Wenn Gwak in dieser Klinik gründlich nachforschte, würde er ganz sicher etwas über die Vergangenheit des Verdächtigen oder etwas über dessen Ziele aus der Gegenwart in Erfahrung bringen können. Als sich sein alter Kriminalbeamteninstinkt zu regen begann, auf den er sich immer hatte verlassen können, spürte Gwak ein Kribbeln. Wahrscheinlich war, dass der Verdächtige hier früher einmal gearbeitet hatte oder jemanden, der hier arbeitete, treffen wollte. Gwak wusste genau, was nun zu tun war. Er ging in die nebenan gelegene Filiale einer Kaffeehauskette, suchte sich einen Sitzplatz am Fenster und widmete sich der Tätigkeit, die zu seiner Zeit als Kriminalbeamter seine zweite große Stärke gewesen war: dem Auf-der-Lauer-Liegen.

Gwak hatte seinen Becher mit heißem Americano noch nicht ausgetrunken, da kam der Verdächtige bereits aus dem Gebäude. Noch bevor Gwak seine Fähigkeiten im Auf-der-Lauer-Liegen voll hatte entfalten können, war der Typ mit undurchschaubarer Miene schon wieder auf dem Weg zur U-Bahn-Station. Gwak überlegte einen Moment, trank dann seinen Kaffee aus und stand auf. Mit der Überwachung des Verdächtigen sollte es für heute genug sein. Er verließ den Coffee-Shop und begab sich in die Klinik für plastische Chirurgie, wo sich der Verdächtige zwanzig Minuten lang aufgehalten hatte.

In seiner Jugend war Gwak des Öfteren, ohne einen Führerschein zu besitzen, Auto gefahren. Er erinnerte sich auch an einen Kumpel, der mit einer gefälschten Fahrerlaubnis unterwegs gewesen war. Wenn man gut Auto fuhr und keinen Unfall baute, war die Gefahr aufzufliegen gering. Mit anderen Worten, auch ohne Führerschein kam man irgendwie durch, solange man ein Erscheinungbild an den Tag legte, das dem einer Person mit Fahrerlaubnis entsprach. So verfuhr Gwak auch mit seinem gefälschten Polizeiausweis. Infolge eines unschönen Vorfalls hatte er die Polizistenuniform damals ablegen müssen, doch noch immer fühlte er sich bis in die Knochen als Polizist. Die Dame an der Rezeption einer Schönheitsklinik hinters Licht zu führen, konnte daher so schwer nicht sein.

In der Lobby, die einen prächtigeren und saubereren Eindruck machte als erwartet, befiel ihn einen Moment lang leichte Nervosität, aber dann zeigte er am Empfang seinen falschen Ausweis vor, erklärte, dass der Mann, der eben hier gewesen sei, als Zeuge in einem Kriminalfall auftrete und deshalb überwacht werden müsse, und fügte noch diese und jene Frage an. Die Dame an der Rezeption mit makellos faltenfreiem Gesicht antwortete ihm jedoch lediglich, dass sie von nichts wisse. Da sie sich sturer stellte als gedacht, setzte Gwak einen strengen Gesichtsausdruck auf und erklärte mit Nachdruck, dass er auch gerne mit einem Haftbefehl wiederkommen könne. Da erst zeigten sich einige Falten auf ihrer nun krausgezogenen Stirn, und sie erwiderte, dass der Mann nur kurz mit dem Leiter der Klinik gesprochen habe, sie aber keine weiteren Einzelheiten wisse. Als Gwak überlegte, ob er den Leiter der Klinik nun selbst treffen solle, erschien, in einen Mantel gekleidet, ein Mann Anfang fünfzig und beäugte ihn mit scharfem Blick. Die Frau am Empfang deutete auf Gwak und erklärte, da sei jemand von der Polizei gekommen. Der Direktor, ein stattlicher Mann mit dickem Kopf, näherte sich, wobei seine rechte Gesichtshälfte leicht zuckte. Schlecht gelaunt musterte er Gwak von oben bis unten und forderte ihn dann kurzerhand auf, ihm in sein Büro folgen. Umso besser. So würde er alles im Detail in Erfahrung bringen können.

Gwak nahm zunächst allein im Zimmer des Chefarztes Platz und sah sich um. Auf der stilvollen Einrichtung war kein einziges Staubkorn zu entdecken. Wieder spürte er einen Anflug von Nervosität. Der Direktor ließ Gwak absichtlich lange warten, und erst als die Arzthelferin mit einem Getränk erschien, kam er herein, setzte sich hinter den großen Schreibtisch, der zwischen ihnen stand, und nahm sein Gegenüber ins Visier.

»Wer, sagten Sie, hat Sie hierher geschickt?«

»Polizeirevier Yongsan, Abteilung für Betrugsverbrechen.«

Gwak zeigte seinen Ausweis vor, aber der Direktor

warf nicht einmal einen Blick darauf, sondern griff zum Telefon. Gwak schluckte. Der Direktor wählte eine Nummer und erkundigte sich kurz darauf noch einmal bei Gwak nach dessen Namen. Oh, oh, die ganze Sache drohte gewaltig schiefzulaufen ... Gwak nannte noch einmal den falschen Namen, der auf seinem Ausweis stand, und fühlte, wie ihm der kalte Schweiß auf die Stirn trat. Der Direktor fixierte ihn aus zusammengekniffenen Augen, so schmal wie die einer Schlange, und gab den eben gehörten Namen an die Person am anderen Ende der Leitung weiter.

Kurz darauf ließ er das Telefon sinken und lächelte.

»Im Polizeirevier Yongsan gibt es in der Abteilung für Betrugsverbrechen keine Person dieses Namens.«

»Das ... äh ... kann nicht sein, ich –«

»Vielleicht ist es eher so, dass der Betrüger mir hier gerade gegenübersitzt, was?«

Der Direktor lehnte sich entspannt in seinem Sessel zurück, den Blick weiterhin auf Gwak gerichtet. Da war er hierhergekommen, um Nachforschungen anzustellen, und hatte nicht nur innerhalb weniger Augenblicke komplett die Kontrolle über die Situation verloren, sondern musste sich nun sogar selbst eine Befragung gefallen lassen. Das konnte peinlich werden. Dass er aber auch ausgerechnet an so einen gewieften Kerl geraten musste ... Der Direktor blickte auf ihn herab, als wollte er sagen: »Dann sieh mal zu, wie du hier wieder rauskommst.« Gwak riss sich zusammen. Er beschloss, es mit der Unverfrorenheit zu versuchen, die Männer seines Alters ganz von selbst irgendwann an den Tag zu legen begannen.

»Schon recht. Ich bin ehemaliger Polizeibeamter. Ich muss hier dringend was in Erfahrung bringen, deshalb hab ich ein bisschen geflunkert, Sie müssen das verstehen.«

»Ich weiß zwar nicht, wie dringend das ist, aber ich weiß, dass sich hier gerade jemand der Amtsanmaßung schuldig macht. Wollen wir doch mal hören, wie dringend es denn ist.«

»Es geht um den Mann, der gerade eben hier war und mit Ihnen gesprochen hat. Er ist … mein Neffe. Er war eine Weile verschwunden und ist nun wieder aufgetaucht … Er will mir gegenüber einfach nicht sagen, was in der Zwischenzeit passiert ist, und ich muss es unbedingt in Erfahrung bringen. Deshalb bin ich hier.«

Bedächtig mit dem Kopf nickend, wog der Direktor Gwaks Worte ab, als hätte er seinem Gegenüber einen Lügendetektor angelegt. Dann schmatzte er einmal mit den Lippen und meinte:

»Es kommt vor, dass Patienten sich später nicht mehr daran erinnern, was sie mir gegenüber gesagt haben. Deshalb wird jedes Wort in diesem Raum aufgezeichnet. Der Beweis für den Tatbestand der Amtsanmaßung ist also bereits im Kasten. Spar dir deine Märchengeschichten und sag, was Sache ist. Letzte Chance.«

Nachdem er Gwaks falsche Identität und Lügengeschichte aufgedeckt hatte, war er sofort in ein abfälliges Duzen und ein unverschämtes Gebaren übergegangen. Ein unausstehlicher, widerlicher Kerl. Gwak hockte da wie der Frosch vor der Schlange. Er begriff, dass in diesem Fall der einzige Ausweg in unverzüglicher Kapitulation bestand, und räumte ein, dass er ein privates Detektivbüro führe und den Auftrag erhalten habe, den Mann von vorhin zu beschatten. Dann fügte er eine höfliche Entschuldigung an, wobei er seinem Gegenüber mit tief geneigtem Haupt seinen kahlen Schädel zeigte.

Was genau seinen Sinneswandel bewirkt hatte, war unklar, aber der Gesichtsausdruck des Direktors wirkte nun etwas versöhnlicher. Wie ein großmütiger Richter, der Gnade walten lässt, bedachte er Gwak mit einem mitleidigen Blick und meinte:

»Dann gibt es also immer noch Privatdetektive, na so was. Und? Was hast du denn nun herausgefunden?«

»Das … Tja, ähm, bis jetzt nicht viel. Eigentlich nur, dass er sich mit den Obdachlosen am Seouler Hauptbahnhof unterhält und dass er hier in die Klinik gekommen ist.«

»Mann, bist du unfähig. Das würde mir ja gar nichts bringen … Es müsste mir schon etwas bringen, damit ich dir das durchgehen lasse. Tss, tss.«

Gwak wusste, dass der Direktor ihn ausquetschen würde, aber Widerstand konnte er keinen leisten.

»Ach ja, und der Verdächtige arbeitet in einem 24-Stunden-Laden. Im Nachtdienst in einem Laden in Cheongpa-dong, und tagsüber wandert er einfach die ganze Zeit in der Gegend zwischen Hauptbahnhof und Yongsan umher. Mit anderen Worten, er ist ein bisschen verrückt.«

»In einem 24-Stunden-Laden? Als Nachtschicht? Ich fass es nicht … Hahahaha!«

Das Lachen des Direktors war echt. Gwak war nicht entgangen, dass es das erste Mal war, dass dieser Typ, dessen Gesicht und Worte von einem dicken Panzer umgeben zu sein schienen, sich unverstellt zeigte. Nun galt es, diesen günstigen Moment für sich zu nutzen. Vielleicht könnte er die Schande des heutigen Tages halbwegs begrenzen und sogar ein wenig kontern. Der Direktor, der vor Lachen beinahe hatte nach Luft schnappen müssen, hielt plötzlich inne und sah Gwak an.

»24-Stunden-Laden, nicht schlecht ... Aber Erledigen könnte kompliziert werden. Hm, sag mal, übernimmt dein Detektivbüro so was auch? Erledigen? Also Leute?«

»Erledigen? Was meinen Sie damit?«

»Machst du offenbar nicht. Dann bring mal in Erfahrung, wo der Kerl wohnt. Und wo er normalerweise so hingeht und wo er sich aufhält, wenn er alleine ist. Wenn du das rausfindest, entschädige ich dich.«

»Darf ich fragen, welche Art von Entschädigung Sie ...«

»Ich frag nicht weiter, was du verbrochen hast.«

»Oh ... danke.«

Der Direktor nickte und forderte Gwak geradewegs auf, ihm sein Handy zu geben. Gwak reichte ihm sein altes Mobiltelefon, und der Direktor öffnete es und rief irgendwo an. Kurz darauf erklang aus der Schreibtischschublade ein Surren, und der Direktor holte ein Mobiltelefon hervor, bei dem es sich offenbar um ein Wegwerfhandy handelte.

»Ruf mich innerhalb der nächsten drei Tage an. Wenn du abtauchst, bekommst du Probleme. Ich werde mich um ihn kümmern und um dich auch.«

Mit zitternden Lippen erwiderte Gwak, er habe verstanden, dann stand er auf, verabschiedete sich und ging. Er wäre gern schon eine Stunde früher gegangen. Wenn er bedachte, wie dumm es von ihm gewesen war, hier den Dicken markieren zu wollen, ohne zu wissen, in was für eine Löwenhöhle er sich da begeben hatte, klapperten ihm die Zähne.

Er war schon auf dem Weg zur Tür, da packte ihn die Stimme des Direktors noch einmal beim Schlafittchen: »Augenblick noch!« Gwak ordnete seine Gesichtszüge und drehte sich um.

»Wer hat dir den Auftrag gegeben, herauszufinden, wer der Kerl ist?«

»Das ... Der Auftraggeber, das fällt unter das Berufsgeheimnis ... Tut mir leid.«

Angestrengt atmend hielt Gwak sein Berufsethos hoch. Das letzte bisschen Würde, das ihm noch blieb. Der Direktor brach wieder in sein heiseres Lachen aus und warf Gwak einen spöttischen Blick zu.

»Ich weiß zwar nicht, wer dir den Auftrag gegeben hat, aber falls er den Kerl beseitigen möchte, kannst du ihm sagen, er soll sich keine Sorgen machen, das wird erledigt. Du kannst dich ganz entspannt zurücklehnen und brauchst keinen Finger krumm zu machen. Und wenn der Kerl in einer Weile verschwunden ist, dann sagst du einfach, du hast die Sache erledigt, und kassierst den Restbetrag.«

Als Gwak wieder draußen war, lief er immer weiter, wie von Sinnen. Jetzt war er unter der Dongho-Brücke. Er nahm die Treppe nach oben und ging auf die Brücke. Eisiger Wind fuhr ihm schneidend ins Gesicht. Der Fluss erstreckte sich schier endlos in beide Richtungen. Gwak stand einen Augenblick still da und sah auf das schwarzblaue Wasser unter sich. Gemächlich floss es dahin, so wie der unbeirrbare Strom der Zeit. Gwak kam der Gedanke, wie es wäre, sich mit diesem Strom zu vereinigen. Wenn er springen würde? Die Welt würde sich nicht ändern, wenn er nicht mehr da wäre. All die Geringschätzung und Verachtung, die ihn als unfähigen und wertlos gewordenen Menschen in der Zukunft erwartete, hatte er vor wenigen Augenblicken im Zimmer des Klinikdirektors erlebt wie in einer Filmvorschau im Kino. Es war demütigend gewesen. Gwak griff nach seinem Portemonnaie und holte seinen gefälschten Ausweis hervor. Darauf war sein Gesicht aus der Zeit als Polizist zu sehen, er war damals in den Vierzigern gewesen, im besten Alter, doch nun war all das nicht mehr als eine armselige, krampfhafte Lüge.

Anstelle seines Körpers warf er den Ausweis hinunter in den Fluss. Nun erst war er in der Lage, seinen Weg fortzusetzen.

Am Nordufer angelangt, wärmte er sich in einer großen Buchhandlung in Jongno ein wenig auf, um anschließend zum Treffpunkt seiner abendlichen Verabredung zu gehen. In der Nähe der Nagwon-Geschäftszeile traf er in einem Galmaegi-Grillfleisch-Restaurant nach langer Zeit wieder einmal seinen Freund Hwang, um mit ihm zu trinken. Während Gwak nur deprimiert dasaß, ohne etwas zu sagen, ermunterte ihn Hwang, der jeden zweiten Tag als Hauswart in einer Wohnanlage arbeitete, seine Arbeit als Privatdetektiv aufzugeben und stattdessen wie er Hauswart zu werden. Zwar komme es auch bei dieser Arbeit ab und an zu Demütigungen oder Kränkungen, aber trotzdem sei dieser Job der Beste, den man sich im Alter wünschen könne.

Und beinahe hätte er ihn überzeugt.

Doch nach der dritten Flasche Soju begann ein zunehmend betrunkener Hwang, seinem Freund den bereits angeregten Appetit mit allerlei Gejammer zu verderben.

»So ein Mist! Ich muss bald los. Noch ein bisschen schlafen und dann in aller Herrgottsfrühe wieder raus. Wenn die Sterne noch am Himmel stehen. Ich werde in letzter Zeit nicht mehr so schnell nüchtern … Scheiße noch mal. Ich muss früh schlafen gehen … Jeden zweiten Tag Dienst, das ist nichts für einen alten Mann wie mich.«

»Wenn es für dich zu anstrengend ist, mach doch mal Pause.«

»Hm … Also, ein bisschen was muss ich schon tun, um im Monat auf eins fünf zu kommen. Wenn ich kein Geld verdiene, wie soll meine Frau dann für mich kochen? Früher, als ich noch jünger war und mich beim Geldverdienen cleverer angestellt habe als jetzt, da war sie noch mit mir zufrieden … Aber jetzt … Da komme ich nach dem Hund. Dann sollte man es schon eher so machen wie du und sich auf seine alten Tage noch scheiden lassen, dann hat man diese Scherereien nicht.«

»Sehe ich so glücklich aus? Weil ich allein bin?«

»Aber klar … Klar doch, mein Freund. Die Leute glauben wohl, sie können uns so behandeln, nur weil wir alt sind! Wir sind es doch, die das Land und unseren Haushalt aufgebaut haben … Und jetzt gibt es für uns nur noch kalten Reis? Die Kinder rufen nicht mal mehr an, und die Welt behandelt uns wie Altlasten, die entsorgt werden müssen, was?«

»Ach komm.«

»Hör mal, du hast doch keine Ahnung, was man als

Hauswart so alles machen muss. Zum Beispiel den getrennten Müll ausleeren. Die ganzen Küchenabfälle, der Gestank, ich kann dir sagen … Und dann muss ich die Mülltonnen auch noch mit Wasser ausspülen. Verdammt schmutzig. Und das ist noch nicht alles. Kennst du den Unterschied zwischen Schrott und wiederverwertbarem Müll? Bestimmt nicht, was? Aber da gibt es Leute, die bestehen darauf, dass ihr Schrott wiederverwertbar wäre. Wenn ich denen sage, dass auf den Schrott ein Sticker draufgehört, regen die sich auf, wie pingelig der Hauswart ist und dass das in ihren Augen eindeutig wiederverwertbarer Müll ist. Da würd ich die am liebsten auch einfach mit in die Tonne stopfen, aber echt.«

Alkoholbedingt war Hwangs Lautstärkepegel immer weiter angestiegen, und auch er selbst spürte inzwischen die Blicke der Gäste vom Nachbartisch. Sein Geknirsche und Geächze schien der beste Beweis dafür zu sein, dass er mittlerweile selbst zum alten Eisen und auf den Schrottplatz gehörte. Gwak schenkte ihm nach, als wollte er eine eingerostete Maschine ölen. Hwang leerte das Glas und begann von Neuem, sich über seine Familie und die ganze Welt auszulassen. Warum das bloß in dieser Lautstärke geschehen musste …

Als Gwaks Schmerzgrenze in Reichweite geriet, legte er seinem Freund die Hand auf die Schulter und drückte fest zu. Hwang hielt in seinem Gepolter inne und sah Gwak an.

»Du hast doch gesagt, dass deine Familie dich nicht mehr mag, stimmt's?«

»Das kann man wohl sagen … Das reinste Mobbing …«

»Das tut mir wirklich leid. Aber ich glaube, du verhältst dich deinem Sohn gegenüber auch nicht anders. Wer findet es schon gut, wenn einer die ganze Zeit so daherredet wie du?«

»Na hör mal! Ich kann ja wohl so viel daherreden, wie ich will!«

Gwak sah seinen Freund an, seufzte kurz und entgegnete:

»Aber was redest du denn daher? Was weißt du denn schon? Hast du so viel studiert wie die Kinder heutzutage? Oder viele Bücher gelesen?«

»Pah! Studieren, was heißt das schon? Ich habe einiges durchmachen müssen in meinem Leben. Ich kapier nicht, wieso du hier für das junge Gemüse Partei ergreifst. Was wissen die denn schon? Auf wessen Seite stehst du eigentlich?«

»Ich? Auf der Seite derjenigen, die mal schön brav die Schnauze halten und ruhig sein können. Jetzt hör mir mal zu. Alte Leute wie wir, ohne Geld und ohne Macht, haben nicht das Recht, sich laut zu äußern. Weißt du, was das Schöne am Erfolg ist? Dass man was sagen darf. Guck dir die Alten, die erfolgreich sind, doch mal an. Die sind mit über siebzig noch in der Politik und in der Wirtschaft. Ja, die können daherreden, und die jungen Leute hören ihnen trotzdem zu. Und ihre eigenen Kinder auch. Aber bei uns ist das anders. Wir sind halt einfach am Arsch. Was willst du da groß daherreden?«

»Ja, verdammt noch mal. Du hast ja recht. Wir sind am Arsch, wir sind Nieten … Dann werden die Nieten sich doch wenigstens noch untereinander treffen und daherreden dürfen? Alle zusammen, am Gwanghwamun! Hör mal, nur weil du geschieden bist, musst du nicht gleich komplett den Schwanz einziehen! Komm, wir gehen am Wochenende zusammen zum Gwanghwamun zur Demo und brüllen mal ordentlich rum. Na, wie wär's?«

Gwak schämte sich. Er schämte sich für seinen Freund, und er schämte sich für sich selbst. Er stand auf, nahm Hwangs Maske, die neben ihm auf dem Tisch lag, und zog sie Hwang, der ihn überrascht anstarrte, mit einem Ruck über den Mund. Schnauze! Und pass auf, dass du dich am Gwanghwamun nicht mit Corona ansteckst.

Als er bezahlt und seinen Platz verlassen hatte, hörte er hinter sich noch Hwangs Geflüche. Viele Freunde hatte er ohnehin nicht gehabt, und nun war es noch einer weniger.

Vielleicht war das verdammte Treffen mit Hwang schuld, vielleicht auch die Schmach in der Schönheitsklinik, die er tagsüber erlitten hatte. Jedenfalls konnte Gwak beim besten Willen nicht nach Hause gehen. In sein kleines, finsteres, schlecht beheiztes Kämmerlein. Das nichts gemein hatte mit einem Zuhause, aus dessen Fenstern Licht nach draußen dringt oder dessen bloßer Anblick schon eine Ahnung von Wärme oder freundlichem Geplauder vermittelt hätte, sondern das nichts anderes war als eine trostlose Junggesellenunterkunft und ein behelfsmäßiger Reservesarg. Andererseits gab es auch keinen Ort, wo er bei dieser Kälte einfach hätte hingehen können. So lief und lief er durch die Straßen und fragte sich, von welchem Zeitpunkt an in seinem Leben alles schiefgelaufen war.

Als sein Sohn verkündet hatte, er wolle auf die Oberschule für Musik und bildende Künste, während ja bereits die Tochter eine Sportausbildung erhielt, war eine nette Summe fällig geworden. Da kam das verlockende Angebot gerade zur rechten Zeit. Er hatte ein paar Beweismittel vernichtet und im Gegenzug eine große, als Entschädigung getarnte Summe angenommen, mit der er für das Instrument und den Unterricht seines Sohnes aufkommen konnte. Der Preis, den er für sein Verhalten bezahlen musste, war grausam. Das Bestechungsgeld hatte er um seiner Familie willen angenommen, aber dadurch schließlich seinen Job und sein Leben als ehrenwerter Mann verloren. Als er dann das Detektivbüro eröffnete und sich fortan in einer legalen Grauzone bewegte, gingen seine Frau und seine Kinder auf Distanz. Ja, verdammt! Er machte diese Arbeit doch nicht zum Spaß. Sondern weil er irgendwie Geld verdienen musste. Und weil er trotz aller Erniedrigungen, die diese harte Arbeit mit sich brachte, im Rahmen seiner Möglichkeiten unbedingt für den Lebensunterhalt der Familie sorgen musste und dafür, dass seine Kinder es bis zum Uniabschluss schafften.

Aber seine Fähigkeiten begannen nachzulassen. Von dem, was andere Privatdetektive leisteten, die diesen Namen wirklich verdienten, war er weit entfernt. Und mit den ausbleibenden Einnahmen sank auch sein Ansehen als Familienoberhaupt. Schließlich reichte seine Frau die Scheidung ein. Die Kinder machten sich, kaum dass sie die Schule beendet hatten, selbstständig und ließen seitdem nur alle paar Jubeljahre mal von sich hören.

Ungerecht war das nicht. Damals hatte er es nicht verstanden, doch inzwischen hatte er sich weitgehend damit abgefunden. Nach zwei Jahren ohne Familie war er so weit, dass er sich von hinten betrachten konnte, ohne dafür in den Spiegel sehen zu müssen. Jetzt, wo er alleine lebte, bemerkte er, dass er im Grunde nichts konnte. Bis dahin hatte er immer nur Geld verdient und an die Familie verteilt, aber außer Instantnudeln konnte er nichts kochen, und wie man eine Waschmaschine bedient, wusste er auch nicht. Wenn er sich mit seinen Kindern unterhalten hatte, war es immer krampfig und anstrengend gewesen. Mit seiner Frau sowieso. Geschlagen hatte er sie nie, aber oft genug angebrüllt und gedemütigt. Und seine Kinder hatten das mehr als einmal mitbekommen. Für seine Vereinsamung war er selbst verantwortlich.

Seine Familie, mit der er hätte reden können, war nicht mehr da. Erst als ihm klar geworden war, dass er sich das selbst zuzuschreiben hatte, begann er, die Maske, die seinen Mund verdeckte, als etwas Angenehmes zu empfinden. Vorher hatte er immer seine Zunge hüten müssen. Jedes Mal, wenn die harschen Worte, die er seiner Familie blindlings hingeworfen hatte, gegen seinen Hinterkopf zurückprallten, wurde ihm von Neuem bewusst, dass es aus dem Wald herausschallt, wie man in ihn hineinruft.

Der kalte Winterwind hatte ihn inzwischen wieder nüchtern gemacht, als er am Rathaus und am Namdaemun vorbeiging und am Hauptbahnhof ankam. Dort traf er auf ein paar Obdachlose. Reflexartig lenkte er seine Schritte Richtung Cheongpa-dong. Erst hatte er am Bahnhof einen Bus nehmen und zur Wonhyoro zurückkehren wollen, dann aber beschlossen, auf dem Weg dorthin in Cheongpa-dong vorbeizuschauen. Er wollte gern dorthin gehen, wo die heutige Odyssee ihren Anfang genommen hatte, den Verdächtigen treffen, der wie ein stummer Teddybär dort im Laden stehen würde, und ihm ein paar Takte sagen. Er wollte sich die Maske abnehmen, von seinem – eigentlich ja nicht vorhandenen – Rederecht Gebrauch machen, dem Bären sagen, dass er ihm die ganze Zeit gefolgt und durch die winterliche Kälte gelaufen sei, und ihn fragen, ob er vielleicht aus dem gleichen Grund in der Gegend herumlaufe wie er selbst und wer um alles in der Welt er eigentlich sei.

Vor dem Laden angekommen, zögerte Gwak. Der Grund war, dass der Verdächtige sich gerade mit einer älteren Dame unterhielt, die dort an der Kasse stand. Sie schien keine gewöhnliche Kundin zu sein, denn offenbar hatte sie keine Ware zu bezahlen. Erst als die alte Frau auf etwas zeigte und der Verdächtige in die entsprechende Richtung ging und begann, die Ware neu zu arrangieren, begriff Gwak, dass es sich bei der Frau um die Chefin handeln musste. Um die Mutter von Gang, der ihm den Auftrag gegeben hatte. Gwak war nun noch verunsicherter, ob er in den Laden gehen sollte.

Während er noch unschlüssig dastand, öffnete sich mit einem Klingeln die Tür, und die alte Frau kam heraus. Lächelnd winkte sie dem Verdächtigen noch zu und machte sich dann auf den Weg. Sehr viel älter als er selbst hatte sie nicht gewirkt. Sie hatte einen gutmütigen Eindruck gemacht, sicher bereitete ihr Sohn ihr eine Menge Sorgen. Wenn sie Gangs Mutter war, musste sie doch schon über siebzig sein, dachte Gwak noch bei sich, bevor er die Ladentür öffnete.

» ... Guten Tag.«

Ohne dem Verdächtigen, dessen Begrüßung mit leichter Verspätung erfolgt war, ins Gesicht zu blicken, ging Gwak auf den Glaskühlschrank zu. Warum bloß hatte er solchen Durst, es war doch Winter … Wahrscheinlich, weil ihm allerlei unnötiger Kram durch den Kopf ging. Kopf ausleeren, Durst löschen, das wär's jetzt. Wahllos nahm er ein paar Halbliterdosen Bier und ging damit zur Kasse.

»Oh … Wenn Sie eine von denen … wegtun und stattdessen noch eine … von denen holen, dann … bekommen Sie vier für zehntausend.«

»Ah … ach so.«

Brav folgte er dem Vorschlag des Verdächtigen und tauschte eine Dose aus. Gefragt, ob er eine Plastiktüte wolle, verneinte er und bezahlte. Zwei der vier Dosen steckte er in die Tasche seines Anoraks, die beiden anderen behielt er in den Händen, ging nach draußen, setzte sich an den leeren Plastiktisch und öffnete eine Dose. Er spürte die kalte Oberfläche der grünen Dose in seiner Hand und trank einen Schluck. Erfrischend. Ein Rülpser brach aus ihm hervor.

Da öffnete sich die Ladentür. Der Verdächtige kam heraus, stellte etwas neben ihm ab und schaltete es an. Ein Heizlüfter. Na so was. Schon strömte ihm die warme Luft entgegen, und es fühlte sich an, als säße jemand neben ihm. Gwak wollte dem Verdächtigen wenigstens mit freundlichem Kopfnicken danken und sah sich um, doch der Verdächtige war schon wieder im Laden verschwunden. Nanu? War das irgendwie so organisiert?

Er war freundlich. Obwohl er ihn gar nicht kannte, behandelte er ihn so entgegenkommend wie einen

Stammkunden. Gab ihm Hinweise, wie er Geld sparen konnte und zeigte sich ihm gegenüber aufmerksam, wenn er draußen in der Kälte Bier trank und dabei sicher ein jämmerliches Bild abgab. Angesichts dieser unvermuteten Gastfreundschaft verschwand das Bedürfnis, seine Bitterkeit bei dem Verdächtigen abzuladen. Er genoss es einfach, für sich allein im Winter hier draußen zu sitzen und sein Bier zu trinken. Im Nu hatte er zwei Dosen geleert, und nicht nur seine durch den Heizlüfter gewärmte Hüfte, sondern auch sein Magen fühlte sich nun behaglich an.

Wieder bimmelte es, die Tür ging auf, der Verdächtige kam heraus und setzte sich ihm gegenüber an den Tisch. In jeder Hand hielt er etwas, das wie ein Hotdog aussah, wobei er einen dem verdutzten Gwak hinhielt.

»Hier … mein Herr. Das heißt Hotbar und schmeckt … sehr gut. Ich habe das in der … Mikrowelle aufgewärmt, wollen wir vielleicht jeder eins … davon essen?«

Gwak bemühte sich, einigermaßen locker zu wirken, und betrachtete das, was der Verdächtige als Hotbar bezeichnet hatte. Es war im Grunde eine Art Würstchen, ziemlich groß und – frisch aus der Mikrowelle – noch heiß dampfend. Ihm lief das Wasser im Munde zusammen. Aber er fragte sich doch auch, weshalb der Verdächtige ihm so etwas anbot und ob er vielleicht nachforschen wollte, wer er sei.

»Warum bringst du mir das?«

»Nur trinken, ohne … was zu essen, das … ist nicht gut. Und bei dieser Kälte, da ist … so ein Hotbar doch genau richtig. Und hiervon ist das … Haltbarkeitsdatum gerade abgelaufen. Muss aus dem Regal genommen werden … Ist aber … noch gut. Können Sie einfach essen«, brachte der Verdächtige stotternd seine Erklärung vor und hielt ihm erneut seine Hand mit dem Hotbar entgegen. Abgelaufen, aber noch gut. Gwaks Gesichtszüge entspannten sich. Er nahm das Würstchen und biss einen Happen davon ab. Das noch heiße Fleisch reizte seine Geschmacksnerven. Ohne ein Wort zu sagen, saß er kauend da und sah den Verdächtigen an. Der biss ebenfalls in sein Würstchen, machte ein vergnügtes Gesicht und meinte mit vollem Mund:

»Mhm, allef im Ottnung, waf?«

Ob alles in Ordnung war? Gwak nickte und schluckte den Bissen, den er im Mund hatte, schnell hinunter. Dann öffnete er noch eine Dose Bier, nahm einen großen Schluck und – brach in Tränen aus. Er wusste selbst nicht, warum. Es schüttelte ihn, und seine Schultern bebten. Der Verdächtige setzte sich jetzt neben ihn, legte ihm die Hand auf die Schulter und fragte erneut, nun klar verständlich: »Alles in Ordnung?« Gwak wischte sich die Tränen mit dem Ärmel aus den Augen und sah dem Verdächtigen ins Gesicht.

»Mit mir ist alles in Ordnung. Aber du, du musst aufpassen. Irgendjemand hat es auf dich abgesehen«, flüsterte Gwak wie ein Spion, der einen Geheimcode ausspricht. Der Verdächtige sah ihn nur mit schief gelegtem Kopf fragend an.

»Du warst doch heute in einer Schönheitsklinik in Apgujeong, oder?«

Da veränderte sich der Gesichtsausdruck seines Gegenübers. Die kleinen Augen weiteten sich, er blickte Gwak geradewegs ins Gesicht und fragte, woher er das wisse. In kühlem Ton. Gwak fühlte sich, als würde ein grimmiger Staatsanwalt gegen ihn ermitteln, wie zu seiner Zeit als Polizist. Da gestand er alles. Dass er ihm im Auftrag des Sohnes der Ladenbesitzerin vier Tage lang gefolgt war, dass er heute am Hauptbahnhof mit den Obdachlosen gesprochen hatte, dass er in die Klinik für plastische Chirurgie gegangen war und dass der dortige Chef gesagt hatte, er werde den Mann, mit dem er eben gesprochen habe, umbringen lassen.

»Er hat mich auch gefragt, wo du wohnst. Ich weiß, dass du in einer Schlafzelle wohnst, aber das habe ich ihm nicht gesagt. Ich habe zwar keine Ahnung, was eure Beziehung so getrübt hat, aber es sah ganz eindeutig danach aus, dass er dich beseitigen will.«

Still lauschte der Verdächtige den Worten seines Gegenübers. Dann begannen seine Mundwinkel zu zucken, und er fing an zu lachen. Immer lauter, immer schallender, wie entfesselt. Plötzlich hielt er, wie von sich selbst erschrocken, inne und sah Gwak mit festem Blick an.

»Hören Sie. Es ist ... nett, dass Sie mir das alles sagen, aber ... Sie brauchen sich keine ... Sorgen zu machen.«

Und mit sorglosem Lächeln kaute er weiter auf seinem Würstchen herum. Gwak, nach seiner Beichte auch am Ende seiner Kräfte, trank sein restliches Bier aus.

»Aber wieso hat Ihnen denn der ... Sohn der Chefin aufgetragen, mich zu überwachen?«

»Na ja, er meinte, seit du da bist, ist der Umsatz des Ladens gestiegen, und deswegen will sie den Laden nicht verkaufen. Wenn der Laden nicht mehr so gut läuft, ist seine Mutter eher bereit, ihn dichtzumachen, meint er.«

»Na ... so was.«

»Was?«

»Sehen Sie doch. Seit einer halben Stunde … ist kein einziger Kunde gekommen. Der Laden läuft so oder so … nicht, aber die Chefin verkauft ihn trotzdem nicht. Garantiert. Das hat nichts damit … zu tun, ob ich hier bin oder … nicht.«

»Aber wieso?«

»Die Chefin führt den Laden nicht, um damit … Geld zu verdienen. Sie kann von ihrer Lehrer…pension gut leben. Sie findet, nur der Stundenlohn für die Mit…arbeiter muss wieder reinkommen.«

»Aber ihr Sohn scheint ziemlich hinter dem Geld her zu sein, von daher …«

Gwak vernuschelte den Rest. Die Würde, die Gangs Mutter vorhin ausgestrahlt hatte, als er sie im Laden gesehen hatte, und die Entschlossenheit des Verdächtigen, der ihm jetzt gegenübersaß, waren von unerschütterlicher Aufrichtigkeit, das spürte er. In den über vierzig Jahren, in denen er als Polizist und als Privatdetektiv gearbeitet hatte, hatte er so oft erlebt, wie jemand versucht hatte, zu tricksen, dass er sofort erkannte, wenn ihm jemand aufrichtig begegnete.

»Sagen Sie dem Sohn, dass … seine Mutter den Laden unter keinen … Umständen verkaufen wird. Ach, und ähm … Sie bekommen das restliche Geld, wenn Sie heraus…gefunden haben, wer ich bin, und dafür sorgen, dass ich … verschwinde, richtig? Sagen Sie, dass Sie ordentlich mit mir … geschimpft haben und ich dann … weggegangen bin.«

»Ähm, wie meinst du das?«

»Ich wollte hier sowieso … aufhören.«

Der Verdächtige hob die Mundwinkel und zeigte in Richtung Eingang. An der gläsernen Ladentür hing eine offizielle Bekanntmachung: *Mitarbeiter gesucht*. Mannomann … Da verdiente er seinen Lebensunterhalt als selbst ernanntes Adlerauge und übersah den entscheidenden Hinweis direkt vor seiner Nase. Was blieb, war das schmerzhaft reale Gefühl, dass es für ihn Zeit war, in Rente zu gehen.

Gwak stand auf und sah sich den Anschlag an der Ladentür an. Arbeitszeit zehn Stunden, von 22 bis 8 Uhr, Bezahlung 9000 Won die Stunde, 500 Won mehr als der Mindeststundenlohn. Ob das deshalb so großzügig bezahlt wurde, weil es Nachtdienst war? Nicht schlecht … Gwak setzte sich wieder an den Tisch und sah den Verdächtigen an. Dieser saß entspannt da und trank etwas aus einer Flasche. Maisbarttee. Als er Gwaks missmutiges Gesicht bemerkte, wischte er sich die Lippen ab und sagte:

»Weil ich keinen Alkohol mehr trinke … Das hier … ist bekömmlich und schmeckt gut.«

»Aber … Wenn du hier aufhörst, wo willst du denn dann hin? In den paar Tagen, in denen ich dich beobachtet habe, warst du entweder hier oder in deiner Schlafkammer.«

»Sie sind ja wirklich ein alter … Hase. Dass Sie meine … Spur so genau verfolgt haben.«

»Was soll ich denn auch sonst machen? Dir habe ich jede Menge Spaziergänge an der frischen Luft zu verdanken.«

»Mhm … Ich bin in den letzten … Tagen ziemlich viel unterwegs gewesen. Wenn einem … viel durch den Kopf geht, dann … dann hilft nichts so gut wie … Spazierengehen. Ich habe … beschlossen, aus Seoul wegzugehen. Ich habe lange ge…grübelt, und jetzt habe ich etwas Selbst…vertrauen gewonnen. Wenn sich jemand findet, der … an meiner Stelle im Laden … arbeiten kann, dann gehe ich. Verstehen Sie?«

Gwak nickte und lächelte schwach. Es war merkwürdig. Er saß hier zusammen mit dem Verdächtigen, mit dem er auf keinen Fall direkt in Kontakt hatte treten dürfen, unterhielt sich mit ihm und bekam von ihm sogar noch Tipps, wie er seine Arbeit erledigen konnte. Und er begann auch selbst, an dessen Zukunft Anteil zu nehmen, und war eher erleichtert, als er nun dessen Antwort hörte. Woran mochte das liegen? Auf jeden Fall herrschte hier eine angenehme Wärme. Die warme Luft aus dem Heizlüfter neben ihm, der stämmige Mann ihm gegenüber, der den Wind abschirmte, der Laden, der keine Einnahmen machte und den die Besitzerin behielt, um den Angestellten ihren Lebensunterhalt zu ermöglichen.

»Dann sind Sie also … so etwas wie … ein Inspektor?«, fragte der Verdächtige. Er schien das ganz spannend zu finden.

»Na ja, irgendwie schon, aber die meisten nennen mich einfach ›Gwak vom Detektivbüro‹.«

»Würden Sie vielleicht … auch von mir einen Auftrag annehmen? Könnten Sie für mich jemanden finden?«

Was sollte das nun wieder? Heute passierten wirklich alle möglichen Dinge, mit denen nicht zu rechnen gewesen war. Als er Gwaks Zögern bemerkte, sah ihn der Verdächtige vertrauensvoll an und fügte hinzu:

»Sie werden natürlich von mir … dafür bezahlt. Was kostet … das denn?«

»Dir mache ich einen Sonderpreis. Aber wen soll ich denn suchen? Wenn du den Namen und die Personalausweisnummer weißt, kann ich die Person sofort finden.«

»Ja, die weiß ... ich«, sagte der Verdächtige entschieden, und Gwak nickte zustimmend.

»Aber die Person ... lebt nicht mehr. Geht das trotzdem?«

»Natürlich.«

Der Verdächtige strahlte wie ein kleines Kind und nickte. Gwak zögerte einen Moment, dann fragte er:

»Dieser Job hier im Laden, können sich da auch alte Leute wie ich bewerben?«

Die Augen des Verdächtigen blitzten auf, und er streckte Gwak seinen Oberkörper entgegen.

»Natürlich.«

»Dann hätte ich nur noch eine Frage. Können auch Leute diese Arbeit machen, die bisher noch nicht im Servicebereich gearbeitet haben und die so verstockt sind wie ich?«

»Hören Sie. Sie haben doch ein ... Detektivbüro. Das ist doch Dienstleistungsbereich hoch drei. Da hatten Sie doch sicher auch mit ziemlich ... ruppigen oder ... schmutzigen Personen zu tun, oder? Die Kunden hier sind alle ... lieb wie Lämmchen. Bis auf eine HK-Oma, die einmal das Eis, das sie ... gekauft hatte, erstattet haben wollte, weil sie davon ... Zahnschmerzen bekommen hat.«

»Was ist denn eine HK-Oma?«

»HK ... Eine Horrorkundin. Na ja, jedenfalls ... Das bekommen Sie ... locker hin.«

Der Verdächtige zeigte sich Gwaks Interesse gegenüber äußerst entgegenkommend, vielleicht auch, weil er selber seine Arbeit hier schnell beenden wollte. Gwak überlegte ernsthaft. Er nahm die Bierdose, trank aus, sah dem Verdächtigen direkt in die Augen und sagte:

»Wenn dieser letzte Auftrag abgeschlossen ist, werde ich mit der Detektivarbeit aufhören und mich der Arbeit im Laden widmen. Könntest du der Chefin sagen, dass ich hier arbeiten will?«

»Mach ich. Und Sie reichen einen … Lebenslauf und … eine Selbstvorstellung ein. Beeilen … Sie sich.«

Gwak nickte und öffnete die letzte Dose Bier. Der Verdächtige sprang ihm bei und griff nach seinem Maisbarttee. Sie hatten gerade gemeinsam angestoßen, als drei Jugendliche den Laden betraten. Der Verdächtige nickte zum Abschied, setzte seine Maske auf und verschwand im Laden.

Gwak trank aus, und atmete, bevor er sich die Maske aufsetzte, noch einmal tief die kalte Winterluft ein.

Always

Wenn du vierundzwanzig Stunden am Tag, eine Woche lang, immer nur eine Sorte Gedanken im Kopf trägst. Wenn diese Gedanken nichts anderes sind als in Schmerz zersplitterte Erinnerungen. Wenn dein in Qualen versunkenes Gehirn immer schwerer wird, so schwer, dass du es nicht abschütteln kannst, und wenn du dann in einen unendlichen Ozean stürzt, dann zieht dich dein Gehirn, zu einem gewaltigen Gewicht geworden, in immer tiefere Abgründe hinab. Und bald entdeckst du ein Ich, das auf eine andere Weise atmet. Nicht durch Nase, Mund oder Kiemen. Und auch wenn du darauf bestehst, dass dieses Ich ein Mensch ist, so fristet es doch ein unmenschliches Dasein. Um nicht mehr an deine schmerzenden Erinnerungen zu denken, vergisst du auch deinen leeren Magen und versuchst, dein Gehirn mit Schnaps auszuspülen, und da verflüchtigen sich fast all deine Erinnerungen, und du kannst nicht einmal mehr sagen, wer du selbst eigentlich bist.

Es war zu dieser Zeit, als ich den Alten traf. Ich hatte mich mit letzter Kraft zum Seouler Hauptbahnhof geschleppt, zitternd vor Angst hockte ich in einer Ecke und wagte mich keinen Schritt mehr aus dem Bahnhof heraus. Da kam ein alter Mann und begann, sich um mich zu kümmern. Nach meinem Namen gefragt, konnte ich ihm nicht einmal antworten, die Frage, ob ich mich noch an irgendetwas erinnern könne, löste bei mir quälende

Kopfschmerzen aus, und der einzige Weg, den ich beständig hin- und herging, war der zwischen den Mülltonnen und der Obdachlosentafel am Bahnhof. Der Alte aber ließ mich wissen, dass es in der Jongno eine kostenlose Ausspeisungsstelle gab und Schlafmöglichkeiten in der Untergrundpassage an der Euljiro, und er zeigte mir, wie ich bei Bedarf die Obdachloseneinrichtungen nutzen konnte.

Ohne die Hilfe des Alten wäre ich nicht mehr am Leben. Als hätte nur mein Gedächtnis alles vergessen, während sich die Organe meines Körpers noch an meine Vergangenheit erinnerten, brachen sich nun allerlei Herz- und Kreislaufbeschwerden Bahn, und wenn ich nicht auf Vermittlung des Alten zur medizinischen Obdachlosenhilfe gegangen wäre und dort eine Notbehandlung und Medikamente bekommen hätte, dann wäre ich heute nicht mehr auf dieser, sondern in einer anderen Welt. Da ich die Tabletten immer zusammen mit meinem Soju einnahm, bestand zwar keine Hoffnung auf langfristige Besserung, aber zumindest würde ich wohl etwas langsamer sterben.

Ich trank oft mit dem Alten zusammen. Er war noch abhängiger als ich. Der Alkohol stellte die einzige Zuflucht in seinem Leben dar, und weil er vermutlich nicht mehr für sich hätte sorgen können, wenn er nicht getrunken hätte, war er fast immer betrunken. Und auch wenn er erklärte, dass man nicht betteln gehen solle, erbat er sich doch, sobald sein Alkohol zur Neige gegangen war, immer wieder Geld von Leuten, um Soju zu kaufen. Dieses kostbare Getränk pflegte er stets großzügig mit mir zu teilen. Vielleicht war es auch so, dass er einfach einen großen, kräftigen Bodyguard benötigte, denn oft wurde er aus der Gruppe der Bahnhofspenner ausgestoßen oder drangsaliert. Oder er war ehemaliger Geschäftsführer eines Großunternehmens, das in der IMF-Krise pleitegegangen war, und brauchte nun einen Sekretär, wer weiß.

Der Alte war immer betrunken und den größten Teil des Tages verbrachte er damit, sich mit mir zu unterhalten, um die Zeit totzuschlagen. Meistens saßen wir in der Bahnhofshalle vor dem großen Bildschirm, sahen fern und diskutierten über Politik, Gesellschaft, Wirtschaft, Geschichte, die Entertainmentbranche und Sport. Und hängten an alles, was der 24-Stunden-Nachrichten-Kanal vermeldete, unsere blödsinnigen Kommentare an. In dem einen Jahr, in dem ich mit ihm über alles plauderte, was so in der Welt passierte, konnte ich eine Menge lernen. Was ich lernte, unterschied sich von meinem bisherigen Wissen. Meist hatte es mit der chaotischen Lage und der emotionalen Befindlichkeit anderer Menschen zu tun, Dinge, die ich nun am eigenen Leib zu spüren bekam. Das Einzige, was zwischen dem Alten und mir niemals zur Sprache kam, war unsere Vergangenheit. Diese war – so lautete unser ungeschriebenes Gesetz – nicht in Erfahrung zu bringen, und selbst wenn doch, nichts, das hätte thematisiert werden dürfen, sondern etwas, das für immer versiegelt blieb.

Eines Tages, zwei Jahre nachdem ich mich im Bahnhof niedergelassen hatte und anderthalb Jahre nachdem ich den Alten kennengelernt hatte, starb er. Neben mir zusammengekauert daliegend. Es gab nichts, was ich hätte tun können. Hätte ich ihn künstlich beatmen sollen? Hätte ich den Rettungswagen rufen sollen? Das Einzige, was ich tun konnte, war, auch in jener Nacht, als ich spürte, dass er sterben würde, meinen Rücken an den seinen zu lehnen und meine Körperwärme mit ihm zu teilen. In dieser Nacht hinterließ er mir ein einziges Wort als sein Vermächtnis.

Dok-go. Der Alte sagte mir, er heiße Dok-go, und bat mich, ihn nicht zu vergessen. Ihm hatte jedoch die Kraft gefehlt, mir noch mitzuteilen, ob das sein Vorname oder sein Familienname war, und ich hatte nicht danach fragen wollen. Am nächsten Morgen war er tot. Und um ihn nicht zu vergessen, wurde ich von nun an zu Dok-go.

Auch zwei Jahre danach hatte ich den Bahnhof noch immer nicht verlassen. Ich ging nicht in die Jongno, nicht in die Euljiro, nicht in die Obdachlosenunterkunft. Ich war ein echter, ein gestandener Obdachloser, der alles Notwendige hier in der Nähe des Hauptbahnhofs und des Bahnhofsvorplatzes regeln konnte. So als wollte ich meinem Namen Dok-go, der »einsam und allein« bedeuten konnte, gerecht werden, lief ich tagsüber allein umher und bettete mich nachts in meine Einsamkeit. Zwei Kerle konnte ich allein verprügeln. Waren es drei oder mehr, musste ich ordentlich Schläge einstecken und anschließend in die Sanitätsstation. Manchmal hatte ich Herzrhythmusstörungen, Probleme beim Wasserlassen oder ein Gesicht so aufgedunsen wie ein Hefekloß, aber ich dachte mir, das sei halt der gewöhnliche Sterbeprozess, und besonders weh tat es nicht. Anfangs versuchte ich noch eine Zeit lang, mein Gedächtnis wiederzuerlangen, das erschien mir aber bald schon nutzlos, und weil ich den ganzen Tag allein verbrachte, vergaß ich allmählich, wie man sprach, und begann zu stottern. Das war durchaus von Nutzen, wenn ich Geld brauchte, um mir neuen Alkohol zu kaufen, vielleicht weil ich bei den Leuten auf diese Weise leichter Mitleid erregen konnte. Mit zitternder, lauter Stimme konnte ich nun meinen Spruch aufsagen: »Ich … habe Hun…ger. Großen … Hunger!«

An jenem Tag hatte ich es auf zwei unverfrorene Kerle abgesehen. Kurz zuvor hatten sie mir meine Sojuflasche gestohlen, und ich hatte nun vor, ein Exempel zu statuieren und den beiden, die zu der Gruppe gehörten, die immer im westlichen Teil des Bahnhofs im Erdgschoss herumhing, eine Abreibung zu verpassen. Denn sonst würden sie mich immer wieder bestehlen. Zwar gab es hier nicht viel zu klauen, aber man musste Vorsorge treffen, damit das nicht trotzdem geschah. Als ich mich ihnen schon bis auf zwei Schritte genähert hatte, standen sie plötzlich auf, um zu gehen. Während sie offenbar gut gelaunt davontrotteten, sah ich, dass einer der beiden einen lilafarbenen Beutel in der Hand hielt. Bestens! Zwei Fliegen mit einer Klappe. Ich lief ihnen hinterher.

Nachdem ich die beiden vermöbelt, ihnen den Beutel abgenommen und somit einen doppelten Erfolg verbucht hatte, zog ich mich in meinen Unterschlupf zurück und öffnete mit Genugtuung das Täschchen. Darin befanden sich ein großes Portemonnaie und ein Geldbeutel für Münzen, ein Sparbuch, ein Personalausweis, ein Notizblock, ein kleines Gerät, das Passwörter generierte … Lauter wichtige Dinge, und wenn ich nicht aufpasste und einen kleinen Fehler machte, konnte es leicht passieren, dass ich schon bald auf der nächsten Polizeiwache landen würde. Um meiner Grübelei ein Ende zu bereiten, legte ich mich erst einmal hin und benutzte den Beutel als Kopfkissen. Zwar hatte ich Hunger, aber schon seit einer Weile war mir mein Schlafbedürfnis wichtiger als mein Appetit.

Lange schlief ich nicht. Ich musste an das Gesicht der Person denken, die das Täschchen verloren hatte. Dem Foto auf dem Personalausweis nach zu urteilen, schien es eine ältere Frau zu sein, und wie ich so dalag und mir immer wieder ihr freundliches Gesicht in den Sinn kam, wälzte ich mich hin und her. Ich öffnete noch einmal den Beutel und sah mir das Notizbuch an. Auf der letzten Seite standen in feiner, enger Schrift ihre Adresse und Telefonnummer und der Satz: »Falls Sie dieses Notizbuch irgendwo finden, melden Sie sich bitte bei mir. Der werte Finder oder die werte Finderin kann mit einer Belohnung rechnen.« Der werte Finder … Einen kurzen Augenblick fühlte ich mich geradezu wie ein Mensch. Ich richtete mich auf. Ich ging zu einer Telefonzelle, nahm eine Münze aus dem Münzportemonnaie und wählte die Nummer. Kurz darauf meldete sich mit aufgeregter Stimme eine Frau. Sie sagte, sie werde sofort zum Seouler Hauptbahnhof zurückkommen.

Das war meine erste Begegnung mit der Chefin.

Der Always-24-Stunden-Laden in einer kleinen Gasse in Cheongpa-dong. Schon seit einer Weile verbrachte ich hier nun meine Nächte. Ich konnte selbst noch nicht richtig begreifen, wie es dazu gekommen war, dass ich jetzt hier arbeitete. Von großem Vorteil war, dass ich nachts nicht mehr draußen in der Winterkälte ausharren musste und nicht mehr ständig einen leeren Magen hatte.

Der Nachteil bestand darin, dass ich jetzt nicht mehr trinken durfte, aber ich hielt eisern durch. Dass ich den Vorschlag der Chefin angenommen, mit dem Trinken aufgehört und mit der Arbeit im Laden begonnen hatte, war wohl dem letzten Rest an Überlebenswillen zu verdanken, den ich noch in mir trug. Und dass ich meine Alkoholsucht im Zaum halten und diesen Zufluchtsort hatte finden können, beruhte vielleicht darauf, dass auch ich, wie eine trächtige, herumstreunende Katze, die plötzlich eine menschliche Behausung aufsucht, um dort ihre Jungen zur Welt zu bringen, einen allerletzten Grund gehabt haben mochte, mich am Leben zu halten.

Nun, da ich nicht mehr trinken, dafür aber viel essen und im Warmen schlafen konnte, ging es mir auch körperlich spürbar besser. Wenn ich tagsüber ausgestreckt in meiner Schlafkammer lag und die Anspannung sich löste, war das wie eine medizinische Behandlung in einer Krankenstation, und wenn ich schließlich aufstand, um meinen Nachtdienst anzutreten, waren meine körperlichen Beschwerden wie weggeblasen. Während meines Balanceaktes zwischen Leben und Tod drohte ich immer auf die Seite des Todes zu kippen, nun aber stand ich sicherer auf dem Schwebebalken des Lebens und hielt mich mit ausgestreckten Armen im Gleichgewicht. Und erstaunlicherweise begann auch in meinem Kopf das Blut nun wieder zu zirkulieren. Ich antwortete auf die Fragen meiner Kollegen, meine Gedanken beschleunigten sich allmählich, und im Umgang mit den Kunden ließ auch mein Gestottere mit der Zeit nach.

Mit anderen Worten, ich begann, wieder ein Mensch zu werden, und ich spürte, wie sich in meinem Hirn, das erstarrt war wie das eines eingefrorenen Menschen, Strahlen von Wärme ausbreiteten. Die Wand zwischen Erinnerung und Wirklichkeit begann zu schmelzen, und allmählich kamen Bruchstücke zum Vorschein, wie der Körper eines Mammuts in einem abtauenden Gletscher. Die Leichen meiner Erinnerung, die nun wie Zombies aufstanden, um mich zu überwältigen. Während ich von ihnen zerfleischt wurde, versuchte ich, ihre Gesichter zu erkennen, was die Sache etwas erträglicher machte.

Je mehr ich mich an die Arbeit im Laden gewöhnte, desto munterer regten sich meine Erinnerungen. Eines frühen Morgens kam eine Frau mit ihrer kleinen Tochter in den Laden, und mit einem Mal hatte ich das Gefühl, als herrschte plötzlich eine andere Atmosphäre. Sie begutachteten die Waren in den Regalen und äußerten zu diesem und jenem ihre Meinung, ganz so, als schlenderten sie durch eine Kunstgalerie. Die Mutter, die sich bei ihrer Tochter nach deren Geschmack in Sachen Knabberzeug erkundigte, und die Tochter, die ihrer Mutter im Detail ihre diesbezüglichen Vorlieben erläuterte. Ihre Stimmen hatten etwas Herzerwärmendes. Etwas Herzerwärmendes und Vertrautes und etwas, das an meinem Gedächtnis anklopfte. In dem Moment, als Mutter und Tocher – nachdem sie sich zu beidseitiger Zufriedenheit auf eine Packung Kekse geeinigt hatten – an die Kasse traten, schaffte ich es nicht, den Kopf zu heben. Ich hatte das Gefühl, meine Beine würden zusammenklappen, wenn ich den beiden in die Augen blickte.

Erst nachdem sie bezahlt hatten und dabei waren, den Laden zu verlassen, war es mir gelungen, den Blick ein wenig zu heben und ihnen für einen Moment hinterherzusehen. In diesem Augenblick war mir bewusst geworden, dass auch ich eine Frau und eine Tochter gehabt hatte. Ich glaube, ich habe laut gerufen. Den Namen meiner Tochter. Und als Mutter und Tochter sich gleichzeitig umdrehten und mich ansahen und ich ihre Gesichter erblickte, da wagte ich nicht, noch tiefer in den Korridor meiner Erinnerung vorzudringen.

Ich tauchte wieder in die Gegenwart ein. Nachts verrichtete ich still meinen Dienst im Laden, tagsüber versank ich bei zugezogenen Vorhängen in vollkommener Dunkelheit in meiner Schlafzelle, die eng war wie ein Sarg. Wenn ich meinen Hunger gestillt hatte und der Drang nach Alkohol mich zu jucken begann, unterdrückte ich ihn, indem ich Maisbarttee trank. Warum Maisbarttee? Zu der Zeit, als ich auf der Suche nach einem Getränk war, das ich anstelle von Schnaps trinken konnte, war Maisbarttee gerade ein 1+1-Sonderangebot gewesen. Vielleicht lag es nur am Placeboeffekt, aber wenn ich Maisbarttee trank, konnte ich nicht nur meinen Durst löschen, sondern auch mein Bedürfnis nach Schnaps einigermaßen unter Kontrolle halten.

Einen Monat nachdem ich angefangen hatte zu arbeiten, blieben mir, auch nachdem die von der Chefin im Voraus für mein Zimmer bezahlte eine Million Won abgezogen waren, noch achthunderttausend Won übrig. Mein Monatsgehalt war mehr als alles, was ich in den vergangenen Jahren erbettelt oder auf der Straße gefunden hatte, und da ich nicht genau wusste, was ich mit dem Geld anfangen sollte, steckte ich die vielen Scheine einfach erst mal in meine Anoraktasche, ohne mir weiter Gedanken darüber zu machen. Die Chefin meinte zwar, ich solle mir schnell meinen annullierten Personalausweis wieder ausstellen lassen und mich um ein Bankkonto und eine Bankkarte kümmern, aber dieser Gedanke gefiel mir nicht besonders, und so scherte ich mich nicht weiter darum. Als ich das erste Mal hierherkam, hatte ich eine Gruppe von Raufbolden, die die Chefin in ihrem Laden attackiert hatten, abgewehrt und musste anschließend wohl oder übel mit zur Polizei gehen, wo ich auch meinen tatsächlichen Namen und meine Personalausweisnummer erfuhr. Vorbestraft war ich zum Glück nicht. Meinen ursprünglichen Namen warf ich sofort wieder weg, als ich die Polizeistation verlassen durfte.

Es war mir klar, dass ich von dem Augenblick an, in dem ich einen neuen Personalausweis erhielt, weiterleben und weiteren Schmerz würde erleiden müssen. Mir fehlte der Mut, mich meiner Vergangenheit zu stellen, die zusammen mit den Ereignissen in meiner schwachen Erinnerung wieder an die Oberfläche kommen würde. Warum sollte ich das unerträgliche Trauma, bei dessen Wiederholung meine Sicherung unweigerlich durchbrennen würde, noch einmal durchmachen?

Ich wollte zunächst einmal nur überwintern. Vielleicht auch weil ich Angst bekam, wenn ich an den Winter dachte, in dem der alte Dok-go gestorben war. Wahrscheinlich hatte der Gedanke daran, wie kalt und klamm sich sein steifer Rücken angefühlt hatte, mich dazu gebracht, Orte aufzusuchen, an denen es zumindest ein bisschen wärmer war. Und ein 24-Stunden-Laden war ja so ein Ort. Dort würde ich den Winter ein wenig angenehmer verbringen können, bevor ich meinen letzten

Atemzug tun würde. Wenn der Frühling kam, würde ich auch den Namen Dok-go von mir werfen und als Namenloser in den Himmel fahren. Solange ich noch die Kraft dazu hätte, würde ich vom Hauptbahnhof aufbrechen, die Stadt durchqueren und mich von einer der hohen Brücken in den Fluss stürzen. Ich beschloss, diesen Winter über hier im Laden Energie zu sammeln für den letzten Sprung meines Lebens.

Aber das Bild meiner Frau, das sich klar und deutlich in meiner Erinnerung abzeichnete, wollte nicht verschwinden. Die Dinge, an die ich mich nicht hatte erinnern können, als ich auf die Polizeiwache gegangen war, also, dass ich eine Familie hatte, eine Frau und eine Tochter, diese Dinge traten im Laufe der Zeit immer lebendiger in mein Bewusstsein. Nun sah ich viele Einzelheiten wieder vor mir, das Gesicht meiner Frau, die Art, wie sie sich bewegte. Körperlich eher klein, mit halblangem Haarschnitt, von Natur aus besonnen und still. Sie hielt sich mit Kommentaren zurück, reagierte immer mit Bedacht und nahm meinen Missmut und meine Besserwisserei stets mit einem Lachen auf. Ich erinnerte mich an den Tag, als sie in Wut ausgebrochen war. Was war der Grund gewesen? Warum hatte sie mich mit so zornigen Augen angestarrt? Aber obwohl sie so außer sich gewesen war, hatte sie doch kaum Worte verloren, was wiederum mich in Rage versetzt hatte. Und ich musste daran denken, wie sie mich weggestoßen und ihre Sachen gepackt hatte.

Das Klingeln der Türglocke riss mich aus meinen Erinnerungen. Es war in den frühen Morgenstunden. Während der Kunde, der sich offenkundig zu dieser Zeit auf den Weg zur Arbeit machte, seine Einkäufe auswählte, trank ich in großen Schlucken den Maisbarttee, den ich mir bereitgestellt hatte. Dieses klare braune Getränk musste ich trinken, immer und immer wieder, damit die Bruchstücke der Erinnerung, die ich früher mit Alkohol heruntergespült hatte, nicht wieder in mir hochkamen.

Am Ende des Jahres wurde meine Kollegin Si-hyeon von einem anderen 24-Stunden-Laden angeheuert. Es überraschte mich schon, dass eine einfache Hilfskraft von anderer Stelle angeworben wurde, und als sie mir zum Dank einen Rasierapparat schenkte, war ich ein weiteres Mal überrascht. Da stand ich ratlos mit dem Rasierer in der einen Hand und fuhr mir mit der anderen über meinen neugewachsenen kratzigen Kinnbart. Si-hyeon sagte noch, ich solle mich immer schön rasieren, und auch ich wünschte ihr alles Gute.

Als Si-hyeon nicht mehr da war, hatte ich mehr mit meiner anderen Kollegin zu tun, mit Frau Oh Seon-suk. Die betrachtet mich bis heute nicht wie einen Menschen. Das Gespür, das man erwirbt, wenn man eine Weile als Obdachloser gelebt hat, verrät einem augenblicklich, was der Blick, mit dem andere Menschen einen betrachten, bedeutet. In den Blicken der meisten Menschen, die mir zu meiner Zeit am Hauptbahnhof begegnet sind, konnte ich eine Mischung aus Mitleid und Verachtung ausmachen, und zwar ungefähr im Verhältnis von drei zu sieben. Darunter waren auch Menschen, die sich ernstlich Sorgen um mich machten. Es gab sogar – schwer zu glauben zwar – Leute, in deren Blick so etwas wie Neid erkennbar war.

Bei Seon-suk war es ein Verhältnis von exakt eins zu neun. Also zehn Prozent Mitgefühl, neunzig Prozent Geringschätzung, klar. Aber das hieß nicht, dass sie mir die volle Breitseite gegeben hätte. Außerdem war es jedes Mal beim Schichtwechsel so, dass sie diejenige war, die sich unwohl oder müde fühlte. Und wenn ich dann noch ein wenig aufräumte oder draußen den Tisch abwischte, war sie diejenige, die mich drängte, endlich Schluss zu machen und nach Hause zu gehen. Putzen kann ich eigentlich ganz gut, aber sie mochte es einfach nicht, wenn ich ihr bei ihrer Arbeit in die Quere kam. So oder so, ich habe das so gemacht, wie ich wollte. Weil ich der Chefin, die mich eingestellt und es mir ermöglicht hat, meinen letzten Winterschlaf friedlich und in aller Ruhe zu halten, etwas zurückgeben wollte.

Wer mir freundlich begegnete, war eine weißhaarige alte Frau aus dem Viertel, die aussah, als wäre sie schon über achtzig. Einen schlangenartigen Schal um den Hals gewickelt, trippelte sie leicht gebeugt durch die Nachbarschaft und fragte mich eines Tages, als ich gerade dabei war, den Tisch vor dem Laden abzuwischen, weshalb ich das denn täte, Tag für Tag, mitten im Winter, wo doch ohnehin niemand dort Platz nehme. Ich erwiderte, dass ich den Taubendreck wegputzen müsse, und sie machte – vielleicht hatte sie eine ausgeprägte Abneigung gegenüber Tauben oder Taubendreck – ein hocherfreutes Gesicht.

Am nächsten Tag kam die weißhaarige alte Frau mit ein paar Altersgenossinnen in den Laden, ganz so, als veranstalteten sie einen Ausflug. Die Großmütterchen lobten die Waren, die nur im 24-Stunden-Laden zum

Sonderpreis angeboten wurden, und brachten bald darauf, wenn es 1+1-Rabattaktionen gab, nun auch ihre Enkelsöhne und Enkeltöchter mit. An einem Tag trug ich der alten Dame zum Dank das Getränke-Set, das sie gekauft hatte, nach Hause. Vielleicht hatte sie es voller Stolz im Seniorentreff herumerzählt, jedenfalls baten mich nun auch die anderen Frauen darum, ihnen ihre Einkäufe nach Hause zu tragen. Es gab sogar welche, die mir ihre Adresse mitteilten und verlangten, dass ich ihnen die Sachen später nach Hause liefern solle. Da ich sonst ohnehin nichts zu tun hatte und mich körperlich schon ein wenig verausgaben musste, wenn ich anschließend in meiner Kammer angenehm schlummern wollte, gab es für mich keinen Grund, ihnen ihre Bitte abzuschlagen. Und wenn ich ihnen beim Tragen half und sie nach Hause begleitete oder die Sachen später vorbeibrachte, erwarteten mich, kaum bei ihrer Wohnung angekommen, jedes Mal Reiskuchen oder Kekse oder Obst als Belohnung.

Die Frauen waren für mich Großmutter, Mutter und Tante. Sie sorgten dafür, dass ich in mir den Anflug einer Erinnerung an Mütterlichkeit und ein Gefühl von Wärme spürte. Der einzige Nachteil waren die nicht enden wollenden, hartnäckigen Fragen, mit denen sie mich löcherten. »Ist der junge Mann verheiratet?« »War er mal verheiratet?« »Hat er mal darüber nachgedacht, wieder zu heiraten?« »Wie alt ist denn der junge Mann?« »Soll ich dem jungen Mann mal meine Nichte vorstellen?« »Was hat er denn gemacht, bevor er angefangen hat, hier im Laden zu arbeiten?« »Geht er in die Kirche?« »Will er nicht in unserem Heimatdorf auf der Obstplantage arbeiten?« Mal fragten sie mich gemeinsam, mal einzeln.

Ich variierte notgedrungen zwischen »Nein, bin ich nicht«, »Nein, war ich nicht«, »Nein, hab ich nicht« und »Nein, vielen Dank«. Aber nachdem ich einige Male mit den alten Damen zu tun gehabt hatte, meinten sie nur noch, der Kerl habe wohl in seinem Leben einiges durchgemacht, und fragten nicht weiter. Nur die alte Frau mit den weißen Haaren. Sie legte jedes Mal, wenn sie mich sah, die gleiche Schallplatte auf und fragte:

»Junge, was hast'n früher für'n Dingens gemacht? Ich bin alt, kann dir nicht groß helfen, verstehste? Aber ich muss doch unbedingt wissen, was der fesche Kerl früher für'n Dingens gemacht hat, dass er jetzt hier gelandet ist, verstehste?«

Liebes Großmütterchen. Ich weiß auch nicht, was für'n Dingens ich früher gemacht habe, aber wenn ich draufkäme, würde ich es dir gern sagen. So gut, wie du zu mir gewesen bist, möchte ich deine Neugier gern stillen. Wenn ich jetzt darüber nachdenke, hätte ich zur ewig gleichen Leier mit dem Dingens auch mein eigenes Lied singen und meine eigene Frage stellen können. Wer. Bin. Ich. Eigentlich?

Jedenfalls meckerte Seon-suk, vielleicht weil es ihr nicht gefiel, dass jetzt am Vormittag im Laden so viel los war, in einer Tour herum, was die alten Omas denn schon kaufen würden. Aber dann, als der Umsatz tatsächlich gestiegen und auch die Chefin zufrieden war, sagte sie nichts mehr. Denn angenommen, der Verkauf ginge weiter zurück und der Laden müsste dichtmachen, würde sie schließlich ihre Arbeit verlieren.

Zu Beginn des neuen Jahres kam Seon-suk zu mir, um sich rundheraus bei mir zu entschuldigen. Sie meinte, es tue ihr leid, dass sie im letzten Jahr so unfreundlich zu mir gewesen sei, und schlug vor, dass wir uns in diesem Jahr vertragen sollten. Im Gegenzug versicherte ich ihr, dass die von ihr in der Ladenfriteuse gegarten Hähnchen die besten seien. Daraufhin begann sie, sich darüber auszulassen, dass man mit mir viel besser reden könne als mit den männlichen Bewohnern ihres Haushalts, und fügte seufzend hinzu, dass ihr Mann und ihr Sohn ihr ganzes Leben lang kommunikationsunfähig bleiben würden. Und bei ihrem kraftlosen Anblick spürte ich ein seltsames Gefühl von Solidarität. Kommunikationsunfähig. Dieses Wort ließ mich plötzlich tief abtauchen. Wer hatte das damals zu mir gesagt? Dass ich kommunikationsunfähig sei? Meine Frau? Oder meine Tochter? Dann war sie mit einem Gesichtsausdruck unendlicher Enttäuschung und Ernüchterung, der mir deutlich machte, dass es nichts mehr zu sagen gab, verschwunden … Vielleicht waren es auch beide gewesen, meine Frau und meine Tochter. Wer es gewesen war – ich konnte es noch immer nicht mit Gewissheit sagen.

Ein paar Tage später brach Seon-suk, gleich nachdem sie zur Arbeit gekommen war, in Tränen aus. Zwar kam ich sofort in guter Absicht herbeigeeilt, um sie zu trösten, aber was konnte ich schon tun? Das Einzige, was mir einfiel, war, ihr eine Flasche Maisbarttee zu reichen, den ich immer trank, wenn der Alkoholdurst mich überkam. Sie nahm einen Schluck, und offensichtlich schien es sie ein wenig zu beruhigen, denn nach einer Weile kam sie wieder zu Atem. Und dann begann sie, ihrem Frust Luft zu machen und eine Kanonade von Unmutsäußerungen über ihren Sohn abzufeuern. Wie ich ihren Äußerungen entnahm, war die Beziehung zu ihm vollkommen zerrüttet, und offenbar war er sein Leben, das so gründlich entgleist war, inzwischen selbst leid. Aber ein entgleistes Leben wieder auf Spur zu bringen, war schwierig, und selbst wenn es ihm gelungen wäre – dies war keine Welt, in der jeder, der sich auf dem rechten Gleis befand, notwendigerweise auch unversehrt am Zielbahnhof angekommen wäre. Großartige Tipps konnte ich ihr keine geben. Deshalb hörte ich einfach nur zu. Wie einsam musste sie mit all ihren Sorgen sein, wenn ich derjenige war, dem sie ihr Herz ausschüttete? Ich versuchte, mir ihre Lage vorzustellen.

In jemandes Haut schlüpfen. Ein Ausdruck, dessen Bedeutung ich erst begriffen habe, nachdem mein eigenes Leben komplett entgleist war. Mein Leben war im Wesentlichen eine Einbahnstraße gewesen. Überall standen Leute herum, die mir zuhörten, wenn ich etwas sagte, meine eigenen Gefühle waren immer wichtiger als die der anderen, und wenn mir jemand nicht passte, wurde er abserviert – fertig. In meiner Familie war es wahrscheinlich nicht anders. Als ich mit meinen Gedanken bis hier gekommen war, wurde die Frage, die ich mir schon lange gestellt hatte, endlich beantwortet. Es war meine Tochter gewesen, die gesagt hatte, ich sei kommunikationsunfähig. Ich versuchte, mich an ihr Gesicht zu erinnern. Und unterdrückte meine Tränen. Obwohl ich kommunikationsunfähig war und nur in meine eigene Richtung denken konnte, hatte meine Frau mich akzeptiert. Sehr lange. Ich hatte gedacht, sie würde meinen Ansichten zustimmen, aber das hatte sie nicht getan, sie hatte mich nur bereitwillig ausgehalten.

Meine Tochter aber war anders gewesen. Sie war anders als meine Frau, aber auch anders als ich. Genauso wie sich Seon-suk nun darüber beklagte, wie denn ihr eigener Sohn, den sie doch selbst geboren hatte, so anders sein konnte als sie, so war auch meine Tochter ganz anders gewesen als ich. Wir waren vom Geschlecht her verschieden, hatten eine unterschiedliche Art zu denken, gehörten verschiedenen Generationen an, hatten einen unterschiedlichen Geschmack und unterschiedliche Vorlieben. Meine Tochter interessierte sich nicht für die Schule und aß kein Fleisch. Sie war in jeder Hinsicht ein Pflanzenfresser, eine denkbar ungünstige Voraussetzung, wenn man im Dschungel der koreanischen Gesellschaft überleben will, und so musste sie sich nicht selten meine Kritik gefallen lassen. Als sie noch jünger gewesen war, hatte sie, wenn ich mit ihr schimpfte, wenigstens noch so getan, als würde sie zuhören, aber als sie älter wurde und in die Pubertät kam, begann sie zu rebellieren. Für mich war das nicht akzeptabel, meine Frau jedoch stellte sich schützend vor sie. Damals hatte ich gedacht, das Verhalten meiner Frau sei dafür verantwortlich, dass zwischen meiner Tochter und mir keine Kommunikation mehr möglich war, aber jetzt weiß ich, dass es nicht so war. Ich war derjenige, der dafür gesorgt hatte, dass zwischen meiner Tochter und mir eine Schutzwand nötig geworden war, und ich war es gewesen, der die Gelegenheit zur Versöhnung, die meine Frau mühevoll in die Wege geleitet hatte, mit Füßen trat. Ich behandelte meine Tochter wie eine eingebildete Göre, und sie behandelte mich wie

Luft. Das war der Anfang vom Ende. Dass unsere Familie sich auflöste, dass mein Leben ins Unglück stürzte, dass ich meine Frau und meine Tochter verlieren musste, all das war meiner Gleichgültigkeit und meiner Überheblichkeit geschuldet.

Erst als es mir, nachdem ich inmitten von Schmerzen mein Gedächtnis verloren hatte, mit Mühe gelungen war, meine Augen zu öffnen und die Welt in den Blick zu nehmen, lernte ich, Dinge aus der Perspektive der anderen zu sehen, einen mitfühlenden Blick zu entwickeln und mich der Seele anderer Menschen zu nähern. Nun aber war niemand mehr bei mir, und um jemanden zu finden, mit dem ich hätte reden können, schien es schon zu spät zu sein. Und doch durfte ich mich nicht hängen lassen. In diesem Augenblick ging es darum, Seon-suk zu helfen, die sich direkt vor meinen Augen die Tränen aus dem Gesicht wischte und in das tiefe Loch zu fallen drohte, in das auch ich gefallen war. Ich hatte am eigenen Leibe den gleichen Schmerz gespürt, war in der gleichen Traurigkeit versunken. Irgendetwas musste ich ihr jetzt raten. Da fiel mir ein, was Jjamong mir einmal gesagt hatte.

Ich reichte ihr eine Packung Samgak-gimbap. Und ich sagte ihr, sie solle ihn ihrem Sohn geben und einen Brief dazulegen. Und ihrem Sohn zuhören. So wie ich in diesem Moment ihr zuhörte. Sie nickte, und ich fühlte Scham und innere Pein. Weil ich selber weder einen Brief schreiben noch richtig hatte zuhören können.

Nachdem die Feiertage zu Mond-Neujahr vorüber waren, begann das aus China stammende Virus immer schlimmer zu grassieren. Mancherorts kam es zu massenhafter Ansteckung, und Atemschutzmasken und Desinfektionsmittel waren ausverkauft. Die Chefin kam in den Laden, gab mir ein paar Masken und trug mir auf, Seonsuk auszurichten, dass auch sie während der Arbeit unbedingt eine Maske tragen solle. Die Chefin erklärte, sie habe aufgrund ihrer eigenen Lungenschwäche für Tage mit hohen Feinstaubwerten vorsorglich einen reichlichen Vorrat an Masken angelegt.

Wenn ich die Maske während meines Nachtdienstes trug, war mir der Kontakt mit den Kunden eigentlich nicht unangenehm. Nach der Abrechnung nahm ich reichlich Desinfektionsmittel aus dem Spender, der neben der Kasse bereitstand, und rieb mir damit die Hände ein. Ich hatte das Gefühl, mich trotz der ungewohnten Situation recht natürlich zu verhalten.

Am nächsten Tag mahnte die Chefin noch größere Vorsicht an und verteilte dünne Latexhandschuhe. In dem Augenblick, als ich die Handschuhe überstreifte, durchzuckte es mich wie ein Blitzschlag. Während ich das Gefühl an meinen Händen spürte, drückte ich Desinfektionsmittel auf die Handschuhe und rieb meine Hände aneinander. Ich hielt die Handschuhe an mein Gesicht und atmete den Geruch des Desinfektionsmittels ein. Obwohl ein Kunde im Laden war, verließ ich die Kasse und lief eilig zur Spiegelwand am Ende des Ladens. Ich betrachtete mein Gesicht mit der übergezogenen Maske. Die V-förmigen Augenbrauen und die kleinen Augen unter meinem Kurzhaarschnitt passten perfekt mit der Maske zusammen. All diese Dinge zeigten mir meine Vergangenheit. Das maskierte Gesicht, der alkoholische Geruch des Handdesinfektionsmittels, die vertraute Beschaffenheit und das natürliche Gefühl der Latexhandschuhe – all das rief mir mein früheres Ich ins Gedächtnis zurück.

Ich war Arzt gewesen.

Ich hatte das Gefühl, auf der Stelle eine Operation durchführen zu können, wenn ich nur einen weißen Kittel übergeworfen und ein Skalpell zur Hand gehabt hätte. Der OP-Geruch von Blut und Desinfektionsmitteln kroch mir in die Nase, und das Summen der medizinischen Geräte klang wie Hintergrundmusik in meinen Ohren. Ich verließ den Operationssaal, öffnete die Ladentür und trat nach draußen. Ich nahm die Maske ab und atmete durch. Tief und heftig, stoßweise, unablässig, wie eine Pumpe, damit mein Gedächtnis nicht wieder in sich zusammenfiel.

Tagelang verbrachte ich damit, all die Erinnerungen, die in mir hochkamen, festzuhalten, auseinanderzunehmen und wieder zusammenzusetzen. Es fühlte sich an, als würde ich die Falten meiner Gehirnrinde kitzeln. Je mehr ich mich selbst kennenlernte, desto mehr Schmerz, Angst und unerklärliche Widerstände spürte ich in mir aufsteigen, aber ich hörte nicht auf.

Eines Tages kam ein Kunde in den Laden, der vier Dosen Bier haben, aber mit der Begründung, er sei der Sohn der Chefin, nicht dafür bezahlen wollte. Seine äußere Ähnlichkeit mit der Chefin – er hatte die gleichen Augen und die gleiche Nase – verriet mir, dass er die Wahrheit sagte, aber so einfach gehen lassen konnte ich ihn nicht. Das war zum einen das Beste, was ich als Ladenangestellter tun konnte, zum anderen wollte ich diesem Kerl, der darauf aus war, sich den Laden unter den Nagel zu reißen, ohne auch nur ein einziges Mal hier mitgeholfen zu haben, zeigen, dass er hier keine Vorrechte besaß. Nachdem er mit roten Ohren und nach Luft schnappend verschwunden war, tauchte er eine Stunde später wieder auf. Ich war gerade dabei, die Waren ins Regal zu räumen, da kam er auf mich zu, pustete mir seine Fahne ins Gesicht und hielt mir sein Handy hin. Aus dem Display lächelten mir er und die Chefin zusammen entgegen. Ob das als Beweis genüge. Dann erkundigte er sich danach, wie gut sich das Bier denn so verkaufe, und ich antwortete wahrheitsgemäß. Er widersprach, so gut er konnte, schnappte sich sein Bier und ging. In diesem Moment überlagerte sich das klägliche Bild, das er abgab, mit dem meines Bruders.

Ich hatte einen älteren Bruder. Er war eine erbärmliche Person. Wir waren beide nicht dumm, aber ich nutzte meine Intelligenz zum Lernen, und er nutzte sie für allen möglichen Schwindel und Trickserei. Er lebte schon früh davon, Leute zu täuschen, und als ich begann, Medizin zu studieren, fing er an, sich verächtlich über mich und das angebliche Einkommen von Ärzten zu äußern. Dann verschwand er, und ich hörte erst ein paar Jahre später wieder von ihm, wahrscheinlich hatte er eine Zeit lang im Gefängnis gesessen.

Das letzte Mal, dass ich meinen Bruder traf, war, als er in das Krankenhaus kam, in dem ich als Assistenzarzt arbeitete. Er stellte sich drohend vor mich hin und forderte Geld. Da sagte ich ihm, dass es im Krankenhaus alle möglichen Sorten tödlicher Werkzeuge gebe, Skalpelle, Scheren, Gifte und dergleichen, dass ein Arzt damit Menschen retten, aber auch töten könne und dass es ganz selbstverständlich sei, hier Blut zu sehen. Danach verlor ich ihn aus den Augen und aus dem Gedächtnis.

Doch nun, da mein Gedächtnis allmählich zurückkehrte, wurde ich durch den Sohn der Chefin an meinen Bruder erinnert. Zuerst kam mir sein Gesicht in den Sinn, und bald darauf folgte, wie der Stängel einer Süßkartoffel, der Rest der Familie. Meine Mutter, die meinem Bruder und mir unseren brillanten Verstand geschenkt hatte, war schon früh von zu Hause weggegangen und hatte unseren unfähigen Vater und uns zurückgelassen. Wir Kinder, beide noch Grundschüler, kamen bei unserer Großmutter väterlicherseits unter.

Mein Vater, der auf dem Bau arbeitete, brachte kaum je ein Wort über die Lippen. Er war ein gestörter Mann, der einem manchmal eine Ohrfeige gab und manchmal etwas zu essen kaufte, ansonsten aber nicht einmal sein eigenes Leben in den Griff bekam. Trotzdem erwartete er von mir, während ich heranwuchs, dass ich immer fleißig lernte, schickte mich im Gegensatz zu meinem Bruder auch auf einen Hagwon und gab mir manchmal Taschengeld. Aber ich kam mehr nach meiner Mutter, und nachdem ich Medizin studiert hatte, zog ich von zu Hause aus und wurde unabhängig, genau wie sie es getan hatte. Ich verdiente Geld mit Nachhilfeunterricht, rackerte mich im Studium ab und versuchte, mein altes Zuhause, meinen Vater und meinen Bruder zu vergessen.

Ich wollte Arzt werden und andere Luft atmen. Ich wollte eine Frau aus gutem Hause kennenlernen und eine eigene Familie gründen. Und ich glaube, ich hätte es beinahe geschafft. Aber dann begannen die Erinnerungen mich wie Albträume zu verfolgen, und ich war ihnen hilflos ausgeliefert.

Die Lage wurde immer chaotischer, und die Menschen standen in den Apotheken Schlange, um Masken zu kaufen. Medizinisches Personal aus dem ganzen Land wurde nach Daegu entsandt, wo sich viele Menschen infiziert hatten. Die Welt wurde durch die COVID-19-Pandemie auf den Kopf gestellt, und ich lief die ganze Zeit mit Maske herum. Etwas veränderte sich. Die Welt veränderte sich, und ich mich auch. Im Fernsehen lief eine traurige Geschichte über eine italienische Familie, die einem Angehörigen, der an COVID-19 erkrankt war und nun im Sterben lag, in seinen letzten Tagen nicht mehr beistehen konnte.

Als wäre auch mein Kopf von einem ansteckenden Virus befallen worden, kreiste dort unentwegt nur ein einziger Gedanke. Meine Erinnerungen schienen mir zuzurufen, dass es an der Zeit sei, das richtige Leben zu wählen. Es war seltsam. Mitten im ringsum grassierenden Sterben sah ich das Leben. Dieses Leben musste ich nun suchen gehen, auch wenn es das Letzte wäre, das ich tat.

Ich stellte meine Identität wieder her. Ich belebte meine gelöschte Sozialversicherungsnummer, fand meinen Benutzernamen und mein Passwort und öffnete meinen Zugang zur digitalen Welt. Hatte ich das erwartet? In der Cloud gab es Aufzeichnungen von mir, über mich und über den Fall, und dass ich nun dessen Bedeutung in Erfahrung zu bringen hatte, war für mich so selbstverständlich, als folgte ich einem Navigationssystem, das bereits in mir einprogrammiert war. Ich tat, was ich tun musste.

Ich sprach mit meiner Chefin. Schweigend hörte sie zu, als ich ihr diese sehr persönlichen Gründe für meine Kündigung darlegte, und sie verstand mich, und sei es auch nur, weil ihre Fragen beantwortet wurden. Sie verstand, dass ein 24-Stunden-Laden ein Ort ist, wo Menschen kommen und gehen, ein Ort, den Kunden und Angestellte ausnahmslos wieder verlassen, wenn sie sich eine Weile dort aufgehalten haben, eine Art Tankstelle, an der Menschen Waren oder Geld auftanken und dann wieder gehen. An dieser Tankstelle habe ich nicht nur getankt, sondern gleich das ganze Auto repariert. Und wenn das Auto repariert ist, muss man sich wieder auf den Weg machen. Und weiterfahren. Das schien sie mir sagen zu wollen.

Der Mann, der mir folgte, schien etwa sechzig Jahre alt zu sein. Als wir in denselben U-Bahn-Wagen stiegen, setzte er sich schräg gegenüber von mir auf einen der für Senioren vorgesehenen Sitze und drehte den Kopf zur Seite, um meinem Blick auszuweichen. Ich betrachtete sein Gesicht von der Seite. Seltsamerweise ähnelte sein Profil dem meines Vaters. Auch seine unnötig große Statur und sein sturer Blick erinnerten mich an meinen Vater. Vor allem aber schien er ungefähr so alt zu sein wie mein Vater zu dem Zeitpunkt, als ich ihn das letzte Mal sah.

Beim Anblick dieses Mannes und beim Gedanken an meinen Vater war mir gleich klar, wer ihn auf mich angesetzt hatte. Der Kerl, der aussah wie mein Bruder. Aber warum? Wieso verplemperte er seine Zeit damit, in meiner Vergangenheit herumzuschnüffeln? Hassen allerdings konnte ich meinen Vater und meinen Bruder nicht, verdammt! Wenn ich an sie dachte, fühlte ich keinen Ärger mehr in mir. Ich warf dem Mann, der mir folgte, einen kurzen Blick zu – so, dann komm mal schön mit! – und stieg an der Station Apgujeong aus.

Als ich das Krankenhaus betrat, sah ich nicht viele bekannte Gesichter. Weil der Direktor die Mitarbeiter wie entbehrliches medizinisches Material behandelte, blieb niemand lange hier. Kaum befand ich mich in der vertrauten Umgebung meines alten Arbeitsplatzes, spürte ich, wie mein altes Ich zurückkehrte. Der Frau an der Rezeption, die mich fragte, was ich wolle, gab ich eine unwirsche Antwort und ging direkt zum Büro des Direktors.

Der Direktor war unverändert. Als er mich nun wiedersah, nach vier Jahren, zuckte er nicht mit der Wimper und fragte mich, ob ich wieder hier arbeiten wolle. Ich erwiderte, dass mir unklar sei, wie ich denn in einem Krankenhaus arbeiten könne, das bald nicht mehr existieren würde. Seine Antwort darauf war, dass ich sicher viel durchgemacht hätte und gern eine dumme Entscheidung treffen könne, wenn ich alles noch schlimmer machen wolle.

»Du warst ja sicher dankbar, dass ich damals … von mir aus verschwunden bin, aber … du solltest wissen, dass ich … alles über dich … und die Klinik bekannt machen werde.«

»Und wieso? Bekommst du Straferlass, wenn du petzen gehst?«

»Für dich … sind andere Menschen … nichts als Sachen, die man … einfach so wegwerfen kann. Wenn sie

Geld bringen, sind sie … Sachen, und wenn sie kein Geld bringen … sind sie Müll.«

»Das war doch immer genau dein Stil. Deswegen hab ich dich doch hier eingestellt.«

»Aber … so sind die Menschen nicht. Die Menschen sind … miteinander verbunden. Die kann man nicht einfach … auseinanderreißen und mit ihnen … machen, was man will.«

Der Direktor setzte ein boshaftes Grinsen auf und beugte seinen Oberkörper zu mir herüber.

»Bist ja ein ganz Ernsthafter. Dann sag ich dir jetzt auch mal was ganz im Ernst. Ich habe nach dir suchen lassen, als du verschwunden warst. Ich hab da ein paar Freunde, die können das richtig gut. Aber die haben dich nicht gefunden. Deshalb haben sie auch das Geld nicht bekommen. Dann sage ich ihnen wenigstens jetzt, dass du da draußen herumschlenderst. Wenn ich denen dann den Restbetrag plus Zinsen verspreche, bringen die dich in einer neuen Verpackung zu mir zurück, und ich übernehme dann die letzte OP.«

Ich lachte. Meine Mundwinkel zogen sich nach oben, meine Wangenknochen fingen an zu zittern, und ich lachte aus vollem Hals. Der Direktor starrte mich an und versuchte einzuschätzen, ob ich verrückt geworden sei oder etwas Übles im Schilde führe, und weil er mir so lächerlich erschien, lachte ich umso lauter. Ein Schurke erträgt, wie es scheint, kein Lachen. Sein Gesicht verzerrte sich.

»Ich bringe dich um. Eigenhändig. Du bekommst deine Abreibung.«

»Ich bin … schon einmal gestorben. Ob ich nun …

noch einmal sterbe, es macht ... keinen Unterschied. Außerdem hab ich schon ... was durchsickern lassen. Es gibt jede Menge Fernsehsendungen, die ... auf so was scharf sind. Das restliche Geld, solltest du dir ... lieber für deinen Rechtsanwalt aufsparen.«

»Du Mistkerl! Du willst also Geld von mir? Obwohl du denen schon was geliefert hast? Dann hängst du aber selbst ganz schön mit drin im Schlamassel. Idiotisch ... Hähähä ...«

»Ich sag dir doch. Ich bin schon einmal ... gestorben.«

»Hör auf, hier den Dicken zu markieren, und sag mir einfach, was du willst. Willst du wieder hier arbeiten? Lässt sich machen. Oder willst du Geld?«

»Was ich will ... ist das hier.«

Ich hob meine linke Hand. Die Hand mit dem Latexhandschuh, den ich übergezogen hatte, als ich die Klinik betrat. Der Direktor streckte seinen Kopf vor und sah mich fragend an. Ich ballte meine linke Faust, schnappte mir mit der rechten seinen Kragen und schlug ihm ins Gesicht. Mit voller Wucht, ohne dass er die Chance gehabt hätte, sich zu wehren. Ächzen. Sein Kopf schepperte. Dann prallte er zurück, und ich schlug noch einmal zu. Uff! Ich löste meinen Griff, sein Kopf fiel zurück, und er sackte in seinem Stuhl zusammen.

Ich ließ ihn mit seinen Schmerzen dort im Raum zurück und ging hinaus.

Am nächsten Morgen, als ich nach der Übergabe den Laden verließ, rief jemand nach mir. Ich drehte mich um und sah Frau Jeong, die Autorin, die einen Koffer schleppte und in Richtung des Ladens stapfte. Sie schrieb an einem Theaterstück und hatte die Wohnung in dem kleinen Haus auf der anderen Straßenseite als Schreibstube benutzt, aber jetzt wollte sie aus dem Viertel wegziehen. Mit erfrischendem Lächeln erzählte sie mir, dass sie den ersten Entwurf des Bühnentextes fertiggestellt habe und nun in die Daehangno zurückkehren werde. Ich lächelte zurück. Ich hatte von ihr viel Beratung bekommen, und obwohl sie keine Therapeutin war, hatte sie eine ganze Reihe von Fragen und Ratschlägen für mich gehabt. Das war für mich sehr hilfreich gewesen, um mein Gehirn in Schwung zu bringen und meine Erinnerungen wiederzufinden.

»Ich wünsche Ihnen, dass … es eine tolle Aufführung wird. Wo Sie sich so viel … Mühe gegeben haben.«

»Na ja, jetzt wo es mit Corona immer schlimmer wird, weiß ich auch nicht, ob was daraus wird. Dass aber auch gerade jetzt alles so drunter und drüber gehen muss, ausgerechnet jetzt, wo ich mein Jahrhundertwerk vollendet habe …«

Aus ihrem maskenverhüllten Gesicht leuchteten mich zwei klare Augen an. Dass sie mit einem Lächeln über diese Tragik sprechen konnte, ließ erkennen, dass sie trotzdem Zufriedenheit empfand. Vielleicht war es die Kraft, die Menschen besitzen, die einen Traum in sich tragen. Wir hatten im Morgengrauen oft zusammen im Laden gesessen und uns unterhalten. Um meine Vergangenheit ausgraben zu können, hatte sie auch viel aus ihrer eigenen preisgegeben. Ich beneidete sie um ihre Energie und darum, dass sie das, was sie vorhatte, so unermüdlich verfolgte. Und so fragte ich sie, was es war, das sie antrieb. Da sagte sie, das Leben sei eine endlose Folge zu lösender Probleme, und wenn man schon mal dabei sei, solle man sich wenigstens vernünftige Probleme aussuchen.

»Sagen Sie mal, Dok-go, können Sie sich jetzt wieder ein wenig besser erinnern? Der Dok-go in meinem Theaterstück hat sein Gedächtnis wiedergefunden.«

»Ja, vieles ist mir ins Gedächtnis zurückgekehrt. Vielleicht … weil Sie das so geschrieben haben. Ich danke Ihnen.«

Frau Jeong hielt mir ihre Faust hin. Anstelle von Händeschütteln in Coronazeiten. Ich stieß mit meiner Faust gegen ihre. Die Erinnerungen, über die sie in ihrem Stück geschrieben hatte, und die Erinnerungen, die ich in mir trug, trafen einander nicht. Wir beide wussten, dass das nicht nötig war.

Als der Handelsvertreter im Laden vorbeikam, war es schon kurz nach zehn. Er kaufte Maisbarttee, Instantnudeln mit Sesamaroma und zwei Schokoriegel zum Preis von einem. Strahlend sah er mich an. Als ich an seine tüchtigen Zwillingstöchter dachte, hoben sich auch meine Mundwinkel von selbst. An dem Tag hatte ich bereits mit Hong, meinem früheren Studienkollegen, telefoniert. Er war überrascht gewesen, zum einen darüber, dass ich überhaupt anrief, und dann noch davon, dass ich ihm einen Handelsvertreter vorstellte. Vielleicht erinnerte er sich daran, was er mir schuldete, oder er glaubte, ich hätte noch immer so viel zu sagen, jedenfalls meinte er, er werde sich darum kümmern. Und vermutlich würde er, wenn er den Handelsvertreter traf und von ihm hörte, was ich inzwischen so machte, noch einmal sehr erstaunt sein.

Es war sein dritter Tag. Herr Gwak mühte sich an der Kasse mit einer Rechnung für zwei Kundinnen, bei denen es sich um Mutter und Tochter zu handeln schien. Schuldbewusst, dass es so lange gedauert hatte, sagte er mit lauter Stimme: »Einen schönen Tag noch!« Das Mädchen, schon auf dem Weg zur Tür, drehte sich um, neigte den Kopf und sagte höflich: »Auf Wiedersehen.« Er schmunzelte. Als er bemerkte, dass ich ihn ansah, schaute er etwas verlegen drein.

»Bei der gemischten Abrechung komme ich immer noch durcheinander. Tut mir leid, dass sich die Dienstübergabe so lange hinzieht, nur weil ich ein so schwerfälliger alter Mann bin …«

Aber nicht doch. Nur weil er bereit gewesen war, den Nachtdienst zu übernehmen, konnte ich meine Arbeit hier im Laden beenden, und nur dank des Zettels, den er mir heute gegeben hatte, konnte ich von hier aufbrechen. Mit dem Smartphone, das ich heute gekauft hatte, klickte ich auf YouTube und fand Si-hyeons Kanal »Always alles easy – So läuft der Laden rund um die Uhr«, der gerade mit einem neuen Video aktualisiert worden war. Ich klickte auf »Gemischte Abrechnungen – kein Problem« und reichte Herrn Gwak mein Handy. Einen Moment später nahm er das Barcode-Lesegerät in die Hand und folgte eifrig Si-hyeons Erklärungen. Es war schön, ihre Stimme zu hören, ruhig und entspannt, nur von gelegentlichen Pausen unterbrochen.

»Ja, ihr Lieben, wie ihr wisst, heißt mein Channel ›Always alles easy‹, aber in Wirklichkeit ist der Job in einem 24-Stunden-Laden ziemlich hart. Schließlich handelt es sich um Arbeit. Wenn die Kunden es bequem haben sollen, bedeutet das, dass es für die Ladenmitarbeiter unbequem ist. Ich habe ein Jahr gebraucht, um das zu begreifen. Und ich hoffe, dass es auch euch gelingt, mit den unbequemen Dingen fertigzuwerden, um den Kunden Bequemlichkeit zu bieten, selbst wenn es für euch nur ein kurzfristiger Teilzeitjob ist. Und ICH bin hier, um EUCH das Leben wenigstens ein klein bisschen leichter zu machen. Das war's für heute von ›Always alles easy‹.«

In den frühen Morgenstunden wollte ich nur einen kurzen Blick auf den Lagerbestand werfen, aber Herr Gwak, der zuvor noch vor Selbstvertrauen gestrotzt hatte, weil er nach eigenen Angaben bei der Armee in der Versorgung gearbeitet hatte, hatte auch heute wieder etwas falsch gemacht, und ich musste ihn erneut an die Reihenfolge der Auslagen erinnern.

Als die Morgendämmerung anbrach, setzte ich mich zu ihm an die Bar am Ende des Ladens, um mit ihm einen Becher Instantnudeln zu essen. Ihm schien nach Reden zumute zu sein, und so plauderten wir über dies und das. Er sagte, dass die Chefin einen netten Eindruck mache und die nächtliche Arbeit in einem 24-Stunden-Laden besser sei als die eines Hauswarts, die ja immer gleich sei, und dann kicherte er und fragte mich, ob ich mich daran erinnere, wie Gang, der Sohn der Chefin, bei seinem Anblick gestern ausgeflippt sei. Und auch ich konnte nicht anders, als die Stäbchen sinken zu lassen und eine ganze Weile mitzulachen.

Als der Sohn der Chefin Herrn Gwak, den er geschickt hatte, um mich loszuwerden, im Laden arbeiten sah, stand er da, als hätte er ein Gespenst gesehen. Dann donnerte er los. Was Gwak denn einfiele, das Geschäft anderer Leute durcheinanderzubringen, aber der Angesprochene antwortete ruhig, dass man in Südkorea seinen Arbeitsplatz immerhin frei wählen dürfe und dass er, indem er Herrn Dok-go geholfen habe, die Arbeit im Laden zu beenden, schließlich getan habe, was von ihm verlangt worden sei. Der Sohn der Chefin verlor die Beherrschung und brüllte, dass er das Geschäft auf der Stelle verkaufen werde. Herr Gwak entgegnete, dass er der Chefin helfen werde, den Laden zu retten. Daraufhin begann der Sohn der Chefin, auf und ab zu springen und ein Riesentheater zu machen. Schließlich beschloss ich einzuschreiten und erklärte, dass es nur fünf Minuten bis zur nächsten Polizeiwache seien, dass er aber, sofern er sich den Weg dorthin und die Schmach, im Laden seiner eigenen Mutter angezeigt worden zu sein, ersparen wolle, sich jetzt gerne von uns verabschieden dürfe. An Gwak gerichtet, brüllte er noch, dass man niemandem auf der Welt trauen könne, und schlug die Tür hinter sich zu.

»Jetzt, wo ich weiß, dass man niemandem auf der Welt trauen kann, werde ich sicher seltener betrogen,« sagte Herr Gwak mit gelangweiltem Gesicht.

»Gestern hat sich die Chefin … bei mir beklagt und gemeint, dass das … mit der Brauerei, die ihr Sohn kaufen wollte, ein großer Schwindel gewesen sei. Er hatte ja darauf bestanden, den Lebensmittelladen … zu verkaufen und das Geld … in die Brauerei zu stecken, aber … dann ist die Chefin dem Betrug auf die … Schliche gekommen, und da … war natürlich … die Hölle los.«

Als ich Gwak die Sache erzählte, kicherte er.

»Deshalb hat er seine Wut also an mir ausgelassen.«

»Die Chefin hat … eine Menge Ärger … mit ihrem Sohn. Sie kennen ihn ja schon länger, also … achten Sie ein bisschen auf ihn.«

»Natürlich, der wird ein oder zwei Monate lang eingeschnappt sein und dann ganz beiläufig bei mir anrufen, um mich zum Abendessen einzuladen.«

Herr Gwak sah aus dem Fenster in die aufgehende Sonne. In der Ferne kündigte die Silhouette des Namsan-Towers den Beginn eines neuen Tages an. Eine Weile betrachtete er so den Fernsehturm, reglos, wie in Gedanken versunken. Ich aß den Rest meiner Nudeln auf und räumte die Sachen weg. Dann sah er mich wieder an und fragte:

»Hast du Familie?«

Seine Augen waren wehmütig. Ich nickte. Er sagte:

»Ich habe mich meiner Familie gegenüber mein ganzes Leben lang unmöglich verhalten. Und ich bereue es. Selbst wenn ich sie irgendwann wiedertreffen würde – wie sollte ich mich ihnen gegenüber verhalten?«

Ich überlegte. Denn diese Frage stellte ich mir selbst auch, und wahrscheinlich fiel mir nun deshalb die Antwort so schwer. Ohne etwas zu sagen, saß ich mit bitterer Miene da, woraufhin er entschuldigend abwinkte, sich wieder seinen Bechernudeln widmete und woanders hinschaute.

»Verhalten Sie sich so … wie den Kunden gegenüber«, sagte ich plötzlich. Er sah mich an.

»Zu den Kunden, den Menschen, die hier im Laden zu Gast sind … sind Sie doch auch freundlich … Also, seien Sie einfach … zu Ihrer Familie genauso … freundlich. Das müsste … gehen.«

Herr Gwak bedankte sich und ging. Ich sah ihm nach. Ja, war man als Familie auf der Wegstrecke des Lebens, die man gemeinsam ging, nicht eigentlich auch beieinander zu Gast? Und ob VIP oder unwillkommener Besucher, es gab keinen Grund, einander zu verletzen. Offenbar war er mit meiner Antwort, die ich ihm aus dem hohlen Bauch heraus gegeben hatte, zufrieden, und so fühlte auch ich mich ein wenig erleichtert. Aber war es auch eine Antwort für mich? Könnte ich selber bei meiner Familie wenigstens wieder zu Gast sein?

Ich sah Herrn Gwak und Seon-suk noch beim Schichtwechsel zu, bevor ich den Laden schließlich verließ. Ich ging wieder zum Hauptbahnhof. Ich durchquerte die Bahnhofshalle, die eine Zeit lang meine ständige Bleibe gewesen war, und ging über den Bahnhofsvorplatz zur Bushaltestelle. Einer der dort abfahrenden roten Regionalbusse würde mich an mein heutiges Ziel bringen. Während ich an der Bushaltestelle wartete, musste ich an Seon-suk und ihren Sohn denken. Gerade eben hatte Seon-suk gelächelt und gesagt, sie beide hätten nun auch über den Kakaotalk-Messenger Kontakt. An dem Tag, als sie sich mit mir unterhalten hatte, hatte sie ihrem Sohn ein Päckchen Samgak-gimbap und einen herzlichen Brief überreicht und bald darauf eine lange Textnachricht auf Kakaotalk erhalten. Ihr Sohn hatte sich bei ihr entschuldigt und sie um ein wenig Geduld gebeten, da er dabei sei, Vorbereitungen zu treffen für eine Arbeit, die er wirklich gern machen würde. Und das hatte genügt, um Seon-suks Vertrauen in ihren Sohn wiederherzustellen.

Seon-suk hatte mir das Emoticon gezeigt, das ihr Sohn

ihr spendiert hatte, ein kleines Tierchen, das Herzchen über das gesamte Kakaotalk-Fenster fliegen ließ. Ob es sich um einen Waschbären oder einen Maulwurf handelte, konnte ich zwar nicht mit Bestimmtheit sagen, aber daran, dass es Seon-suk sehr glücklich machte, gab es keinen Zweifel.

Das Leben bestand aus Beziehungen, und Beziehungen bestanden aus Kommunikation. Erst jetzt begriff ich, dass das Glück nichts Fernes war, sondern darin bestand, Gefühle und Gedanken mit den Menschen unmittelbar neben mir zu teilen. Im 24-Stunden-Laden, wo ich den letzten Herbst und Winter verbracht habe, und in den Jahren davor, zu meiner Zeit am Hauptbahnhof von Seoul, habe ich langsam und Stück für Stück dazugelernt. Familien, die sich am Bahnhof von Familienmitgliedern verabschiedeten, Verliebte, die auf Verliebte warteten, Kinder, die ihre Eltern begleiteten, Freunde, die wegfuhren, um sich mit Freunden zu treffen … Reglos habe ich dagehockt, sie beobachtet, Selbstgespräche geführt, mich durch die Gegend bewegt, mich herumgeplagt und allmählich so etwas wie eine Ahnung bekommen.

Der Bus fuhr eine ganze Weile, bis er schließlich in einer Kleinstadt im Süden der Provinz Gyeonggi-do ankam. Zahlreiche Betonmischer und andere Baufahrzeuge fuhren vorbei, wie man es aus Ortschaften gewohnt war, in denen noch am Ausbau der Nationalstraße gearbeitet wurde. Der Bus, der mich an einer Haltestelle an der Nationalstraße abgesetzt hatte, verschwand in einer Staubwolke, und ich ging zurück zu der Stelle, wo ich im Vorbeifahren das Schild gesehen hatte. Ich erreichte das

Schild und betrachtete es einen Moment lang. Dort stand: *500 Meter bis zum Gedächtnisgarten THE HOME*, und während ich die 500 Meter den Hügel hinauflief, dachte ich darüber nach, wie man den Namen der Gedenkstätte übersetzen könnte. Als »Zuhause«, als »Familie«, als »Nest«? Ich konnte verstehen, was derjenige gefühlt haben musste, der sich diesen Namen ausgedacht hatte. »Home« war halt einfach »Home«. Auf jeden Fall fühlte es sich für mich, einen Obdachlosen, seltsam an, nach »Hause« zu gehen. Es war ein Ort, an dem ich nicht würde wohnen können, wenn ich tot war, und an dem ich nicht willkommen war, solange ich noch lebte. Doch nun war ich hier, und es war Zeit, mich zu stellen.

Als ich an der erdrückend riesigen Skulptur am Eingang der Gedenkstätte vorbeikam, zog ich den Zettel hervor, den Herr Gwak mir gestern gegeben hatte. Ich überprüfte die Adresse, *Green A-303*, nahm meine Maske ab und atmete aus. Der Park der Gedenkstätte war auf steilem Gelände an dem sonnigen Hang angelegt worden. Ich geriet außer Atem und sog die klare Luft ein. Weil ich am Leben war. Hier aber war das Heim der Toten, wohl deshalb waren keine Menschen in der Nähe. Da ich keine vorwurfsvollen Blicke gespürt hatte, steckte ich meine Maske in die Tasche und setzte meinen Weg fort.

Während des Beratungsgesprächs war sie sehr besorgt gewesen. Sie hatte mich gefragt, ob die Operation schmerzhaft sein würde, ob es irgendwelche Nebenwirkungen gebe und ob anschließend weitere regelmäßige Behandlungen nötig seien. Ich erklärte ihr, dass sie eine Vollnarkose bekommen werde und dass das, worüber sie sich Sorgen mache, nur in schäbigen Krankenhäusern am Rande der nördlichen Stadtbezirke passiere.

»Dass in den Nachrichten davon berichtet wird, liegt daran, dass es nachrichtenwürdig ist, mit anderen Worten, es handelt sich um etwas sehr Ungewöhnliches, und deshalb ist es in den Nachrichten. Sie machen sich umsonst Sorgen. Wir sind hier in Apgujeong-dong. Sie haben sich doch sicher alle Kliniken für plastische Chirurgie angesehen, die es hier so gibt? Nicht wahr?«

»Nun, es ist … Ich habe sehr lange dafür gespart. Und eine nachträgliche oder zusätzliche OP kann ich mir nicht leisten … Deshalb bin ich ein bisschen nervös. Und es ist für mich das erste Mal.«

»Dann sind Sie hier genau richtig. Keine Sorge, wir werden uns zum ersten und letzten Mal um Sie kümmern, Sie müssen nur auf das Krankenhaus und die Ärzte hören und alles tun, was man Ihnen sagt.«

»Gut. Das beruhigt mich. Danke!«

Eine Woche später, gerade als sie operiert wurde, wiederholte ich die gleichen Worte gegenüber einer anderen Klientin. Ich hatte der Operation, die von Dr. Choi aus dem zahnärztlichen Team durchgeführt wurde, anfangs noch zugesehen, mich dann aber zurückgezogen, um ein weiteres Beratungsgespräch zu führen. Meine Patientin, die Frau, die ich so beruhigt hatte, wurde von einem Ghost Doctor operiert und starb.

Der Direktor beeilte sich, den Vorfall zu vertuschen. Der Ghost Doctor existierte buchstäblich nicht, und ihr Tod wurde zu einem medizinischen Fehler erklärt. Die Eltern flehten vergeblich darum, dass man ihrer toten Tochter das Leben zurückgebe, und verklagten das Krankenhaus, aber der Direktor ließ seine juristischen Beziehungen spielen, sodass schließlich keine Anklage erhoben wurde.

Am Ende wurde der Fall durch die Zahlung einer Entschädigung und durch meine Entlassung beigelegt. Der Direktor bat mich, eine Auszeit zu nehmen, bis die schlimmsten Flammen gelöscht seien, und ich konnte mich zu Hause entspannen wie in einem lang ersehnten Urlaub.

Ab wann war es schiefgelaufen?

Hatte es daran gelegen, dass ich an meiner Stelle einen Ghost Doctor die Operationen hatte ausführen lassen? Daran, dass ich den OP verlassen und Geld mit der Beratung einer weiteren Patientin verdient hatte, weil mir eine Geisteroperation ganz selbstverständlich erschien? Dass ich diese Frau betrogen hatte, die ihre Operation mit einer Mischung aus Sorge und Erwartung in meine Hände gelegt hatte? Oder war es mein größter Fehler gewesen, für einen Direktor zu arbeiten, der sich nur für Geld interessierte und Geisteroperationen daher am laufenden Band anordnete? Oder war meine innere Armseligkeit schuld, die mich in meinem puren Statusstreben hatte Arzt werden lassen? Oder sollte ich meinen armen und unfähigen Eltern die Schuld geben, die mich in meinen Jugendjahren dazu gebracht hatten, die Welt zu hassen und mir vorzunehmen, eines Tages ganz groß rauszukommen?

Damals wusste ich es nicht. Ich wusste es einfach nicht. Inzwischen weiß ich es, doch nun lässt es sich nicht mehr rückgängig machen. Als ich hier stand, vor *Green A-303*, vor dem Gesicht derselben zweiundzwanzigjährigen Frau, die ich getötet hatte, konnte ich nicht anders, als mir meine Tränen, die nicht aufhören wollten zu fließen, mit der Maske abzuwischen.

Ich konnte ihr nicht in die Augen sehen, der Frau, die in ihr Äußeres hatte investieren müssen, um in den bevorstehenden Bewerbungsgesprächen eine Chance zu haben, die während ihres gesamten Studiums in Teilzeit gearbeitet hatte, um sich das Gesicht korrigieren lassen zu können, die versucht hatte, sich den Normen dieser Welt anzupassen, um zu überleben, und die genau dadurch ihr Leben verloren hatte. Mir war, als läge die kalte Klinge, die ihr das Leben genommen hatte, noch immer in meiner Hand, und mich schauderte.

Ich unterdrückte meine Tränen und griff tief in meinen Parka. Was ich nun herauszog, war kein Messer. Es war eine Blume. Die Kunstblume, die ich tags zuvor gekauft hatte. Ich befestigte die leuchtend rote Blume an ihrem Grab und stand hilflos da. Wieder flossen die Tränen.

Ich hörte, wie jemand vorbeiging, bedeckte meinen Mund mit der feuchten Maske und senkte meinen Kopf. Ich schloss meine verweinten Augen und bat um Vergebung. Immer und immer wieder. *Verzeih mir … Ich habe … Unrecht getan. Ich verdiene kein … Erbarmen. Wo immer du jetzt bist, ruhe … in Frieden. Ruhe in Frieden.*

Als der Bus das Randgebiet von Seoul erreichte, begann sich, wie erwartet, der Verkehr zu stauen. Ich schloss die Augen, als ob ich schliefe, und versuchte, die Emotionen, die in mir aufbrachen, zurückzuhalten.

Als ich meiner Frau hatte weismachen wollen, ich sei

in bezahltem Urlaub, hatte sie mir nicht geglaubt. Immer wieder fragte sie, was denn los sei, und wollte alles ganz genau wissen. Ich hatte gelernt, in solchen Momenten forsch und kühn aufzutreten, und so gab ich vor, eine Auseinandersetzung mit dem Direktor gehabt zu haben und nun deshalb eine Auszeit zu nehmen. Aber das ging nicht lange gut. Die Freiwilligenorganisation, in der die junge Frau aktiv gewesen war, kam zum Krankenhaus und hielt dort eine Mahnwache ab. Bald wurde die Geschichte von den Nachrichten aufgegriffen und verbreitete sich schnell im Internet.

Meine Frau fragte mich nach der Wahrheit. Ich wich aus. Wieso war die Wahrheit denn so wichtig? Entscheidend war doch, dass ich meiner Familie und mir zuliebe den Mund hielt. Meine Frau jedoch bohrte weiter. Schließlich wolle auch unsere Tochter wissen, was dem Papa passiert sei. Nun hielt ich es nicht länger aus. In meinem Frust sagte ich ihr: »Ich habe den medizinischen Fehler nicht verursacht. Es war Abteilungsleiter Seo, das kommt in unserer Branche manchmal vor. Und der Chef ist gut darin, mit solchen Dingen umzugehen. Ich gehe bald wieder arbeiten, aber ich brauche im Augenblick einfach eine Pause von der chaotischen Atmosphäre, die zurzeit in der Klinik herrscht.«

Sie glaubte mir nicht und sprach nicht mehr mit mir. Jeden Tag ging sie irgendwohin, wohl in den Tempel, um dort Opfergaben für Buddha darzubringen, wanderte in der Gegend umher und kam erst spät in der Nacht zurück. Auch unsere Tochter schien das mitzubekommen und begann nun ebenfalls, mich zu meiden. An einem Sonntagabend, als ich allein zu Hause war und darauf wartete, dass das von mir bestellte Essen geliefert wurde, bekam ich einen Wutanfall. Ich rief meine Frau an, und sobald ich durchkam, schimpfte ich drauflos. »Glaubst du, ich mache all das zum Spaß? Glaubst du, ich habe kein schlechtes Gewissen, weil ich in so einem Krankenhaus arbeite? Ich arbeite in diesem Scheißladen, um für dich und unsere Tochter zu sorgen! Wie sollen wir denn sonst leben? Die Welt ist nicht gerecht, es gibt Verlierer und Opfer, und ich habe mir den Arsch aufgerissen, um für unsere Familie zu sorgen! Und jetzt bin ich erschöpft und will ein bisschen ausruhen, und du hältst nicht zu mir? Wo zum Teufel bist du? Komm sofort zurück!«

Spät in der Nacht kamen meine Frau und meine Tochter nach Hause. Beide sahen niedergeschlagen aus. Sie traten mir gegenüber. Meine Frau sagte, dass wir uns eine Auszeit nehmen sollten und sie mir keine Vorwürfe machen würde, bis die Sache mit der Klinik geklärt sei. Ich stimmte zu und sah dann meine Tochter an, einen unterwürfigen Blick einfordernd. Sie hob ihre kleinen Augen und starrte mich an. Sie war anders als ich, in ihrer Persönlichkeit, ihrem Temperament und ihrem Äußeren, und es gefiel mir nicht, dass ihre kleinen Augen das Einzige waren, in dem sie mir ähnelte. Wie schön wäre es gewesen, wenn sie zusätzlich zu allem anderen die Augen ihrer Mutter gehabt hätte. Der Gedanke kam plötzlich über meine Lippen.

»Mach immer schön, was der Papa dir sagt, hörst du? Dann schenke ich dir eine Augenlidoperation, wenn du aufs College gehst.«

»Wieso denn das? Willst du mich auch noch umbringen?«

Diese Worte kamen so beiläufig aus ihrem Mund, dass sowohl ich als auch meine Frau erstarrten. Sprachlos stand ich da, und mein Körper begann zu zittern. Doch meine Tochter nahm ihren verächtlichen Blick nicht zurück. Unwillkürlich hob sich meine Hand, da stellte sich meine Frau zwischen uns. Während sie meinen bebenden Körper abblockte, schrie sie mich immer wieder an, aber ich konnte sie nicht hören. Als ich mich auf meine Tochter stürzen wollte, drückte mich meine Frau voller Verzweiflung zur Seite. Ich schubste sie reflexartig zurück. Sie stieß einen kurzen Schrei aus und knallte mit dem Körper gegen die Kommode.

Als ich wieder zur Besinnung kam, saß meine Tochter neben meiner Frau, die auf dem Boden lag, und rief in größter Eile irgendwo an. Ich hockte nur da und starrte ungläubig auf das, was sich vor meinen Augen abspielte.

Der Arzt empfahl ein paar Tage Krankenhausaufenthalt, da meine Frau ihre Prellungen behandeln lassen und sich ein paar Tage ausruhen müsse. Sie lag in ihrem Einzelzimmer auf dem Bett, und ihre trüben Augen wichen meinem Blick aus. Auch als ich mich entschuldigte und sagte, es werde nie wieder vorkommen, blieb sie stumm. Sie wandte sich von mir ab und drehte sich zum Fenster. Ich setzte mich auf den Besucherstuhl und fuhr mir mit den Händen über das Gesicht. Ich schluckte meine Tränen hinunter und schüttelte den Kopf.

Wie viel Zeit war vergangen? Ich hörte die Stimme meiner Frau.

»Hast du geglaubt, du würdest uns beschützen?«

Ich sah auf und erblickte ihr hageres Gesicht, das am Krankenhausbett lehnte.

»Du musst deine Arbeit ... nicht mehr machen, um uns zu beschützen.«

Ich zögerte einen Moment. Dann fragte ich:

»Was meinst du?«

Sie schloss die Augen. Ich räusperte mich.

»Wenn du deine Familie schützen wolltest, hättest du ehrlich zu deiner Familie sein sollen.«

Sie verlangte die Wahrheit. Doch ich konnte ihr nicht antworten. Ich hatte das Gefühl, in dem Moment, in dem ich den Mund aufmachte und ihr sagte, was ich getan hatte, würde sie mich verurteilen. Ich konnte nichts sagen.

Als sie ein paar Tage später aus dem Krankenhaus entlassen wurde, schien sie in die Normalität zurückgekehrt zu sein. Zwar wirkte sie noch etwas angeschlagen, aber das würde sich mit der Zeit geben, dachte ich. Genau zu dieser Zeit bekam ich die Mitteilung der Klinik, dass ich wieder anfangen könne, und so ging ich von Neuem zur Arbeit, als wäre nichts geschehen.

Als ich nach Hause kam, waren meine Frau und meine Tochter weg. Das war's.

Für mich war es das Ende. Meine Frau und meine Tochter waren irgendwohin verschwunden und ließen nichts mehr von sich hören. Ich hatte versucht, mir eine eigene intakte Familie aufzubauen, ein eigenes Heim, das sich von dem elenden Haushalt meiner Kindheit unterschied, aber all das lag jetzt in Trümmern. Ich konnte nicht einschlafen, ohne mich vorher zu betrinken.

Nachdem ich ein paar Tage nicht gearbeitet hatte, rief mich der Direktor an. Da platzte alles aus mir heraus. Dass meine Familie zerbrochen und ich im Begriff sei, den Verstand zu verlieren. Er spottete und sagte, ich solle mir mal eine schöne Auszeit nehmen. Er nahm mich überhaupt nicht ernst. Und so beschloss ich, ihm gehörig eins auszuwischen. Wenn er mich wie Dreck behandelte, würde ich ihn mit in die Hölle schleifen. Nur so könnte ich mein ruiniertes Leben wiedergutmachen.

Ich sammelte alle Beweise, die ich über die Korruption der Klinik finden konnte, und speicherte sie in einer Cloud. Immer weiter suchte ich nach meiner Frau und meiner Tochter, und immer weiter zerbrach ich daran. Die korrupten Machenschaften der Klinik aufzudecken, bedeutete, Zeuge meiner eigenen Skrupellosigkeit zu sein, und die Schuldgefühle, die ich meiner Frau und meiner Tochter gegenüber empfand, vermischten sich mit denen gegenüber der Patientin, die ich getötet hatte, und schnürten mir die Luft ab. Es war schmerzhaft und ekelerregend. So wurde der Alkohol zu meinem Zufluchtsort und meinem vermeintlichen Ausweg. Mein Leben wurde unerträglich, ständig musste ich mich betrinken, und bald schon hatte ich meinen Alltag nicht mehr im Griff. Es war so weit gekommen, dass ich nicht nur meine Frau und meine Tochter, sondern zuerst mich selbst finden musste.

Ich ging in meinem Haus zugrunde, das zugepflastert war mit Mitteilungen, die mir die bevorstehende Zwangsverpfändung ankündigten. Da fand ich heraus, dass sich meine Frau und meine Tochter in Daegu befanden. Ich nahm meine letzte Kraft zusammen, packte meine Sachen und machte mich auf den Weg zum Hauptbahnhof. Während ich, mein Ticket für den KTX-Schnellzug in der Hand, auf den Zug nach Daegu wartete und mir die Gesichter meiner Frau und meiner Tochter jenseits der

Bahnsteigsperre vorstellte, zitterte ich am ganzen Körper, und mir rann der kalte Schweiß. Da zerriss ich die Fahrkarte, drehte mich um und rannte weg. Ich lief auf die Toilette, erbrach mich und wurde ohnmächtig.

Als ich aufwachte, trug ich nur noch meine Hose und mein T-Shirt. Mein schöner Pullover, meine handgefertigten Schuhe, mein Portemonnaie und meine Tasche waren längst gestohlen worden. Ich stand barfuß da und sah im Vorraum der Toilette in den Spiegel. Dort im Spiegel sah ich wieder das Gesicht meiner Frau und meiner Tochter. Ihre Gesichter verwandelten sich in mein eigenes verwirrtes Gesicht, und ich schlug meinen Kopf gegen den Spiegel.

Von da an war ich nicht mehr in der Lage, den Bahnhof von Seoul zu verlassen. Die Leute nannten mich einen Obdachlosen, und die anderen Obdachlosen nannten mich Dok-go. Der Name eines toten alten Mannes und als mein neuer Name nicht schlecht.

Ich war nun am Hauptbahnhof angekommen, ging weiter nach Hoehyeon-dong und checkte in einem Motelzimmer mit Badewanne ein. Ich füllte die Wanne mit heißem Wasser und legte mich hinein. Als ich zu schwitzen begann, trank ich Maisbarttee. Alle vier Flaschen, die ich mitgebracht hatte. Dann wusch ich mich sorgfältig in der Badewanne. Ich ging zur Toilette, um Wasser zu lassen, so ausgiebig, als wollte ich all die schmutzigen Dinge in meinem Körper loswerden. Nachdem ich noch einmal geduscht und mir die Zähne geputzt hatte, verließ ich das Bad und legte mich zum Schlafen ins Bett.

Der nächste Morgen. Ich wachte auf, zog mich an und

ging hinaus auf die Straße. Ich hatte Hunger, aber ein leerer Magen war nicht so schlimm. Da ich schon angefangen hatte, mich zu entleeren, würde ich sicher ein paar Tage ohne Essen auskommen. Das würde mir helfen, bei Verstand zu bleiben.

Der Hauptbahnhof kam in Sicht, und plötzlich begann mein Herz schneller zu schlagen. Nach ein paar Ampeln erreichte ich den Bahnhofsvorplatz. Eine Organisation verteilte gerade Atemschutzmasken an Obdachlose. Der Anblick der Obdachlosen, die Masken trugen, wirkte ausgesprochen unnatürlich. War es zu ihrem eigenen Schutz? Oder weil sie eine potenzielle Infektionsquelle darstellten? Wahrscheinlich beides. Mit Maske sahen alle gleich aus. Jeder war nur ein Virus namens Mensch, Ansteckungsquelle und Ansteckungsopfer zugleich. Ein Virus, das den Planeten seit Zehntausenden von Jahren plagte.

Als ich nun wieder mit meinem Ticket nach Daegu dastand, erinnerte ich mich daran, wie ich hier vor vier Jahren zusammengebrochen war. Dieses Mal jedoch war ich nicht allein. Eine Einkaufstüte des 24-Stunden-Ladens und eine Lunchbox in der Hand, kam die Chefin auf mich zu. Obwohl ich gesagt hatte, das sei nicht nötig, hatte sie darauf bestanden, sich von mir zu verabschieden. Wir hätten uns am Seouler Hauptbahnhof kennengelernt, also sollten wir uns auch am Seouler Hauptbahnhof voneinander verabschieden, so ihr Argument. Da war etwas Wahres dran. Ich ließ mich überzeugen. Irgendwie hatte ich auch das Gefühl, auf ihre Hilfe angewiesen zu sein. Denn falls ich auch dieses Mal wieder auf die Idee kommen sollte, meine Fahrkarte zu zerreißen, zur Toilette zu rennen, mir den Kopf einzuschlagen und bewusstlos zusammenzubrechen, würde sie mich hoffentlich davon abhalten.

»Das mochtest du doch immer so gerne.«

Die Chefin reichte mir die Plastiktüte. Darin befanden sich eine Lunchbox de luxe und eine Flasche Maisbarttee. Ich starrte die Sachen eine Weile an, ohne etwas sagen zu können.

»Wenn du nach Daegu gehst, kannst du beweisen, dass du Arzt bist, oder?«

»Das habe ich schon … am Telefon geregelt.«

Man kann in diesem Land seine Zulassung als Arzt nicht verlieren, selbst wenn man einen Menschen umbringt oder ein Sexualverbrechen begeht. Eine sogenannte »Phönix-Lizenz«. Warum ist das so? Weil die Mediziner gut mit den Juristen können. Vielleicht haben wir all diese Dinge getan, weil wir uns darauf verlassen haben. Und weil wir, ausgestattet mit diesem schrecklichen Privileg, Menschen retten oder töten konnten, hielten wir uns für allmächtige, allwissende Götter. Nachdem eine meiner Patientinnen zu einer Fernsehberühmtheit geworden war, hieß es, sie sei von der Hand eines »Gottes in Weiß« berührt worden. Aber ich war kein Gott, sondern nur ein Mensch, noch dazu ein schlechter, ein egoistisches Wesen, das sich nur um sich selbst kümmerte.

»Ich wollte dich eigentlich nicht gehen lassen, aber wo du in diesen Krisenzeiten nach Daegu ziehen willst, um dort mitzuhelfen, kann ich dich ja nicht davon abhalten. Du hast die richtige Einstellung, du wirst auch dort gut zurechtkommen. Pass auf dich auf.«

»Das … verdanke ich Ihnen. Wenn ich Sie … nicht getroffen hätte, würde ich irgendwo … hier herumliegen. Können Sie auch nach Daegu kommen?«

»In der Coronazeit? Zum Mithelfen?«

»Natürlich.«

Ich hatte, seit ich Arzt geworden war, keinen einzigen Freiwilligendienst absolviert, und nun fuhr ich nach Daegu, um medizinische Hilfe zu leisten. Ich dachte wieder an gestern, an die Urne und an die Frau, die darin lag. Die Reise nach Daegu würde keine Sühne sein, aber ein Weg, mich an meine Sünde zu erinnern. Und auch in Zukunft würde ich solche Wege suchen müssen.

»Jetzt, wo die Leute Maske tragen, ist es ruhiger geworden.«

»Ja, stimmt.«

»Alle reden zu viel von ihrem eigenen Kram. Die Welt ist doch kein Klassenzimmer mit lauter Mittelstufenschülern! Aber alle reden schlau daher, als wüssten sie ganz genau Bescheid. Ich glaube, deshalb hat die Erde den Menschen diese Plage geschickt, um sie eine Weile zum Schweigen zu bringen.«

»Es gibt Leute, die tragen … keine Maske … und brabbeln einfach weiter.«

»Die können von mir aus gerne ihr blaues Wunder erleben.«

Ich musste leise lachen.

»Die Maske ist so lästig, wegen Corona ist dies und das so unbequem, ich mach einfach, was ich will! So reden doch manche Leute. Aber so ist die Welt nun einmal. Das Leben ist unbequem.«

»Ja, ich glaube auch.«

»Weißt du, die Leute aus der Nachbarschaft haben unseren Laden immer den unbequemen Laden genannt.«

»Das wussten Sie?«

»Ja. Wir haben nicht so viele Waren und kein so breites Angebot. Und im Vergleich zu anderes Läden auch weniger Rabattaktionen. Über die Preise feilschen wie in den kleinen Gassenlädchen kann man bei uns auch nicht. Es gibt halt eine Menge Unannehmlichkeiten.«

»Frau Yeoms kleiner Laden der großen … Unannehmlichkeiten.«

»Als du gekommen bist, wurde alles etwas annehmlicher. Für die Kunden und für mich. Aber jetzt wird es wieder unbequem werden.«

»Wie…so?«

»Wieso? Komm wieder, wenn du deine Arbeit in Daegu erledigt hast.«

Ich lächelte unbeholfen. Dies schien ihr als Antwort zu genügen. Sie klopfte mir auf die Schulter.

»Nein, nein. Was habe ich dir vorhin gesagt? Die Leute müssen mit der Unbequemlichkeit leben, und deshalb wird unser Laden wieder unbequem sein. Dass du mir ja nicht zurückkommst!«

»Hm … Okay.«

»Und arbeite dort nicht nur. Du musst unbedingt deine Familie treffen.«

Nanu? Hatte ich ihr denn erzählt, dass meine Frau und meine Tochter in Daegu waren? Ließ mein Gedächtnis wieder nach?

Die Chefin hatte wohl ein bisschen etwas von dem Gott, an den sie glaubte. Wie konnte sie im Voraus wissen und erkennen, was in mir vorging? Es waren nicht die

Götter in Weiß, die in dieser Welt Göttlichkeit erlangten. Es waren Menschen wie Frau Yeom, die anderen Menschen stets voller Mitgefühl begegnete.

Es war Zeit zu gehen, aber meine Füße rührten sich nicht vom Fleck. Noch immer spürte ich den unsichtbaren Magneten, der von hinten an mir zog. Unsicher stand ich weiter neben der Chefin, als wäre sie das Sauerstoffgerät, von dem mein Leben abhing.

»So, nun geh schon. Ich bin es leid, hier herumzustehen.«

Ich drehte mich um und sah sie an. War das meine Mutter, die mich verlassen hatte? Oder meine Großmutter, die sich um mich gekümmert hatte und nun nicht mehr lebte? Wer war es? Ich umarmte sie und sagte leise:

»Ich hätte sterben sollen, aber … Sie haben mich gerettet. Und auch wenn … ich mich dafür schäme … ich werde weiterleben.«

Ohne etwas zu sagen, hielt sie mich fest und klopfte mir mit ihrer kleinen Hand auf den Rücken.

Sobald ich die Ticketschranke passiert hatte, schaute ich mich nicht mehr um, sondern stapfte weiter zum Bahnsteig. Als ich in den Zug einstieg und mich auf meinen reservierten Sitzplatz setzte, begannen die Tränen zu fließen. Ich konnte es kaum erwarten loszufahren. Ich wollte, dass der Zug schnell genug fuhr, um meine Tränen wegzublasen, und mich in einem Atemzug nach Daegu beförderte. Und als spürte er meine Ungeduld, setzte sich der Zug langsam in Bewegung. Als wir aus dem Hauptbahnhof herausfuhren, glaubte ich, durch das Fenster die Straße zum Laden erkennen zu können. Und auch den kleinen Laden, in dem es so unbeschreiblich unbequem zuging, dort im Viertel Cheongpa-dong, auf dem »Blauen Hügel«.

Der Zug fuhr auf die Brücke über den Fluss Han. Das morgendliche Sonnenlicht tanzte glitzernd auf der Wasseroberfläche.

Ich habe gesagt, dass ich den Seouler Hauptbahnhof und seine Umgebung nicht mehr verlassen hätte, seit ich dort als Obdachloser lebte. Einmal aber habe ich mich hierher an den Fluss begeben. Ich war auf die Brücke geklettert und wollte mich in den Fluss stürzen. Ich habe es nicht geschafft. Mein Plan war gewesen, den Winter im 24-Stunden-Laden zu verbringen und dann von der Mapo-Brücke oder der Wonhyo-Brücke zu springen. Aber ich glaube, jetzt weiß ich es:

Flüsse sind nicht dazu da, dass man in ihnen ertrinkt, sondern dazu, dass man sie überquert.

Und auch Brücken sind zum Überqueren da, nicht zum Hinunterspringen.

Die Tränen wollten nicht aufhören. Ich schämte mich, aber ich habe mich für das Leben entschieden. Ich habe mich entschieden, mit meiner Sündhaftigkeit zu leben. Ich würde helfen, wo ich helfen konnte, würde teilen, was ich teilen konnte, und ich würde nicht nach meinem Anteil gieren. Ich würde mich bemühen, andere mit den Fähigkeiten zu retten, mit denen ich mich selbst gerettet habe. Ich würde meine Familie aufsuchen, um mich zu entschuldigen. Wenn sie mich nicht sehen wollten, würde ich reumütig umkehren. Ich würde mich daran erinnern, dass das Leben einen Sinn hat und immer weitergeht, und ich würde es annehmen.

Der Zug überquerte den Fluss. Die Tränen hörten auf.

Anmerkungen des Übersetzers

GS25: Der 24-Stunden-Laden (auf Koreanisch pyeonuijeom) ist eine Einrichtung, die aus dem koreanischen Alltag nicht wegzudenken ist. Allein in Seoul gibt es rund 8500 solcher Läden, im Durchschnitt 14 pro Quadratkilometer (Stand 2021). Sie werden nicht privat geführt, sondern gehören großen Ladenketten wie CU, GS25, 7-Eleven, Ministop, StoryWay und emart24. In diesen rund um die Uhr geöffneten Mini-Supermärkten kann man nicht nur Snacks, Getränke und andere Produkte für den täglichen Gebrauch kaufen, sondern auch die dort erhältlichen Fertiggerichte in der Mikrowelle aufwärmen und im Laden verzehren. Teilzeitarbeit beziehungsweise Aushilfe im 24-Stunden-Laden ist ein klassischer Job für Studierende, aber auch für Mütter erwachsener Kinder oder ehemalige Firmenangestellte.

»Sich zwanzig Nächte lang nur von Knoblauch-Schinken und Beifuß-Drinks ernähren«: Anspielung auf den Dangun-Mythos, den Gründungsmythos Koreas, in dem ein Bär und ein Tiger auf Geheiß des Himmelsprinzen, sich nur von Knoblauch und Beifuß ernährend, hundert Tage in einer Höhle verbringen müssen, und nur der Bär die Prüfung besteht und sich in einen Menschen verwandelt.

Jeonse-Kaution: In Südkorea verbreitetes Mietsystem. Statt Monatsmieten zahlt der Mieter dem Wohnungsbesitzer beim Einzug ein Darlehen, das *Jeonse*, das 50-80 Prozent des Marktwertes des Mietobjekts beträgt und das er beim Auszug komplett zurückerhält.

Midnight Diner: Verweist auf *Shin'ya shokudō (Midnight Diner*, 2009-2014): japanische TV-Serie, basierend auf der gleichnamigen Manga-Serie. Die Handlung spielt in einem Mitternachtsimbiss in Tokio und kreist um dessen mysteriösen Inhaber und das Leben seiner Gäste.

Roomsalon: Bar mit Séparées, in denen die Kundschaft von Hostessen bedient wird.

Ghost Doctor: Ein Arzt, der Operationen anstelle des eigentlich verantwortlichen, erfahreneren und oft namhaften Chirurgen durchführt, eine Praxis, die in südkoreanischen Schönheitskliniken als verbreitet gilt.

Kim Ho-yeon, geboren 1974 in Seoul, war lange Zeit als Redakteur und Drehbuchautor tätig, bevor er 2013 seinen ersten Roman veröffentlichte. *Frau Yeoms kleiner Laden der großen Hoffnungen* ist sein bisher erfolgreichster Roman und wird derzeit in Korea als Theaterstück und fürs Fernsehen adaptiert.